鍾雨璇 譯

Contents

外觀

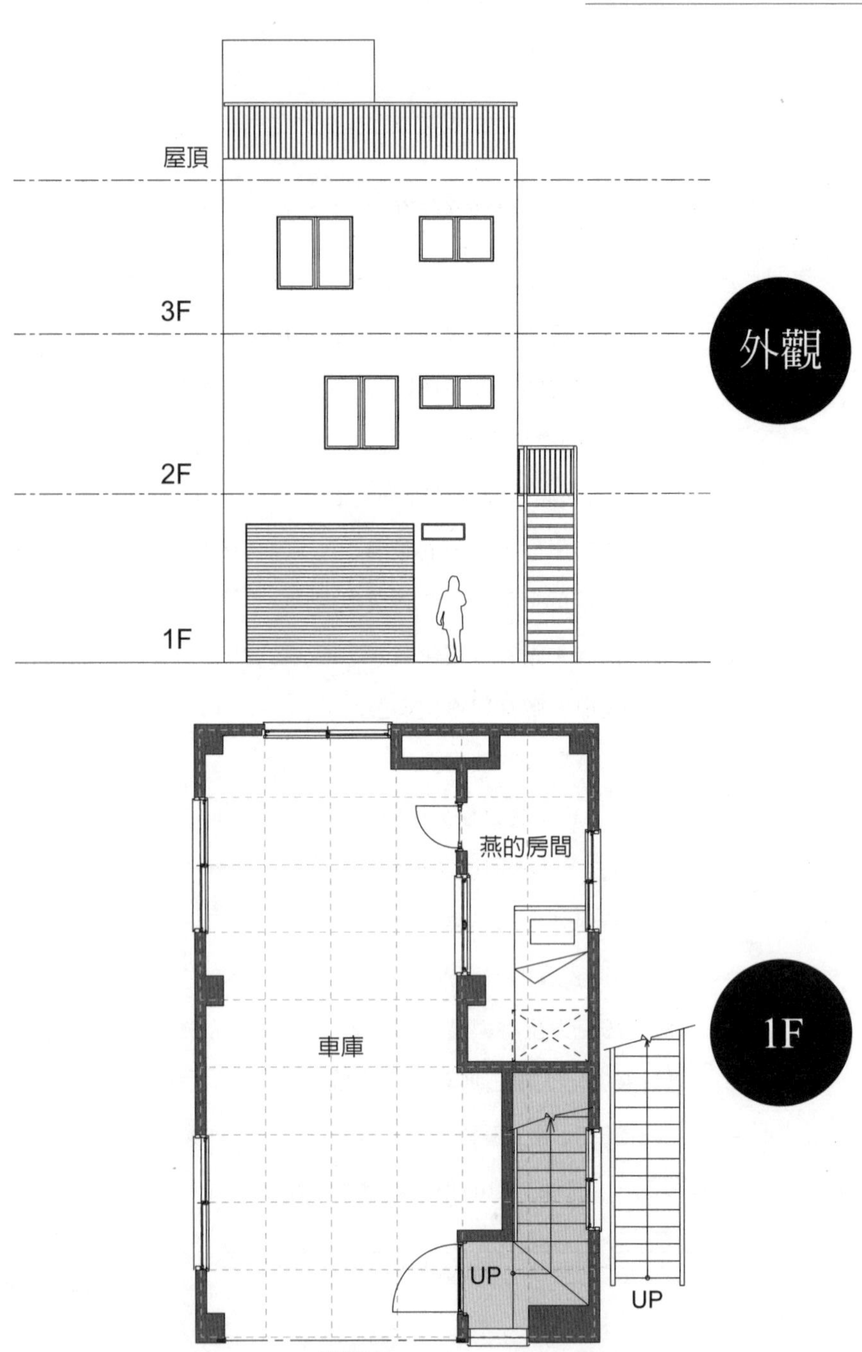

1F

2F

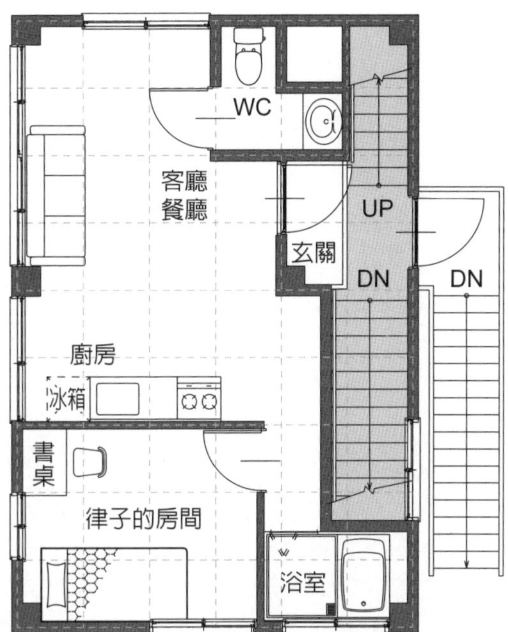
WC
客廳
餐廳
UP
玄關
DN
DN
廚房
冰箱
書桌
律子的房間
浴室

3F

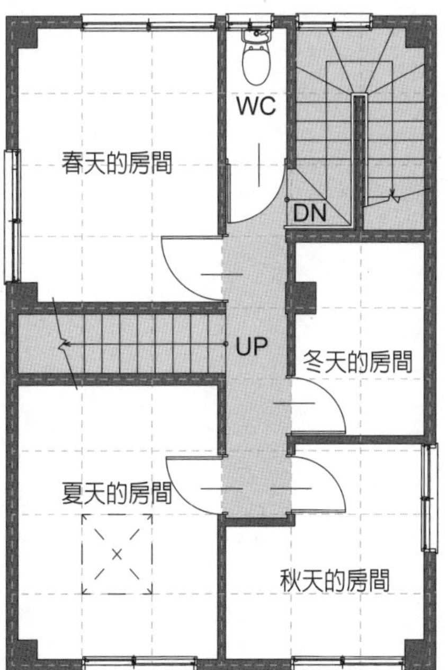
WC
春天的房間
DN
UP
冬天的房間
夏天的房間
秋天的房間

櫻花與法式吐司

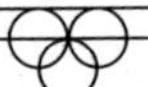

對燕而言，受到女人邀約是一件稀鬆平常的事。

因爲他擁有一張標緻的面孔。

「欸，能麻煩你站在那裡一下嗎？」

暮夏傍晚的兒童公園，不知從何處傳來下午六點整的報時鐘聲。

坐在公園長椅上的燕，抬起空洞無神的臉。

剛才聽到的是女人的聲音。對燕來說，被女人搭話猶如家常便飯。

然而，抬起臉一看，燕不禁有些吃驚。站在眼前的女人，不管怎麼看都大於六十歲。

她身穿黑色洋裝，斜戴一頂小巧的帽子，臉上掛著大大的墨鏡。顯得有些刻意的打扮，卻不可思議地合襯嬌小的身材。或許是儀態端正，她的背脊就像被往上拉般挺直。白皙的臉龐雖然刻劃著皺紋，但與漆黑的衣裳十分相配。

女人快步走近，歪了歪頭，露出孩童般的笑容問：

「欸，能請你站起來一下嗎？」

燕不自主地起身，女人後退數步，由上往下端詳燕，從皮包取出小筆記本和筆。

「光是站著就很美，想必是姿勢良好的關係。像筆直朝天空生長的樹木一樣。對，稍稍往前伸出腳……臉再稍稍轉向這邊……對，很棒。」

她目不轉睛地注視著燕。剛才天眞無邪的模樣已不見蹤影，展現出不由分說的強悍氣勢。

她的雙眼隱藏在墨鏡底下。看到自己映在漆黑鏡片上的模糊身影，燕不禁別開臉。

——墨鏡上倒映出的，是燕蒼白的臉。

（我的臉到底哪裡美了……）

簡直就像死人的臉。

「不許別開臉。」

響起令人渾身一顫的冷冽話聲，燕驚訝地抬起頭，只見她的嘴角微微揚起。

「來，筆直看著我……唔，果然很美。白皙的皮膚，小巧的下巴，修長的手腳，手指也纖長漂亮。雙眼細長烏黑，眼眶周圍卻泛紅。大概是黑色和白色成對比，才會顯得泛紅。肩膀到背部的線條也非常美。」

看到她的右手在紙上的動作，燕一瞬間停止了呼吸。

她在描繪燕的模樣。儘管直視著燕，目光絲毫不曾落向筆記本，下筆的手卻毫無猶豫。

她用輕快的筆觸不停畫著，突然中途停下，彷彿崩垮般癱坐在地。

「您還好嗎？」

「抱歉，真不好意思，剛才一陣頭暈……」

燕反射性地上前扶著她，聽到她肚子傳來響亮的叫聲。在夏天蟲鳴嘈雜的公園中，這一聲格外驚人。

她按著發出叫聲的肚子，滿面通紅。

先前尖銳的氣氛一掃而空，此刻燕的眼前只有一名純眞無邪的老婦人。她雙手捂住羞紅的臉頰，抬頭望向燕。

「哎呀，眞是的。現在幾點了？」

「下午六點。」

燕一邊回答，同時視線往下移。剛才的筆記本隨意翻開。

看到上面的畫，燕不由得屛住呼吸。

——躍然於白紙上的，正是燕。

對方畫的是燕的素描。

小巧的臉龐、習慣性低垂的眼眸、緊抿的嘴唇、削尖的下巴，平順的肩線，以及優美的腳部曲線。短短一瞬間，女人便畫出這些細節。

簡直像在照鏡子，然而，那也像是別人。原來我露出這麼寂寞的眼神嗎？燕暗自思索。燕緊緊盯著畫中那對若有所思的眼眸。

燕不禁伸手想拿起畫，卻又在半空中縮手。

因爲燕的懷中，響起女人的格格笑聲。

「戴著不習慣的墨鏡，害我失去時間概念，一直……一直像是身處在黑夜。對啊，今天我一大早就出門……現在是傍晚了。我太開心，到處亂晃……說起來，我今天什麼都沒吃，怪不得會頭暈，畢竟肚子空空如也。」

她一邊說，一邊取下墨鏡。出乎意料，一雙杏圓大眼彷彿感到炫目，仰望著燕。

「嗯，昏暗夜色中的你很美，不過在夕暮中的你也很美，肌膚好似吸收了紅霞。」

「您是……」

「是膚色白皙的緣故嗎？還是身穿黑色衣服的關係？不可思議，爲什麼會這麼適合紅色呢？」

她看著燕的臉，瞇起雙眼。

這種視線燕並不陌生，是女人戀慕的眼神。

「眞美。」

她恍惚地凝視著燕，喃喃低語。

不過，她的眼神訴說的，並不是對燕的愛慕之情。

她是受到身爲繪畫主題的燕吸引。她的視線穿過燕的皮膚，注視著他的血肉與骨骼。

「您是……」

燕忘了自己仍扶著她的纖瘦肩膀，呆然張嘴。

「竹林……」

燕認得她的長相。

「竹林、律子。」

她正是世界知名的女畫家，竹林律子。

「哎呀，你怎會知道我的名字？」

名聞遐邇的她就在燕的懷中，抬起頭笑了。通過公園的兩名男子疑惑地注視著兩人。

只要是對繪畫稍有興趣的人，應該都會聽過竹林律子的名字。

約莫三十年前，突然出現在日本畫壇的女畫家，作品細膩又創新，寫實的畫風和出眾的色彩感覺，被譽爲百年難得一見的奇才。

不限於日本，連世界都爲之傾倒。她的畫作甚至登上外國美術專門雜誌的封面。只是，畫家本人討厭繁瑣的事務，鮮少在媒體上露面。

說不定她是貴族的後代，或是德川家的子孫，諸如此類異想天開的臆測和傳聞滿天飛，然而，當事人只是帶著一副事不關己的悠哉表情，繼續畫自己的畫。

不過，不曉得是否已封筆，某個時間點之後，她不再有新作問世。如此一來，薄情的世人漸漸不再討論她。這幾十年來，她的身上仍充滿謎團。

當然，燕並不清楚她的全盛時期，只看過她的照片和畫作。儘管是以前的照片，現在也依稀看得出昔日的模樣。

「眞不好意思，我一入迷就要不得。飢餓疲累、寒冷炎熱……這類感覺就會變得比較遲鈍。」

名噪一時的畫家在燕的懷中顫抖，看來是因空腹而使不上力。

「抱歉，麻煩你扶著我……對，直走，彎過那邊的轉角，就會到我家附近。在這麼近的地方昏倒，眞是難爲情。」

她攀著燕，以白皙的指頭指出方向。一鬆手她彷彿就會當場倒下，燕無奈地撐著她的身體，依照指示前進。

「我今天一直到處尋找素描的主題，最後能遇見像你這樣的孩子，實在太幸運了。」

她毫不在意燕的沉默與別開的視線，繼續說著。

她的身體結實，燕扶著她的肩膀，默默心想：

（這就是畫家的手。）

肩膀到胳臂的肌肉緊實，細長的手指上結繭。封筆的傳聞根本是假的，這雙手依然在畫圖。

「啊，就是這裡。不好意思，既然來了，坐一下吧。我還沒畫完你的素描。」

她毫無戒心地指著眼前的建築物。

「房子雖然老舊，但還不至於會垮，你大可安心。」

以知名女畫家的居所來說，那是攀滿爬藤、太過冷清的老舊房屋。

這棟屋齡恐怕已有幾十年的建築物，不論外觀或屋內，都顯得頗爲老舊。水泥裸露的狹窄樓梯沒裝設電燈，大門浮現褐色鐵鏽。

這棟三層建築物，似乎都是她的家。

「一樓是車庫兼倉庫，二樓是客廳兼畫室，三樓則是特別室。一樓的鐵捲門一直都是拉下來的狀態，所以玄關在二樓。」

竹林爬上陡峭的樓梯，樂呵呵地介紹。

「雖然樓梯太陡是個缺點，不過空間寬廣，裡面也比外面漂亮多了。」

如同她的說法，二樓的客廳非常寬廣——單論面積本身的話。

「現在有點亂就是了……」

一打開門，她有點難爲情地縮了縮肩膀。

寬敞的空間中，擺設著各種復古風的家具。即使和家具相比，仍占壓倒性多數的是各式尺寸的畫布、畫架、木質畫板。畫紙和顏料散落在地板上，使用過的畫筆直接插在看起來很高級的玻璃瓶裡。

「平常也有……比現在更乾淨一點的時候……」

她有些不好意思地看著燕，接著小跳步般往裡面走。

「跟著我就不會受傷，我走的是沒有顏料和畫筆的地方。」

一踏進玄關，就是客廳與廚房相連的開放式空間，深處還有一扇門。

燕謹愼地梭巡四周，確認她是否獨自居住。

從玄關望去，餐廳和客廳都一片安靜，雖然不清楚其他樓層的狀況，但燕豎起耳朵也沒聽到絲毫聲響。

這個家裡果然沒有其他人的氣息，只有瀰漫在屋內的顏料氣味。

儘管上了年紀，隨便邀請剛認識的人到獨居的住處，實在是太缺乏戒心。而且，她一進屋，便隨意躺在頗有年分的沙發上。

「肚子餓得動不了，廚房裡有什麼吃的嗎？要不要叫外送？電話……我放在哪裡呢？

差不多一週沒看到電話了……」

竹林說了幾句話，卻毫無移動的意思。無可奈何，燕只好主動前往廚房。

「眞的什麼都沒有……」

燕打開櫥櫃，拉開冰箱，心中略感失望。

竹林是風靡一時的女畫家，儘管活動期間短暫，卻十分多產。即使是現在，她的畫作仍相當受歡迎，往昔的畫作都能高價賣出。

這樣的人物，廚房裡應該沉睡著高檔貨……一切都是燕的想像。

實際一看，只有失去水分的長棍麵包和乾巴巴的起司。

大而無當的冰箱裡僅剩蛋和牛奶。罕見的外國香料完全沒開封的跡象，早就過了保存期限。

瓦斯爐和微波爐皆爲不知多少年前的老舊型號，光是還能運作，已堪稱奇蹟。雖然老舊，卻相當整潔，大概是沒怎麼使用的緣故。

「傷腦筋……」

燕嘆一口氣，盡量挑出看起來比較新鮮的蛋，打進深口盤裡，稍微攪拌後，加入鹽巴、胡椒，再用刨絲器削下起司……即使是乾掉的起司，這麼做也會飄出香氣。接著，將長棍麵包浸在盤裡，送進微波爐。

（微波爐……看起來還能動。）

要是蛋凝固，或醬汁太熱都不好。盯著發出燈光、低鳴作響的微波爐，燕抓準時機打開爐門。

（很好，有入味。）

燕往平底鍋倒入大量橄欖油，等加熱得差不多，將變得柔軟的長棍麵包放進平底鍋。滋！起司和蛋的香氣撲鼻而來。或許是加熱的效果，麵包由白色轉爲鮮明的黃色。

微微搖晃平底鍋，燕出神地望著自己的手指。

先前竹林稱讚很美的手指，也曾沾染各種顏料。

燕曾握著畫筆或素描用的鉛筆，在大型畫板上，以手指創造出各式各樣的顏色。以前，他的手指也曾染上美麗的色彩。

然而，此刻燕握著平底鍋的鍋把，手指上只沾著黃色蛋液。

說是「以前」……其實不過是半年前的事。當時，燕是美術大學的學生。由於從小學畫，這是一條理所當然的道路。

只要畫畫，雙親就會高興。聽說，成爲畫家曾是父母的夢想。所以，父母最初教給燕的，不是遊戲，而是畫圖。只要畫得好，父母就會非常欣喜。

仔細一想，燕小學時幾乎都在畫畫。上國中後，除了畫畫以外，他什麼都不會。成爲高中生後，眼中只有繪畫。

至少在家鄉，燕的畫相當有名。

不過高中畢業，進入夢寐以求的美術大學後，燕首度嘗到挫折的滋味。

大學校園裡，盡是外表吊兒郎當的傢伙，一拿起畫筆卻人人都比燕厲害。

面對排山倒的挫折感，燕的精神萎靡，不到一年，他就申請休學，遭父母斷絕關係，連著幾天都在公園餐風宿露。

最先把這種狀態的燕撿回家的，是一名四十多歲的女社長。當時春寒料峭，距離櫻花的花期尚早。她邀請燕到家裡，慷慨地提供吃穿度用。

在燕的心中，早已失去生存的意義。之所以沒選擇死亡，只是怕麻煩。於是，燕窩囊地受女人包養。

然而，不到一個月，燕被乾脆地拋棄了。

女社長吐出一口煙，說道：

「今後如果想靠女人吃飯，至少得學會做菜。光靠漂亮的臉蛋，只能撐幾年而已。」

那時，燕才察覺自己擁有一副漂亮的皮相。

雖然對食物沒什麼興趣，但燕似乎找到生存的意義。從下一個撿他回家的女人身上，他學著拓展料理的種類。

自出生以來，燕第一次用畫筆以外的工具進行創作。大概是所謂的「樣樣通，樣樣鬆」，燕迅速學會更多料理。

可惜，跟畫畫一樣，燕無法成爲專家，只是扮家家酒而已。即使如此，只要將製作料理當成工作，燕覺得比拿畫筆更輕鬆。

教導燕學會料理的女人，也在數週後拋棄了他。燕在不同女人的家之間流浪，最長都不超過一個月。一回神，他已在小白臉和遊民的身分邊緣遊走半年。

父母和為數不多的友人或許會擔心，但燕逃離時便已捨棄一切。看到現在的燕，無論是誰都會輕蔑他吧。

不過，無所謂了。

燕就是毫無幹勁，無法再提起畫筆的自己，就該是這副軟爛的模樣。

原本以為早忘了有關繪畫的事……然而，看到竹林律子的畫，燕不禁屏住呼吸。素描的柔軟線條，甚至讓他產生線條帶著顏色的錯覺。

這就是她的才能的顏色。

這就是眞正的畫。

燕忍不住心生嫉妒。

「應該烤好了……」

神遊的時間似乎抓得剛剛好，燕翻過吐司，焦得十分美味。滲染黃色的柔軟吐司，帶著褐色的酥脆焦烤痕跡。

翻面再等待幾分鐘，等邊緣也煎得酥脆，依然保留柔軟口感的法式吐司就完成了。

「哇！」

竹林律子驚嘆連連，像孩童般雙眼閃閃發亮。

「哇啊、哇啊！」

燕將煎好的法式吐司放上純白的盤子，擺在她的面前。

她彷彿看到什麼寶物，睜大雙眼，掩著嘴，輪流望著盤子和燕。

面對令人坐立難安的視線，燕不禁別開臉。

「不是什麼了不起的料理。不是餓得快昏倒了嗎？快點吃吧。」

「不能在這種地方吃……啊，對了，過來這邊。我們去特別室吧，在三樓。」

她無視燕的話，匆匆從冰箱取出牛奶，倒進兩個玻璃杯中，又將法式吐司和杯子放在托盤上交給燕。接著，她跑出玄關，踏上通往三樓的階梯。

「快點。」

她催促著，身影已奔上階梯，難以想像先前她光站起身就頭暈眼花。

依照她的吩咐，燕來到三樓。氣氛與二樓截然不同，眼前出現狹窄的走廊，左右側各有兩扇厚重的木門。

走廊的燈一亮，白牆上映出兩人模糊的身影，日光燈發出滋滋聲響。就是安靜到這種程度。

二樓那麼雜亂，樓上卻宛如另一個世界。燕首先注意到的是，地上沒有散落任何東西。

「這邊。」

她握住樓梯正對面的木門門把。

「來，請進。啊，慢慢來。要是花落了可就傷腦筋。」

「在哪裡吃都一樣，用不著換地方……」

燕端著托盤，嘆一口氣。

「還特意移動到另一個房間……」

然而，一踏進房裡，燕不由得睜大雙眼，衝向牆邊。連他都不清楚有氣無力的自己，究竟從哪裡湧現這種力量。

燕看向底下，又看向上方。

——眼前是一座令人驚豔的櫻花園林。

「啊……櫻花……不，是畫嗎？」

牆壁成爲巨大的畫布，畫著幾十株櫻樹。

不，不只是牆壁，地板上還有裸露的泥土與散落的櫻瓣。天花板是一片漫舞的櫻花，從縫隙露出的天空，確實是屬於春天的淡藍色。

明明沒有風，燕卻感到春風拂面。鼻尖飄過櫻花的淡淡甜香，宛如置身櫻花雨中。

此時天氣悶熱，完全是夏天的溫度，但光看著畫，皮膚彷彿感受到暮春的微涼。

舉目所見，都只是畫而已。

理智上明白，大腦卻拒絕承認。實際伸手碰觸，就知道眼前是粗糙的牆壁。飛舞的花瓣無法捕捉，燕的手指碰到的，只是油畫的筆跡。

「這是『春天的房間』。」

大概對燕的反應感到滿足，竹林得意地挺直背脊說明。

「待在這裡，隨時都能賞花。看到你做的黃色法式吐司，我突然想到，黃色應該配粉紅色，這裡最合適……所有顏色當中，我最喜歡黃色，是能包容所有事物的顏色。因此，黃色的食物一定要在合適的地方享用才行。」

房間並不寬廣，但由於牆上的畫，空間彷彿無限遼闊。

牆上櫻花園林的深處，畫著一對男女小小的身影，還有在路上奔馳的古董車。一直注視牆壁，會忘記身處建築物中。這裡有著另一個世界。

「好了，來吧，別客氣。」

竹林開心地在房間中央排好貓腳桌椅，並在桌面鋪上純白桌巾，放下盤子和玻璃杯。

「一起享用吧。別光看著我，你也一起來吃。」

純白的桌巾，純白的盤子，黃色的法式吐司，烤焦的深褐色痕跡。充分吸收橄欖油的法式吐司綿軟無比，不費吹灰之力就能切開。放進口中，長棍麵包的甜味、起司和橄欖油的香氣緩緩擴散。打個比方，就像是春天的味道。竹林的想法是對的。

「哇！居然不是甜的。」

吃第一口，竹林就詫異得睜大雙眼。

燕習慣做鹹味法式吐司。因爲教燕這道料理的女人不喜歡甜食，燕也不愛吃甜的。

「要是不合口味，留著沒關係。」

「不會，滿好吃的。法式吐司明明很花時間，爲什麼你這麼快就做好？簡直像魔法一樣。難道你會魔法嗎？」

處。

燕的料理是第一次受到如此熱情的讚美。燕有些不知所措，將複雜的情緒嚥進喉嚨深

「橄欖油也十分美味。不是用奶油，改用橄欖油也挺不錯。」

「先加熱過，就會比較快入味，只是這樣而已。」

「微波爐？」

「是微波爐。」

眼前的女人擁有燕求而不得的名聲。

她不知道燕拿過畫筆，天眞無邪地稱讚他的料理。

「說起來，我還沒問過關於你的事。你的名字是……？」

「我的名字是……大……不，是叫……燕。」

大島燕，他將全名吞回嘴裡。

至今爲止，燕不曾告訴收留他的女人全名。「燕」這個聽起來就相當可疑的名字，剛好是本名，他頗爲慶幸。女人們都會擅自認爲這是假名，不會繼續追問。

「哎呀，眞是出色的名字。你是在春天出生的嗎？」

然而，竹林毫不介意，雙眼發亮地仰望著燕。

「你知道嗎？燕子是會帶來幸運的春天鳥兒。」

竹林瞇起眼，彷彿沉浸在幸福中。

「你住哪裡？」

「我住在……」

原本想回答「馬路對面的高級公寓」，燕又露出苦笑。今早他才遭住在那裡的女人掃地出門。

「我居無定所，四處爲家……」

「哦，這樣啊。那你想在這裡住多久都行。」

竹林以驚人的速度吃完法式吐司，爽快地拋出這句話。不知是否在繪畫上擁有優異的才能，就要捨棄其他才能？竹林嚴重缺乏戒心。

「不用付房租，只要做飯給我吃就好。另外，請讓我畫你。」

以滿牆櫻花爲背景，她露出平穩的微笑，難以想像身負奇才。

「黃色法式吐司搭配純白盤子，淺粉色杯子盛著牛奶，實在充滿春天的氣息。」

她喝著牛奶，陶醉地低語。

「四季當中，我最喜歡春天。至於花，我最喜歡小蒼蘭。擺在櫻花的房間裡的法式吐司，宛如在櫻花園林中盛開的黃色小蒼蘭。」

她注視著牆上的花，露出有點寂寞的表情。

燕不禁跟著望向牆壁，但眼前只有櫻花。一片燦爛的粉紅色彩中，剩下的黃色法式吐司，像花瓣一樣散落在盤子上。

「你對春天一定有著美好的回憶，畢竟你創造出這麼美的黃色。」

竹林注視著燕，燕不由得別開視線。

燕幾乎沒有關於春天的回憶。從小他就一直在畫畫，沒什麼賞花的記憶。父母也樂見燕關在房內畫畫。

因此，不分季節，燕總是在房內不斷畫畫。

今年春天，他在夜櫻底下被女人撿回家。對於春天，他沒有任何愉快的記憶。

「你擁有色彩方面的才能。我想看看你塗抹出來的顏色，一起出去寫生吧。」

「不，我不畫畫……」

「是嗎？」

竹林的眼神柔軟，卻像刀子一樣。刀刃彷彿直入胸口深處，燕無法動彈。那並不是純然的疼痛，而是甘美滑膩的痛楚。

不過，竹林似乎沒注意到燕的變化，燦爛一笑。

燕放棄爭論，努力擠出笑容。

在此爭論太愚蠢。現實的問題是，燕無處可去，應該儘早找到可供寄生的地方。

（住哪裡都一樣……這裡和其他女人的家沒什麼不同，反正很快就會被趕出去。）

燕的指甲陷入掌心。

雖然過程有些不同，總之又有女人收留他，一如往常。

不管對方是誰都一樣，需要暫時的棲身之所，僅僅如此……燕只能這麼想。

（我已放棄畫畫……）

所以，只能用這種方式過活。

竹林以潔白的餐巾擦嘴，抬頭看著燕。

她的臉上浮現惡作劇般的表情。

「我只告訴你喔，其實……我是魔女的後裔。」

眼前的女人果然有點古怪。

新綠的夏日銀杏

這個家的顏料氣味太過鮮明。

「燕、燕，起床，快起床。」

烙印在臉上的陽光和灰塵飄揚的空氣，讓燕一陣嗆咳。

「起床，快點嘛，快點起床。」

緊接著是伴隨著悠哉話聲的一陣搖晃，燕不由得按著頭。

微微睜開眼睛，映入視野的是鮮麗的極彩色天花板。紅色、橘色，以及橫越其間的灰藍色直線。

那是夕陽的畫。劃破天際的灰藍色是飛機，排出煙霧，在夕陽餘暉中一路飛遠。

不曉得當初是怎麼畫在天花板上，彷彿是畫筆敲打而成的一幅畫。不知爲何，莫名有一種吸引人的魔力。明明筆觸雜亂，卻讓人移不開視線。

筆直穿越的飛機雲，看著令人一陣心痛。

這是哪個女人的家？燕搜尋記憶，終於清醒。

——這不是隨便哪個女人的家，是竹林律子的家。

「燕，天亮嘍。」

竹林律子一早就神情愉快地湊近注視著燕的臉。

昨晚燕直接睡在客廳的沙發上。

望著極彩色的天花板，再看向竹林律子，燕想著「原來一切都是現實」。

由於顏料氣味的關係，燕昨晚作了被顏料追著跑的惡夢。

「醒了嗎？早安，沉睡中的你也很好看。」

大概是相當疲累，燕似乎睡得非常熟。律子手肘撐著沙發對他笑。晴天的日光從她背後的窗戶照進來。

「早安……律、律子小姐。」

昨晚，燕猶豫著不曉得該怎麼稱呼她，她毫不介意地表示「叫我律子就好」。燕自然無法對比自己母親年長，還是世界知名的畫家直呼其名，但以姓氏稱呼，又被嫌「太過冷漠」。

折衷之下，最終定案的稱呼方式是「律子小姐」。第一次這麼稱呼她，燕不禁感嘆這個名字確實十分適合眼前的女性。

「不好意思，你睡得那麼香還硬叫你起來，不過我拿到很棒的東西，所以想問你要不要一起來看。」

她一邊這麼說，一邊拉著燕走到廚房。

廚房流理台上擺著盤子，那是顏色就像藍天的平口大盤子。盤中空無一物，只有邊緣精心盛著鹽巴。

「昨天你爲我做飯，換我請你吃飯，當成回禮。」

她小心翼翼取出一只褐色大信封。

「燕，把手伸出來。」

燕照她說的張開手，信封的內容物隨著窸窣聲響，落在他的掌心。

——是銀杏，帶著殼，而且體積不小。

「今早有人拿來的。」

「以時期來說，是不是太早了？」

儘管已進入九月，但白天仍十分炎熱，蟬聲依舊嘈雜，秋天的氣息還遠得很。

聽燕這麼說，律子笑了。

「夏天的銀杏很少見，而且我會做的料理只有這一道。」

你看著吧——她將銀杏收回信封裡，然後放進微波爐。

「律子小姐，妳說的料理是……？」

代替她回答的是一陣東西迸裂的聲音。在微波爐的加熱下，銀杏在信封中彈跳。

砰砰聲響令人心驚，不過律子毫不瑟縮地盯著微波爐，過一會後，伸手按下停止鍵。

「好，可以吃了。」

柔和的香氣包圍著空間，撕開帶著濕氣的信封，她將內容物倒進盤子中。

「燕，你瞧。」

律子一副獻寶般的神情，端著盤子湊向燕。銀杏的香氣撲鼻，不，似乎比秋天的銀杏更香甜。清新芬芳毫無臭味，而且相當翠綠。

「顏色很深，就像綠寶石一樣，眞漂亮。」

正如一臉陶醉的律子所說，銀杏果實的顏色宛如澄澈透亮的綠寶石，成堆盛裝在水藍色的盤子中，看起來十分美麗。

「來吧，趁涼掉之前享用。」

「一早……就吃銀杏嗎？」

抱怨前先吃吃看嘛，律子嘟起嘴巴抗議，於是燕只好先拈起一顆銀杏，剝開仍有一半黏在上面的銀杏殼。裡面還熱呼呼的，口感柔軟。

將銀杏放進嘴裡，燕難掩驚訝。

「好甜……」

銀杏飽滿的果實在口中迸開，滋味驚人地清爽，簡直就像水果一樣多汁爽口。滋味甘甜，是屬於銀杏的甜味。

明明是新鮮飽滿的果實，到了口中卻暖洋洋地化開，燕無法自拔地又往嘴裡丟了兩、三顆銀杏。

沾上少許鹽巴，更加襯托出銀杏的甜味。然而，吞下銀杏之後，卻能嘗到隱約的苦味。正是銀杏特有的風味。

「喏，很好吃吧？這眞的很好吃。」

看著拈起銀杏的燕，律子滿足地笑了。

「我有很多學生，他們現在還是會像這樣，特地送食材過來。」

律子一邊剝銀杏的皮，一邊解釋。

原來如此，這位看起來沒什麼生活能力的女性，之所以能如常度日，恐怕全是她的學生們努力不懈的結果。

「大家都還在畫畫嗎……？」

燕又往嘴裡丟了一、兩顆銀杏。入口的銀杏愈吃愈清甜，實在不可思議。在嘴裡迸開的口感也很有趣。

「不，沒人成爲畫家。一定是我沒有教人的天分。」

律子的聲音突然低了下來，眼神落寞。

（學生們……大概都待不住吧。）

燕注視著她的手指，如此思索。天才不適合當教師。若不是凡人，根本無法教導別人。天才會在無意識中，奪走凡人的活力。

看著律子，燕心中某處就會隱隱作痛，因爲律子讓他認知到自己身爲凡人一事。儘管如此，他仍移不開視線，也因爲她是天才。

「……」

兩人不知爲何就這樣站著，桌上放著一個盛裝銀杏的盤子。在照進屋內的清爽晨光中，兩人面對面剝著銀杏的皮。

這幕光景莫名引人發噱，燕露出苦笑，律子也連帶露出笑容。剛才一瞬間流露的落寞，就在朝陽中融解消失。

「我對秋天的銀杏沒什麼興趣，因爲顏色都會變成枯黃色。沒想到剛結果的銀杏卻這般翠綠，眞是不可思議。」

她拈起的銀杏，在朝陽照射下顯得通體透綠。

「盤子不正像天空一樣嗎？鹽巴是雲，這抹綠色就是葉子，而且是夏日尾聲的樹葉。」

「話雖如此，鹽巴不會太多了嗎？」

「沒關係，畢竟是雲……哎呀，這顆銀杏還是硬的，可惜。」

律子拈起一顆銀杏，一臉遺憾地偏著頭。

「銀杏不剝開殼，就不知道裡面果實的大小軟硬。」

律子手上的銀杏又小又皺，燕靜靜凝視著那顆銀杏。

正如她所說，銀杏外殼毫無差異，但剝開一看，卻有機會遇到果實太硬，或是壞掉發灰的情形。

即使外觀美麗，打開殼之前都很難說。

燕跟著剝開一顆銀杏，裡面是尚未成熟的銀杏果實，又小又硬，看起來乾癟癟的，了無生氣地滾落一旁。

（和我一樣。）

燕露出苦笑，將那顆銀杏撥到盤子角落。

「要丟掉嗎？」

「爲什麼？」

律子一臉難以置信，仰頭看燕，然後伸手拿了幾顆乾癟的銀杏在掌中把玩。

「不管多硬，銀杏就是銀杏。有辦法用這個做點什麼嗎……對了，銀杏拌飯如何？白色米飯中的點點翠綠，一定很漂亮，就像飄浮在雲朵上。」

「我試試吧……」

律子期待地注視著燕。在那宛如小狗的目光中，燕沉重的心情硬是被一掃而空。

「可是我也沒吃過，只能隨意調味。那麼，有米嗎？」

「應該有，大概……收在櫃子下面。」

「幾十年前的米嗎？」

「噢，你運氣不錯，這次的米是最近才送來的。」

燕無可奈何地起身，挖出被塞到櫃子深處，近乎全新的飯鍋。

（眞是的，這個家實在欠缺生活感。）

不論是飯鍋或是鍋子，儘管放了很久，但都是新的，毫無使用的跡象，約莫是收到後就擱著不管。

如同律子所說，米袋躺在雜亂的櫃子下方。包裝不是超市常見的塑膠袋，而是一看就很高級的袋子，是用來送人的禮品。

燕動手量米、洗米。在老家從未做過的事，如今已駕輕就熟。向女人學習料理之前，燕對做菜一直有種模糊的畏懼。

無中生有地變出食物，簡直就像魔法一樣，實在有違自然。

不過，習慣真是可怕，燕現在已能毫不思考地動手做菜。

沉浸在乾淨水中的潔白米堆。冒出水面的氣泡，在晨光下閃爍著虹色光澤。

燕彷彿要打碎氣泡般，撒下鹽巴，加上一匙醬油，再將成排的堅硬銀杏推入水中。

偶然映入眼簾的厚片昆布，被燕拿剪刀剪下少許，漂浮在白米上。

（看看會變成怎樣吧。）

燕扣下沉重的飯鍋鍋蓋，許願似地按下開關。

大約過了一小時，飯鍋響起悠揚的聲響。律子丟下畫筆，彈射般奔向廚房。半睡半醒的燕伸個懶腰，跟在後頭。

「銀杏一樣硬梆梆……反正沒用的。」

燕吞下呵欠，一邊望進廚房，只見律子回以心滿意足的笑容。

「你看！」

從飯鍋升起的裊裊熱氣撫過律子的臉，廚房中充滿剛煮好的米飯香氣。

燕探頭看向飯鍋裡，律子以筷子輕輕撥開堆在上面的昆布。深黑的昆布底下，是純白的米飯，以及……柔軟膨脹的翠綠果實。

「就像寶箱一樣。」

宛若綠寶石的美麗綠色燦爛奪目。

「似乎成功拯救了銀杏。」

看著裝了滿滿銀杏飯的碗，律子愉快地笑道。

「味道我可不保證，畢竟是突然被要求才煮的。」

即使燕話中帶刺，律子也毫無反應。隔著桌子，燕與律子相對而坐。合掌開動之後，燕戰戰兢兢地將銀杏飯送進口中，帶著獨特味道的銀杏柔軟地在口中融化。

「燕，你瞧，所有銀杏都有其價值。」

她開心地輪流吃著銀杏飯，和用微波爐加熱的銀杏。

「銀杏飯的配菜是信封銀杏，燕，很有趣吧？」

淡淡的鹹味，以及彷彿醬油焦掉的香氣，加上銀杏的清新芳香。僅僅如此，卻讓人食指大動，十分下飯。回過神，兩人都已碗底朝天。

「感謝招待。眞厲害，明年開始不只信封銀杏，還有銀杏飯可以享用了。」

「我說……」

律子一副燕明年也會待在這裡的語氣，燕對那種謎樣的自信感到有點不快。他正打算反駁，卻又默默將話吞了回去。

——短期內待在這裡比較好，不然眞的要露宿公園了。

「不曉得飯還有剩嗎？」

律子對燕的心情一無所知，踩著跳舞般的腳步走向廚房。

燕沉默不語，細細品嘗盤中剩下的青綠果實。

隱約帶著遙遠香氣的苦味，說不定是沒到秋天就消殞的銀杏所發出的悲痛聲音，燕不禁暗想。

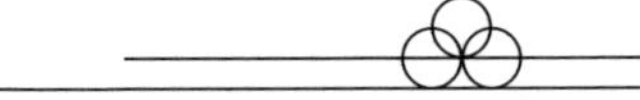

夏日尾聲的普羅旺斯燉菜

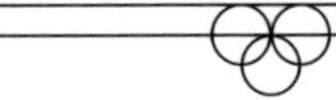

雨聲滴答不停，九月即將結束。

「律子小姐……」

燕躺在沙發上，有氣無力地呼喚。

然而，毫無回應，傳入耳中的只有沙沙作響的鉛筆聲、雨聲，以及遠方響起的尖銳門鈴聲。

「律子小姐，門鈴……律子小姐……」

燕努力撐開沉重的眼皮，揉眼起身。

燕此刻身處昏暗的房間，無機質的水泥牆包圍四周。這是個只擺著床和櫃子的小房間。

——這裡是律子家的一樓。曾經是車庫的地方，如今不見任何車輛停放，鐵捲門維持著拉下的狀態，目前專門放置畫板。

車庫的一角，有一個水泥牆隔出的房間，現在成爲燕的房間。

燕來到這個家的第三天，律子主張不能老讓燕睡在客廳的沙發上，既然邀請燕住下，就應該提供房間……於是燕得到自己的房間。

由於不曉得會在這裡住多久，不知何時又會開始流浪，燕覺得睡沙發比較合適。不過律子一旦決定就不會改變，燕不敵她的堅持，住進了房間。

房間位於昏暗車庫的角落，被灰色牆壁圍繞，蒙著一層灰塵。

「只剩這間是空房……」律子歉疚地說明，不過陰濕寒涼的房間，反倒讓燕心安。或許是和客廳不一樣，沒有顏料氣味的緣故。

「律子小姐，門鈴……」

伸完懶腰，燕看向腳邊。

那是律子嬌小的身影。不曉得她從什麼時候就待在那裡。一回過神，律子已闖進燕的房間，在牆上作畫。

此刻她一手拿著鉛筆，努力地趴在牆上。燕看不出她在畫什麼，只知道應該是很大一幅畫。律子想畫滿整面牆。

以爲能逃離顏料的氣味，看來此處不久後也會充滿顏料的味道。燕放棄掙扎，一踏上地板……就踢到滾落在地上的鉛筆。那是律子先前還握在手上的鉛筆，燕想撿起來，手卻不住顫抖。

削得只剩小小一截的鉛筆太過鮮活、神聖，燕甚至不敢觸碰，只能靜靜繞過鉛筆。

「律子小姐……嗯，似乎沒在聽……」

埋首作畫的律子會鑽進自己的世界，就算搭話也毫無反應。

「我去看看。」

紅著雙眼、不停賣力揮舞畫筆的律子聽不見任何聲音，燕放棄交談，走向玄關。

不過，門鈴聲已停歇。這棟設計有點奇怪的房子玄關位在二樓，等到燕抵達玄關的時候，訪客早就離開。玄關門口的郵箱中，被胡亂塞了一張細長的紙條。

「是包裹啊……」

那是宅配的不在府通知單，收件人是竹林律子，貨品是食材。看到紙條上的內容，燕不禁感到猶豫。

以前燕曾被女人叮囑，即使門鈴響了也不要應門，不管誰來都不要開門。

自己是女人飼養的寵物，燕每每如此體悟，同時也感到難爲情。不過，這樣的情感，也日漸變得稀薄。

然而，對方所說的話，似乎確實影響了燕。直到現在，一聽見門鈴聲，燕依舊會繃緊身體，小心觀察是什麼情形。

燕環視房間。這幾天，他順手整理了屋子，因而騰出能夠落腳的空間，但有個東西遲遲未曾現身——電話機。

「律子小姐，剛才有人送包裹來，請問電話在哪裡？我請他們再送一次，這次要麻煩律子小姐應門。」

「我不知道……大概……被壓在……什麼地方。」

燕亮出不在府通知單，向律子詢問，她卻一直心不在焉，頭也不回地應道。

「送貨員……應該還在附近。燕，幫我去外面看一下。」

律子仍是老樣子，擅長打破燕的習慣。

燕做好心理準備，奔下門外階梯的時候，天空已下起毛毛細雨。最近氣溫下降，一下雨就令人感到一陣寒意。

不出所料，宅配的卡車停在距離律子家有一小段路的地方。在潮濕的雨絲中，看似送貨員的男人正在整理包裹。

「不好意思……」

燕剛開口，又停了下來。

有個男人搶在燕之前叫住送貨員。

「那是要給竹林老師的包裹嗎？」

出聲的是撐著黑色大雨傘的男人。對方一身合適得令人生厭的高級西裝，穿著沒半點髒汙的皮鞋，大步走向送貨員。

「啊……承蒙關照。」

年輕的送貨員似乎認得男人，一看到他，彷彿鬆了一口氣，再次打開車廂，取出一個大紙箱。

男人自然地確認紙箱，笑了起來。

「嗯，果然是我送的包裹。老師又沒應門了嗎？」

「是的，雖然屋內亮著燈……」

「老師總是這樣。」

被雨水打濕的紙箱，遠遠望去也能看出尺寸不小。男人一副習慣的樣子，隨手拍拍送貨員的肩膀。

「沒關係，反正我要去探望老師，就由我送去給老師吧。」

「不好意思，每次都麻煩您。」

男人從上衣內袋取出顯然價值不斐的鋼筆，熟練地簽下名字，接過包裹。

送貨員離去後，現場剩下抱著紙箱的男人和燕。

在雨中隔著數公尺對上視線的兩人，一瞬間停止了動作。

兩人視線交會不到十秒，燕卻感覺十分漫長。

「請問……那個包裹……」

先打破沉默的是燕。男人懷疑地盯著他，燕只好掏出塞在口袋、變得皺巴巴的不在府通知單。

「那是寄給……竹林律子的包裹吧？」

燕猶豫著不曉得該怎麼開口。

燕既不是竹林律子的家人，也不是房客。幾週前他還只是個路人，如今卻是能代領包裹的關係。

燕不知道怎麼表達自己和律子的關係。

「那個包裹……我來拿吧。」

百般煩惱之後，燕唐突地這麼說。

「哦……」

男人看到皺巴巴的不在府通知單，頓時瞇起眼。

燕不太確定男人的年齡，應該不是三開頭的年紀，而是四十幾歲或更大一點。男人的舉動沒有破綻，眼神銳利，服貼的頭髮梳得一絲不苟，打理得無懈可擊。他的表情溫和，卻毫不放鬆地盯著燕。毫不動搖的視線是充滿自信的證據，這個男人是燕不擅長打交道的類型。

「你是……住在老師家？你不像助手，是新的模特兒？」

「怎麼說呢……」

男人向前逼近一大步。

不喜歡遭對方的氣勢壓過，燕反射性地挺起胸膛。

「老師有時會拿我當作畫對象，說是模特兒應該也不爲過吧。」

「以模特兒的標準來看，你有點不修邊幅啊，是睡到方才嗎……要出來見人，至少頭髮得梳理整齊。」

現在約莫剛過中午，最近配合夜型作息的律子，燕的時間概念也變得模糊了。

燕盡量不引起男人注意地壓了壓頭髮，瞇起雙眼。

男人稱呼律子爲「老師」，想必是律子口中的「沒成爲畫家的學生之一」。這麼一想，燕的心裡一陣暢快，但同時也莫名感到惱怒。

他的存在本身，預示著走上不同道路的燕的未來。

「我只是因爲包裹到了，才會急忙出來。畢竟律子小姐沉迷作畫，不肯應門。」

「既然你認識老師，那正好。這個包裹就交給你，把包裹搬回去吧。」

聽見燕的話，他不為所動。

「請問你是哪位？」

「老師一看到箱子，馬上就會知道。」

男人嘴角浮現嘲笑般的笑容，將大紙箱塞給燕。紙箱莫名地頗有重量。

「小心別掉到地上，箱裡裝的是食物。」

「府上離這裡不遠嗎？」

燕瞄了眼寄貨單上的地址，問道。那地址距離不遠，漂亮的字跡寫著「畫廊」二字。

「為何這麼問？」

「你知道律子小姐不會應門，才會等在這裡吧？」

燕重新拿好被雨水打濕的紙箱，直視著男人。

「之後你乾脆自己送過來。」

燕脫口挖苦。

「下次就這麼辦吧。」

男人雲淡風輕地回答。

燕到家的同時，雨勢轉為凌厲。

豆大的雨珠彈落在窗戶上，外頭因滂沱的雨幕而一片白茫茫。通勤中的上班族拿皮包擋在頭上，疾奔而去。

雨水奪去地面的熱度，氣溫突然變低。

空氣寒涼，燕摩挲著手臂。冬季的衣服都留在上一個女人的家中。

燕試著回憶，然而浮現在腦海的那張臉，像灰色的污漬般模糊不清。

印象中是個頗高的女人。燕逡巡記憶，想起被趕出來的理由，不禁露出苦笑。

（啊，是因爲有男人出現。）

某天，一個男人前來拜訪女人。那是個貌似誠懇老實的男人。

至今爲止，只要發現對方的身邊有男人出沒，燕就會馬上抽身離開，避免捲入不必要的糾葛。

不過，這次又是如何？

燕望著丟在桌上的紙箱，壓了壓亂翹的頭髮。

（我居然……對素不相識的男人露出醜態……）

一想起剛才的對話，後悔就伴隨著一陣反胃湧上。這半年來，燕不曾如此激動。若是平常，他只會草草帶過，不會多逞口舌。

最近莫名容易情緒高漲潰堤。

住在律子家的這幾週，她的性格彷彿溢出的色彩，逐漸染上了燕。

「律子小姐，包裹……」

平復呼吸後，燕看了看客廳，又去到位於車庫的房間，都沒瞧見律子的身影。牆上的圖畫到一半，鉛筆滾落在地板上。

「律子小姐……？」

最後，燕敲了敲廚房深處的綠色房門。那是律子的臥房，至今爲止，燕從未踏入一步。燕悄悄打開房門，昏暗的房中浮現律子的背影。

「嗯……」

律子回過頭，表情嚴肅。平常溫柔的眼神變得尖銳，臉色像籠罩著一層暗影似地陰沉。

「燕……」

兩人初遇時，她也曾露出這種表情。一注意到燕的視線，律子馬上遮住眼睛，別過頭。

「抱歉，我剛好在寫點東西。」

她在小巧的桌上攤開白紙，但上面沒有圖畫，而是寫著文字。以她而言，相當罕見。

「包裹來得及收嗎？」

「嗯，算是……律子小姐在忙嗎？」

「不，我剛處理完，不要緊。」

律子隨手翻過紙張，收進抽屜。以她而言，這也是罕見的行爲。

（律子小姐也懷抱著某些祕密。）

燕握緊拳頭，別開視線。

說起來，燕對律子根本一無所知。

她是過去名噪一時的女畫家，喜歡畫畫，有時會不眠不休地作畫。

一旦畫得入神，就會看不見周圍發生的事。

喜歡顏色漂亮的食物。

東西弄亂了也不會收。

如果要說燕知道什麼，大概也就是這些事。

（那個男人的事，以及剛才的……那種表情，我都一無所知。）

那是什麼？那個男人是誰？若是這麼問，律子說不定意外地會坦率回答。不過，一旦這麼做，燕的祕密也有遭到反問的危險。

燕試著想像，對律子說明自己的過去的情景，不禁咬住嘴唇。

「律子小姐，送來的似乎是食物……我去準備晚餐。」

燕裝作沒看到律子的祕密。

「那麼，在飯煮好之前，我繼續畫畫。」

律子也若無其事地在燕面前藏起祕密。

（雨勢又變大了。）

不用上班也不用上學的燕，望著窗外的風景，不禁瞇起眼。

律子家雖然老舊，但優點是廚房擁有大片窗戶。燕能透過窗戶，看見人們的生活。看到普通過日子的人們，逐漸乾涸的內心便能再次有所感受。我眞是可悲，燕這麼想著。

（櫛瓜、茄子、南瓜、洋蔥、胡蘿蔔……還有大量番茄。）

燕打開紙箱，逐一翻揀內容物，拿起來就著雨中的天光查看。

男人送的包裹中，裝著多得驚人的夏季蔬菜，實在不是獨居生活能消耗的數量。

燕掃視成排成列地擺在廚房的蔬菜罐頭和瓶裝橄欖油，個個擁有律子喜好的美麗色調，只是沒有使用過的痕跡。

燕猜想這些一定是剛剛那個男人送來的。

男人對律子表現出異常的執著，燕有一種惹上麻煩的預感。若是以前，燕應該會避開爭執，直接離去。

（要離開也不是不行。）

燕將蔬菜排列在桌上，一邊思索。

（但這麼多蔬菜，律子小姐會吃不完。）

所以，燕還不能離去。

簡直像在哄小孩的藉口。實際上，這個家難以置信地舒適，成爲律子描繪的對象，燕也沒那麼反感。

桌上散落著律子畫的燕。做料理的燕、熟睡的燕，畫中的燕活靈活現。

畫紙上的燕和燕本人的外表一模一樣，卻沒有焦躁感，也沒散發出厭世的氛圍。明知只是畫，他還是忍不住心生嫉妒。

律子走出房間，迅速攤開素描簿，握著鉛筆，臉上已換成平常的表情，視線專注地追逐燕的身影。

於是，燕自然而然挺直背脊。

「燕，今天吃什麼？我肚子餓了。」

「我先簡單做點東西，請等一下。」

刷洗得乾淨閃亮的流理台水槽中，有個裝著水的大盆子。悠然漂浮在盆裡的是巨大的秋季茄子。

燕戳了戳閃耀著藍紫色光澤的茄子。

「接下來……」

他拿出菜刀。

「律子小姐，煮好嘍。」

依舊嘈然作響的雨聲中，燕單手拿著盤子轉過身。

廚房後方通向寬敞的客廳，律子總是窩在那裡作畫。

燕先前好不容易才收拾整齊，馬上又被顏料和畫紙淹沒，找不到落腳處。

律子在畫紙堆中，靜靜繪製新作。

「律子小姐……」

燕再次呼喚。有時喊上一百次，她也未必會聽到。今天十分幸運，喊到第二聲，她就抬起頭。

她的眼睛依舊布滿血絲，仔細一看，下方還浮現深色的黑眼圈。

然而，她卻面帶笑容。

「燕，怎麼了？咦，煮好了嗎？」

「我算是煮得挺悠哉的。」

「哎呀，我覺得不到五分鐘。」

「律子小姐，我們買個時鐘吧。最好是特別大的時鐘。」

燕環顧家中，遍尋不著時鐘的蹤影。即使買個時鐘放著，律子也不會去看時間。弄個不好，她可能還會將時鐘盤面塗成五顏六色，根本看不到數字。

燕推開散落的畫筆和顏料，將邊桌拉到她的身旁。

然後，他把盤子放在邊桌上。

「妳不是說肚子餓了嗎？」

「哎呀……」

「在晚餐準備好之前，先拿這些墊墊胃吧。」

「哦哦……哇！」

一看到上菜，她立刻丟下畫筆，注視著桌面。燕就是喜歡這個瞬間。

燕的料理能讓這個天才忘掉作畫的時光。

「眞好吃！」

律子大口咬著長棍麵包。燕將麵包烤到沒有多餘水分，並放上餡料。

「這是什麼？綠色的……顏色很不可思議的餡料，好好吃。」

長棍麵包上塗得滿滿的淡綠色餡料是茄子。燕也拿起一片烤得酥脆的麵包，上面是融化的茄子餡料。

裹著麵包表面的香氣、能毫不費力咬下的柔軟度，以及茄子多汁飽滿的口感，一口就有多種享受。

「這是茄子，茄子魚子醬，也被稱爲『窮人的魚子醬』，口感和味道似乎跟魚子醬很像……但我沒吃過魚子醬就是了。」

把茄子烤到出現烤痕，去皮後剁碎，加上橄欖油、鯷魚、大蒜，下鍋炒成糊狀。

如果再倒些巴薩米克醋，更增添風味。

以前收留燕的女人是這麼告訴他的。當時她的家裡沒有巴薩米克醋，好在律子家有大量的調味料。

「眞正的魚子醬絕對比這個好吃就是了。」

「比起眞正的魚子醬，我倒是覺得這樣的魚子醬更好吃。」

律子像在吃小點心，細細品嘗，再吞嚥入喉。半融的茄子餡料帶著鹹味，特別適合這種天氣的日子。

吃得讚不絕口的律子似乎沒什麼生活能力，但交談之際，偶爾會閃現過去的影子。

（這個人到底怎麼維持生活？）

這個問題再次掠過燕的腦海。

他啃著麵包，對自己產生這種心情感到困惑不解。

以前要是可能捲入麻煩，他就會馬上抽身，對女人的過去也毫無興趣。

然而，如今燕卻遲遲不想動身，還對律子的過去耿耿於懷。

「曖昧模糊的淡綠色……又像是灰色調的藍綠色……吃完這個，我大概能再繼續畫一會。」

「別太勉強，畢竟妳也不年輕了。」

一提到年紀，律子就鼓起臉頰。

「燕，講這種話對淑女太失禮了。而且我是魔女，所以沒問題。」

「我明白。」

「比起這件事，你好好期待房間的牆壁吧。」

律子把手伸向最後一塊麵包，愉快地說道。

「牆壁現在是寂寞的灰色，我正在上面作畫，之後整面牆都會變成畫。」

「不用費心了。」

燕出聲謝絕，但律子當然聽不進去。

不論是牆壁、地板、天花板，在她的眼中，房間全是她的畫布。

踏進一樓房間的那一天，律子摸著牆壁，笑著說：「我要把燕畫在牆上。」就在那令人眼前一暗的無色世界中。

「燕也畫畫看啊。」

「……我嗎？」

律子的雙眼閃閃發亮。

「我能畫出什麼？」

「哎，燕不畫嗎？你大可試著畫，都有現成的牆壁了。」

律子用一副「畫圖是理所當然」的口吻，吐出天真無邪的話語，卻刺傷了燕的內心。

不過，律子馬上忘掉自己說的話，揉了揉眼睛，打了個呵欠。

「我睏了。」

「要吃晚餐的時候我會叫妳，請去睡吧。」

「燕不睡午覺嗎？」

「剛剛送來的包裹裡有很多東西，我要一邊整理，一邊準備晚餐。」

「哎呀，眞是一本正經。」

她的笑聲像銀鈴般響起。

「埋頭作畫的期間，燕就替我打點好各種事了。」

（妳明明畫到一半就丟下畫筆……）

雖然這麼想，燕卻沒說出口。

先前流露冷淡眼神的律子浮現在他的腦海，隨即又消失。

氣。

簡單墊過胃，雨仍下個不停。將沉重的紙箱放在面前，燕探頭一看，小小吐出一口

箱裡依舊塞著滿滿的夏季蔬菜。

巨大的小黃瓜、梗豎得筆直的茄子、光滑的櫛瓜、成熟的番茄，不曉得是不是剛採摘，個個嬌豔欲滴。

蔬菜上方附有一張純白的便條紙。

燕輕輕拈起那張便條紙，上面以深藍色墨水寫著短短幾行卻裝腔作勢的文字。除了感謝的話語、放棄當弟子的後悔與謝罪，還雞婆地加上一句對律子生活的擔憂。

不過——

（這個男人沒搞懂啊。）

燕懷著少許優越感這麼想著。就算施恩似地送禮，也無法贏得律子的目光。律子只會看自己有興趣的東西。

「就做普羅旺斯燉菜吧……」

燕確認紙箱的內容物，喃喃低語。在夏季尾聲送到的，象徵夏日餘韻的蔬菜。

將蔬菜切塊燉煮，全部混在一起就成爲普羅旺斯燉菜。

這道料理也是以前的女人教給燕的。只要切一切，再丟下去煮就好，這是男人的料理。女人如此主張。雖然喜歡做菜，但唯有普羅旺斯燉菜，她喜歡要求燕來煮。

燕在大鍋子中倒入大量橄欖油，加熱後放入一枚蒜片，炒到爆香爲止。接下來，只需

將切好的蔬菜丟進鍋內。

燕才拿起菜刀，律子便探出頭。

他自然地捏緊便條紙，塞進口袋。

「妳沒去睡嗎？」

「我很在意你要煮什麼。」

她的眼睛依舊布滿血絲，卻興致盎然地注視著燕的一舉一動。

「需要我幫忙嗎？」

「要是妳切到手，我反倒困擾，請待在一旁。」

「我啊，其實沒用過廚房。」

「我想也是……」

切好大茄子和洋蔥之後，燕控制力道，留意不要切爛番茄的果肉。刀刃劃入櫛瓜柔軟的表皮，又溫柔地切開彩椒充滿彈性的果肉。

全部切完，燕將蔬菜移至鍋內。最好是一切完就直接放進鍋內，因爲切面一接觸空氣，食物就會開始成熟。

熱過的橄欖油滲入蔬菜的切面，閃著金黃色光澤，發出滋滋的美味聲響。

藍紫色、綠色、紅色和黃色，將鍋內點綴得繽紛無比。

「律子小姐這麼缺乏生活感，居然能安然無恙地活到現在。」

「學生們會替我打點……嗯，雖然大家都不學了。」

律子頗感興趣地盯著鍋子。

燕毫不在意，隨意翻動蔬菜。洋蔥、茄子、彩椒、櫛瓜、番茄、黑胡椒鹽，以及調味料中的香草。

燕拈起香草，全部撒下去。

所有亂七八糟的心情和想法，統統融解在料理中。

各種顏色在鍋中交錯混雜。不論是藍紫色的茄子、綠色的櫛瓜，或是黃色的彩椒，都被番茄的紅色浸潤。宛若夕陽的濁紅色，是夏季尾聲的色彩。

律子望著鍋內，發出嘆息。

「混在一起，顏色多麼漂亮！看別人做菜實在是太好玩、太有趣了。爲什麼能憑空做出這麼好吃的料理？」

「律子小姐，妳擋到了。」

「那我來畫畫。」

律子沒因燕的話而退縮，開心地抱著素描簿窩到角落。

她的手毫不猶疑地動個不停，逐漸塡滿全白的紙張。

拿著鍋子的燕、握著菜刀的燕、確認爐火的燕，她瞬間捕捉燕不經意的一舉手一投足。

爲什麼妳能在什麼都沒有的白紙上，將風景完全重現呢……燕幾乎要脫口詢問，又閉緊嘴巴。

鍋內的普羅旺斯燉菜發出咕嘟咕嘟的滾沸聲，冒出輕柔的熱氣。熱氣另一側的窗外，已變成十足的夜色。

「律子小姐，想試吃嗎？」

「咦，可以嗎？」

燕一拿開鍋蓋，水滴就落在爐火上，發出嘶嘶聲響。

仔細一看，鍋內的蔬菜已燉煮得差不多。夏季蔬菜熬煮出的水分驚人，僅僅是翻炒後加以燉煮，蔬菜就能靠自身的水分熬煮得軟爛。

「我不太喜歡櫛瓜的味道。」

「反正混在一起後，味道都一樣。」

燕將煮到變軟的茄子和櫛瓜，分別盛到兩個小碟子中。大蒜的甘甜氣味悠然飄起。在蔬菜中燉煮的大蒜會散發甜味。

「燕，可以試吃眞的好幸福。」

律子不說好不好吃，只浮現陶醉的笑容。

嘗了一口，燕也決定放棄思考困難的問題。

「剛煮好的料理，滋味就是不一樣。」

茄子、櫛瓜和番茄水乳交融，在口中擴散。

那就像是追憶夏天的滋味。

傍晚的拿坡里義大利麵

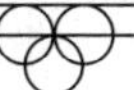

律子的聲音和她的個性相反，非常沉穩。

她的嗓音低沉富有磁性，和緩的語調聽著令人安心。

往昔她曾以這副嗓音，替歐美影片配音。

那是二十年以前，早在燕出生前拍的電影。律子是爲片中出現的老飯店的經理配音。

位於海邊的老飯店在夕陽斜照下，染成一片橙色。此時腦中一團混亂的主角回來，飯店經理上前迎接。兩人長長的影子，在牆上烙下清楚的黑色印記。

飯店經理如歌般低語：「我們到外頭去吧，此刻夕陽想必很美。」

那道低語，至今仍殘留在燕的耳中。

「哎呀，那麼古老的電影……那是我第一次配音……聽起來很生硬吧？」

一提到配音的事，律子就害羞地遮住臉，連耳朵和脖子都染上紅暈。

「我參與配音的工作，只有那部電影而已。那次是因爲……我眞的很喜歡劇情。」

電影公司想找名人的盤算十分露骨，不過電影的劇情本身確實不差。只是敘事太平緩，最終沒能成爲暢銷作品。

「那麼久以前的電影，燕是什麼時候看的？」

「高中的時候。」

「……你是如何找到那麼久以前的電影？」

「在出租店發現的。」

「你眞奇怪。」

「有這麼奇怪嗎？」

燕姑且無視律子的話。

「我去小睡片刻。」

吃過簡單的早餐，燕突然睏了起來。受到夜貓子型作息的律子影響，最近燕的生理時鐘也開始日夜顛倒。燕呑下一個呵欠，迅速窩回房間。

光禿禿的水泥牆壁上，逐漸布滿律子的畫。她畫的是樹。

這是柏樹，律子說明。

她已打完草稿，著手進行上色。目前只上了淡淡的顏色，接下來應該會疊上層層色彩。

燕小心翼翼地觸碰牆壁，回溯稀薄的記憶。

（我記得那部電影……）

燕想起關於律子配音的那部電影的回憶。

（嗯，是刊載在雜誌上。）

刊載在父親擱到一旁的老舊繪畫雜誌上。

平常明明不碰雜誌，燕卻受封面的圖吸引，拿起了雜誌。

封面上是一整面搖曳生姿的燦黃小蒼蘭。幾近刺眼的鮮明色調，彷彿色彩形成的海洋。當時，燕才知道這種有著圓瓣的花名。

畫出這些鮮黃小蒼蘭的人，是名叫竹林律子的古怪女畫家，以及她挑戰電影配音的事，燕也是在當時知曉。

記得雜誌上還刊出一小張她的照片。

以討厭媒體聞名的女畫家要參與電影……電影上映時，似乎造成了一些話題。以討厭媒體的畫家來說，可真是得意忘形。燕對老電影沒興趣，但在出租店偶然看到，就順手租回家了。

燕原本沒打算認眞看，只是放著當背景音樂。沒想到一回過神，已被電影情節吸引。場景是在中東沿海的鄉村小鎭。故事平靜和緩，帶著悲傷的餘韻。律子配音的女經理總是沐浴在夕陽下，帶著幽暗的陰影。

至今她的聲音、她的台詞，仍不可思議地留在燕的腦海。

（這樣啊，那個時候我就知道律子小姐了。）

燕彷彿被吸進去似地緩緩倒進床鋪，閉上雙眼。

她的聲音成爲契機，燕開始尋找她的畫作和照片。燕也曾試著模仿她作畫，卻難以畫出像她一樣的色彩。燕甚至對她的才華感到驚訝與嫉妒。

不過，回想起來，那一聲台詞，正是燕和律子的初次邂逅。

「早安，燕。」

此刻，當年的那道聲音在燕的身旁響起。

「還想睡嗎？來嘛，差不多該起床了。」

那道聲音比當時更低沉，相對地，也變得更有深度。

「燕的睡臉也很好看。」

「……盯著別人的睡臉，實在是教人不敢恭維的嗜好。」

被安靜地搖醒，燕睜開眼睛。睡醒的時候總是毫無防備。燕一睜開眼，映入視野的就是女人的笑容。

律子從床的上方探頭注視著燕。

一對上視線，她的眼角皺紋加深，揚起微笑。

「燕太漂亮了，我忍不住一直盯著看。燕一睡著，皮膚的顏色就會消失，變成無色。」

律子從正上方低頭看著燕，遮擋了日光燈的燈光，燕的視野十分昏暗。

燕的身上披掛著各種大概是律子幫他蓋上的布料，包括毛巾、襯衫、手帕，和她的畫作一樣色彩繽紛。

「又幫我蓋了不少被子呢。」

「我要使用顏料，所以開著門。你身上不蓋點什麼，應該會冷吧。」

中午前，燕在微微睡意下，摸索到自己房間的床鋪，記憶至此中斷。

意識到自己久違地睡了一頓懶覺，燕憋下呵欠起身。

雖說生活上無所顧慮，但白天就呼呼大睡，燕的心頭莫名湧起一股自我嫌惡和罪惡感。

現在幾點了？燕一邊想著，一邊伸了伸懶腰。他一吸氣，顏料的氣味便撲鼻而來。

「我也是男人，老是被說漂亮……唔，雖然聽習慣了，偶爾還是會感到不愉快。」

「哎呀，畫畫的人不會光看皮相就論美醜。」

律子的手上沾著顏料，想必是在爲房間的牆壁上色。

看著律子手上的顏料和帶著疲憊的舒暢表情，燕的心底某處一陣抽痛。那是他理應早已捨棄的自尊心碎片。

「……我可不清楚，畢竟我不畫畫。」

「但我會畫呀。你看，頗有進展。」

律子挺起胸膛，指向牆壁。

想要畫燕——當初律子動筆作畫時，是這麼說的。

然而，她在牆上畫的卻是樹木。

那是蒼翠鬱蔥的繁茂大樹，葉片帶著大大的鋸齒狀，一點一點地逐漸增長。

「我最喜歡柏樹了。柏樹是漂亮又高雅的樹，你知道爲什麼嗎？因爲柏樹不會落葉。直到發新芽爲止，柏樹都不會落下一片葉子。」

律子撫著牆壁。

「像櫻花一樣飄散的花很美麗，不過，不會凋落的樹也很優美。我想將房間畫滿柏樹，不曉得你會不會喜歡？」

「不管我喜不喜歡，決定權也不在我。」

直挺的柏樹環繞四周，宛如森林般的風景中，絲毫沒有人的氣息，也沒有動物的蹤影，只有整片的樹林。

從綠葉上方灑落的陽光穿過葉隙，照在樹幹上，映出夕陽的色彩，讓人聯想到即將來臨的夜晚。

（眞奇怪。）

燕愣愣望著眼前的風景，突然有種不協調感，不禁揉了揉眼睛。

光的顏色有紅有紫，也有綠色，卻遍尋不著黃色。

燕站起身，凝望著牆壁。

「律子小姐，妳不用黃色嗎？」

浮現在燕腦海的，是屬於小蒼蘭的鮮明黃色。和她相遇的時候，燕會選擇做法式吐司，可能也是大腦一隅保留著對律子畫作的記憶。

律子的黃色，可說是她的代名詞。

來到這個家，燕見過她各式各樣的畫作，也看過三樓的「春天的房間」。

燕會覺得似乎少了什麼，是到處都找不著黃色的緣故。連地上散落的顏料，也都沒有黃色。

燕的指尖顫抖，從胃裡竄起一股寒氣。

僅僅是這麼一件事，燕就恐懼不已。

「因爲沒必要，才沒使用……」

然而，律子卻輕輕帶過，抬頭望向燕。

「比起這件事，我餓了，燕。」

看到她的表情，燕馬上被拉回現實。

換句話說，她還沒吃飯。

「妳剛才一直在畫畫嗎？」

「眞是的，我才沒一直在畫畫，中間也有素描燕的睡臉。」

你居然會這麼想——律子噘起嘴，彷彿如此抗議，燕嘆了口氣。

「話說回來，現在幾點了？」

「下午兩點嗎……呃，或許是下午一點……」

這個家沒有時鐘，燕的房間拉下百葉窗，看不見窗外的風景。律子所說的時間，大致上都是瞎猜的。

也就是說，現在的時間——

（晚上……該不會是半夜了？）

燕默默思索。

「那我該去準備晚餐了。」

「最近有點冷，我想吃熱呼呼的東西。」

「眞是模糊的要求啊。」

燕摩挲著發冷的手臂。最近溫差變化大，白天一結束，氣溫就會驟然下降。

「這樣的話……」

律子溫柔地撫弄洗好的畫筆，偏了偏頭。

「夕陽顏色的食物……加上年輕樹木的綠色。」

——她沙啞的低喃，聽起來帶有磁性。

「想必很美。」

就和那部電影中的聲音一模一樣。

律子偶爾會像這樣，以顏色來指定料理。

「那麼……」

從廚房望向窗外，一片赤紅。外面已被夕陽染成霞紅，太陽即將西沉。時間是下午五點，或是五點半左右。

從窗戶縫隙流入的秋日空氣，讓燕的手一陣冰涼。夕陽餘暉將屋內渲染成一片通紅。

燕搖了搖頭，像是要甩掉睡意，接著將食材擺在桌上。

洋蔥、青椒和蘑菇，加上香腸。

（蛋就……算了吧。）

燕一度抓起雞蛋，又放了回去。她的畫作中沒有黃色，在這裡加進黃色，似乎有點不識相。

（將蔬菜切塊……下義大利麵。）

切蔬菜的同時，燕往大鍋裡加水，撒上一匙鹽巴。從發亮的鍋底湧起一圈火光，隨著火光騰起，鍋中也升起裊裊熱氣。燕看準時機放入一把義大利麵。

（煮到極限，讓麵變軟……）

燕慢條斯理地讓麵條在熱水內翻騰，盡可能將麵條煮軟，感覺一定很適合今天的料理。

義大利麵起鍋之前，燕在大平底鍋底下點火，並丟入大量奶油。奶油遇熱化開，滋滋作響。

燕靜靜等到奶油快焦掉的前一刻，與此同時，義大利麵煮好，蔬菜也準備妥當。

他將食材全放進平底鍋，微焦的奶油香氣頓時在屋內飄散。

（即使容易焦掉也要維持強火……）

高溫下，奶油、義大利麵、蔬菜一口氣攪拌混雜在一起。即使容易焦掉，只要持續翻炒就不用擔心。

燕確認一切都在奶油的熱度下軟化，淋上大量番茄醬，並加上少許胡椒鹽和高湯。

調味料一進平底鍋，香氣就伴隨著入鍋聲響迸出。

「哎呀，眞是令人懷念的味道。」

「嗯，是拿坡里義大利麵。」

「我以前常在咖啡廳點這道菜。是父母帶我去吃，好懷念。」

律子不知何時來到廚房，著迷地探頭窺望平底鍋。

「熱呼呼的，滋味甜美，入口柔軟。」

燕一邊避開律子，一邊搖動平底鍋，拿筷子在鍋中隨意攪拌。

番茄醬的甜美紅色不是鮮豔的紅色，而是較淡的色彩，就像落日的顏色。彷彿被夕陽渲染的顏色。接著，襯上青椒明亮的綠色。

（很好……）

最後撒上少許砂糖，並加入牛奶。尖銳的香氣頓時變成柔和的氣味。

「砂糖和牛奶？」

「嗯，只要加一點點……味道就會變得柔和。」

燕一口氣提高火力翻炒，加熱攪拌食材，並在鍋裡發出咕嘟聲響時關火。平底鍋邊緣的義大利麵在奶油的影響下微焦，帶著些許金黃色，更增添食慾。

燕直接把平底鍋放在桌上的隔熱墊。熱呼呼的料理就是要趁熱吃才行，這是教導燕做料理的女人的信念。

仔細一想，燕在料理上的信念，全是由過去的女人打造而成。

「再配上昨天剩下的湯，應該沒問題吧？」

「好好吃……」

律子迫不及待地從平底鍋撈起義大利麵，旋即發出讚嘆。

「眞是香味四溢耶，燕。」

她的叉子捲滿義大利麵，柔軟的義大利麵中夾雜著煎得焦脆的香腸，以及煮得發軟的洋蔥和青椒。

燕跟著將義大利麵送入口中，甜味在嘴裡擴散。番茄的酸甜被牛奶中和後變得溫醇。或許是受到斜照進屋內的夕陽影響，拿坡里義大利麵的色彩顯得更加深沉。

「律子小姐不吃青椒嗎？」

燕不經意地抬頭，發現律子將青椒挑到小碟子中。被戳穿的律子像孩童般鼓起臉頰，伸手遮住小碟子。

「我只是先放在旁邊。」

「請好好吃掉。」

「我討厭青椒……」

「那為什麼提出希望加入綠色的要求？」

「顏色很漂亮嘛。」

猶豫一陣，律子似乎終於下定決心，將青椒送入口中。她細細咀嚼，露出笑容。

「眞不可思議，青椒不會苦。是因爲番茄醬，還是因爲煮得很軟嗎？」

「那就好……」

由於醬汁入味，拿坡里義大利麵整體十分柔軟，不論是蔬菜或麵條，都隨著酸甜的滋味化爲一體。

這個滋味引發鄉愁，並且莫名讓人聯想到高中時看的那部電影的畫面。

柔和的夕陽色調、女人的影子、甜啞的嗓音。黃色的缺席讓陰影變得更加深沉。

「不論是夕陽，或是拿坡里義大利麵，全是橙色，很好看。晚點我可以用橙色來畫燕嗎？」

「請隨意。」

拿叉子捲起夕陽色的義大利麵，燕一邊品嘗，一邊望向窗外。

黃昏即將結束，令人感受到夜晚就要來臨的深藍色雲層縫隙間，一隻烏鴉飛過。

過去、未來與回憶的深夜三明治

那個女人非常適合深夜的風景。

「燕，我在這邊。」

黑鴉鴉的公園一角，女人舉起手，於是燕也輕輕舉起右手回應。

女人穿著白色套裝，衣服沒有半點皺褶。背脊挺得筆直，站姿非常完美。不過，黑色髮絲卻像是累了似地在肩膀一帶飄動。也許因爲是晚上，女人白皙的臉上浮現淡淡疲色。

「下班途中如果要在外面碰面，在暗處比較好。」

這是女人最初對燕說的話。

這個女人到底幾歲呢？燕突然疑惑地想。夏天剛開始，他在路上被女人撿回家，在帶著夏天氣味的屋子，一起生活了一個月左右。

她是燕在去律子家之前一起生活的女人。

雖然是漂亮的女人，但一到夜晚就會變得陰沉。屋內總是一片昏暗，缺乏活力。

「喏，說好的東西。」

「……」

女人遞出一個大紙袋。和外觀相反，燕接過來只覺得手上一輕。

「衣服……和各種物品。這些大概就是全部了。」

「這樣啊。」

燕沒確認便淡淡回答。紙袋裡裝的，大抵上就是他留在女人家中的衣服、筆記本和筆，如此而已。

他原本沒打算取回，只是前幾天在路邊遇到女人。對方禮貌性地關心了幾句，並約好今天深夜碰面。

女人說要把燕留下的行李還給他。

「妳大可丟掉就好。」

「原來你認爲我是那麼無情的女人嗎？啊，還有這個。」

女人苦笑著伸手進皮包摸索，然後遞出小小的手機。

燕幾乎忘了手機的存在，反正他當學生時就不太用手機。

女人始終帶著大人的表情，將那塊小小的物體塞進燕的手裡。

「我沒看手機，只充了電。我想著……說不定哪天會接到你打來的電話。」

「那就更應該丟掉了。」

「我怎麼可能做得到？」

「是喔……那我走了。」

「等一下。」

燕接過手機，剛要轉身離開，女人卻輕輕拉住他的胳臂。女人連指尖都修剪整齊，簡直像人偶一樣。

「……你不回來嗎？」

「是妳趕我出去的吧？」

「那是……該說是氣話嗎……」

女人噘嘴呢喃，一張臉愈垂愈低，白皙的手指不知所措地把玩著頭髮。

「其實，我不是認真的。」

「妳還是對我感到厭煩了吧。」

燕露出苦笑。過去也有幾人在燕打算離去時出言挽留。明明是她們自己要燕出去，一旦燕真的要走，卻又不甘寂寞。

所以，燕和女人同居前，一定會事先聲明：

——一旦女人說要燕離開，哪怕只是玩笑話，他也會乾脆地離去。

「所以我就離開了，如同一開始約定的一樣。」

絕不撤回，這是燕提出的條件。

「當初我就是連你這種冷漠的個性也喜歡……但還是會感到寂寞。」

女人想起當初的約定，臉上浮現苦笑。

「你有新的女人了？」

「……」

「臉長得好看，可真吃香。」

從暗處傳來蟲鳴，完全是屬於秋季的聲響。

今天從早上就開始下雨，導致秋意又變得更加濃厚。吹拂過皮膚的風也帶著寒意。秋天的寒冷，是彷彿要灼燒在皮膚上的冰冷。

騎著腳踏車的上班族穿過公園，大概是正在用大音量聽音樂，流瀉出的音樂將陰鬱的氣氛一掃而空。

「啊，等一下。」

看到燕準備離去，女人連忙出聲。

「這個拿去吧。」

她又拿出一個大紙袋。強塞過來的紙袋沉甸甸的，飄出小麥柔和的香氣。

「我眞是的，又習慣性地買了。」

那是女人住處附近麵包店賣的吐司。那家麵包店幾乎可說是吐司專賣店，種類琳瑯滿目，排滿牆壁和桌子。

第一次吃到那家店的吐司時，燕打從心底感到美味。

吐司散發出小麥醺然的香氣。明明十分綿密，卻不會太柔軟，吃起來綿軟Q彈。

女人顯然十分喜歡燕當時的表情，幾乎天天都會買吐司。

「妳自己吃就好。」

「你知道吧？我完全不做菜，連吐司也不烤。」

女人張開漂亮的手指，淨白到彷彿從未沾過陽春水。

宛若工藝品的手指從皮包取出小小的盒子。

「還有，這是燕的香菸。」

「丟了吧，我也不抽。」

「你就收下吧。」

女人把香菸盒塞進燕的口袋。燕並不是出於自身的喜好抽菸。

一到深夜，女人喜歡帶燕去酒吧。喝醉之後，她就會要求燕抽菸。

她自己倒是不抽菸，只是盯著燕抽菸的模樣。

她以前的男友大概是老菸槍。每當她看到燕拿著香菸，總會露出心痛的表情。

燕不會抽菸，每次都只是夾在指間，擺出吸菸的樣子，凝視著從指縫飄出的白煙。

「燕，你的神情沉穩多了。」

「神情？」

「剛認識的時候，你的神情很陰暗，現在似乎安定許多。是現在交往的女人讓你產生這樣的變化嗎？」

「……」

「憑我沒辦法嗎？」

女人難受地低下頭，不過幾秒之後，再抬起頭時，她的臉上已帶著微笑。

「掰掰。」

女人在微暗的夜色中揮手，毫無留戀地轉身離去。

露出寂寞的表情，卻又能迅速割捨，乃是女人的常態。燕遇過好幾個相同類型的女人，並被她們拋棄了。

（這麼一說……）

燕是順勢住進律子家，一向會和女人提出的約定，至今還沒對律子提過——只要開口要求燕離去，燕就會毫不猶豫離開的約定。

不過，律子不會說這種話，燕有這樣的預感。一旦說出口，代表她是認真的。

如果真的被要求離去——

（可能會有一點寂寞……）

燕吸進冰涼的秋風，如此暗想，久違地心生懷念之情。

一到晚上，律子家看起來就有些令人發毛。

歷史悠久的老舊建築。即使深夜也燈火通明，徹夜未眠的房子。

（她還在作畫嗎？）

不過，注視著燈光，燕體內的緊張感便逐漸消散。

律子整天幾乎都待在兼作畫室的客廳。換句話說，只要客廳亮著燈，代表律子就在那裡。

（信箱裡有文件和帳單……這是雜誌嗎？）

燕查看信箱，隨手取出裡面的郵件。電費和瓦斯費的帳單、某畫廊的宣傳明信片，以及混在其中的厚信封。信封上印著美術雜誌的名稱。約莫是以前的習慣，律子家至今每個月仍會收到好幾本美術雜誌。

燕摸索著走上無光的階梯，打開玄關大門……隨即傳來律子歡快的聲音。

「燕！」

「律子小姐……？」

她癱軟無力地倒在沙發上，一看到燕的身影，就露出小狗般的表情，搖搖晃晃地湊上前來。她的手十分冰涼。

「嗯，太好了。燕，眞是太好了。」

「律子小姐，發生什麼事了嗎？」

放眼望去，屋內毫無異常。燕搞不清楚狀況，心焦地丟下手中的東西。不過，循著律子的示意看向流理台，燕不禁雙肩一垮。

「我肚子餓扁，快不行了。」

在日光燈下閃閃發亮的流理台，水槽裡浸著一人份的碗和盤子。

燕是在傍晚前出門。出門之前，他準備好一人份的餐點，當律子的晚餐。

「那是晚餐，我應該提醒過吧？」

「肚子一餓，我就馬上吃掉了。」

律子露出可憐兮兮的表情，摸著肚子。燕嘆一口氣，拍上律子的肩膀。

「律子小姐，我說過很多次了……」

燕手掌下的肩膀十分嬌小。律子的骨架小，身材纖瘦。

儘管如此，律子的食量非常驚人，是個大胃王。

她只要專注於作畫，即使幾天不吃也無所謂，然而一旦停下畫筆，她就會馬上開始吃東西，胃彷彿是無底洞。

「雖然放在那裡，但不能想吃就吃，請養成確認時間再吃的習慣。」

「可是我一動筆畫畫，肚子就會餓。而且，今天午後開始下雨，外面天色一直都很暗，對吧？我以為已是晚上。」

她的手上沾滿鮮亮的藍色顏料，想必又畫得忘我了。

「燕，我肚子餓了。」

「三更半夜，小心會造成胃的負擔。」

「我肚子餓了嘛。」

「就算妳這麼說，也沒有食材……啊，還有這個。」

手上的重量，讓燕想起早先女人塞給他的吐司。打開紙袋一看，小麥的芳香便撲面而來。

吐司表面烤成淡褐色，裡面卻是綿密柔軟。

大概距離出爐已過一段時間，吐司內裡早就冷卻，對燕來說剛剛好。

「請稍等，我去放東西……此外，有人寄來這個。」

「等等、等等。」

燕打算拆開裝著雜誌的信封，律子難得露出慌張的神色，伸手制止。

律子的手比先前更為冰冷。

「沒關係，我來處理就好。」

覺。

「律子小姐，這是……？」

「沒什麼。燕今天的東西不少啊？」

瞥了律子一眼，燕不情願地放開裝雜誌的信封。律子明顯有所隱瞞……燕有這種感

儘管如此，燕無法深入追問。此時手上的行李，正一點一滴地削減他的勇氣。

「我也……去收拾一下。」

行李上殘留著女人和夜晚的氣息，燕像要隱藏般抱起行李，匆匆回到房間。一走進昏暗冰冷的房間，燕馬上打開手機的電源。

（是田中啊……）

久違映入眼簾的畫面上，閃爍著多通來電和未讀簡訊的提示訊息。

全是來自父母和大學的友人。來電多得數不清，但都在九月底左右戛然而止。最新一封簡訊則是兩週前收到的。

（學園祭在十一月舉行，屆時請務必來參加……嗎……）

最頻繁傳簡訊來的是田中。入學第一天他就向燕搭話，個性直來直往。畫作一如他的個性，構圖和用色都相當大膽。不知為何他特別親近燕，當燕打算退學的時候，也是他連日說服燕改成休學。

燕不太記得他的長相，但一看到他的名字，就想起他的聲音。同時，大學校園的風景也隱約在腦中復甦。

（一樓是寬闊的素描教室，二樓放著石膏，往裡面走是燈不亮的儲備用品室……）

燕望著發光的手機螢幕，腦中浮現大學的教室。他想不起別人的長相，只有風景留在腦海，像是大型畫架、顏料的氣味、髒污的作業服。

八個多月以前，直到春天來臨之前，燕都待在那個地方。

燕不記得自己究竟是從什麼時候開始畫畫的。早在學會寫字之前，他恐怕就在父母的教導下畫畫了。

以畫家為目標卻放棄夢想的父母，似乎是因共通的遺憾而互結連理。

他們將自己的夢想，託付給獨生子。燕一動筆畫圖，父母便笑逐顏開。然而，只有畫得好的時候，父母才會高興。燕思索著該怎麼取悅父母，得到的答案就是臨摹。

燕的家中有著堆積如山的美術雜誌，他不斷臨摹受歡迎的畫、引起話題的畫，以及有名的畫，每當父母看到他的作品，就會開心地稱讚他。

不過進到大學，現實賞了燕一巴掌。

當燕回過神來，他發現自己失去了從無到有繪製畫作的能力。他沒有自己的色彩，也沒有屬於自己的線條。

他擁有的僅是符合父母喜愛的畫風，只有模仿他人的空虛感。

去年入夏前，燕決定捨棄臨摹，走自己的路。但他為了校內比賽努力畫出的作品，卻差勁得令人驚愕。實際上，在半年後發回的專家講評中，他的作品被批評得一文不值，說他的作品只是臨摹、模仿，毫無自我意志。燕看得面色慘白。

講評的一字一句讓燕的心留下千瘡百孔，當天他甚至無法面對父母。我畫得很好——一路走來，全憑這份自尊支撐著燕。

朋友想必都在恥笑他，這麼一想，燕的腳就不住發抖，愈畫愈陷入低潮。不論是朋友或是大學，包括父母在內，所有人都瞧不起他，燕不禁產生這樣的想法。

燕的自尊轟然崩塌，他覺得自己彷彿沉入水中，無法呼吸，即使伸長雙手，也沒人施以援手。

到了這個地步，燕只能捨棄繪畫。

連栽培燕的父母，也成為他厭惡的對象。明知這只是孩子氣的遷怒，但除了逃離以外，燕找不到其他生存之道。

要是留在原地不走，燕此刻想必已沉到水底，停止呼吸。

「燕……」

燕終於能喘過氣來，是在被第一個女人撿回家之後。

「燕……」

終於能睜開雙眼，則是在來到這個家之後。

「燕？」

終於不再害怕繪畫，則是最近的事。

「燕？」

「啊……」

冰冷的手搖晃著燕的肩膀。察覺到這一點，手機從燕的掌中滑落。手機掉落床旁，發出淡淡光芒後熄滅。

「哎呀，眞抱歉，害你重要的東西掉下去了……燕，你還好嗎？」

「不好意思，我剛剛在想事情。我馬上去準備吃的。」

燕看也不看掉在地上的手機，推著律子的背走出房間。

「這麼晚了，我還是不吃晚餐了……」

「我很快就弄好。」

律子貼心地提議，肚子卻難爲情地咕嚕嚕叫了起來。

燕急忙從紙袋中取出吐司，踏進廚房。他查看冰箱，找到少許蔬菜和牛奶。

燕將牛奶倒進馬克杯，用微波爐加熱。在沸騰之前取出牛奶，加入砂糖和一點香草精。

「請等等……肚子餓就先喝這個。」

「熱牛奶！」

律子雙手接過馬克杯，朝著牛奶呼呼吹氣。她喝了一口，露出幸福的微笑。

「眞好喝，而且牛奶的顏色很好看，我喜歡。」

看著笑得燦爛無邪的天才，燕傻眼地嘆了口氣。不過是把牛奶倒進杯子，再微波加熱而已，律子卻做不到，也不會動手做。

「這種程度的事請學起來自己做吧。」

「燕會幫我不就好了嗎？」

「如果我——」

離開這裡，妳要怎麼辦？燕將差點脫口而出的話吞了回去。

「不，沒事。」

燕吞下過於傲慢的發言。律子以往都是獨自過活，直到最近燕才成爲她日常風景的一部分。

在此之前，就算沒有燕，她照樣能過日子。即使燕離開，她想必也會和過往相同，不會有任何煩惱。剛才的想法，不過是燕的傲慢而已。

燕不知道她的過去，她也不知道燕的過去。

眼前的生活是僅有一瞬的脆弱關係。

「咦，燕，你抽菸嗎？」

乖乖坐在椅子上，啜飲著熱牛奶的律子突然望向地板，出聲詢問。原來是女人塞進燕口袋的香菸盒，掉到地板上了。

「眞是令人懷念的味道。」

律子興味盎然地取出一根香菸，夾在指間。

沾染鮮豔顏料的手指，配上白色香菸，律子不可思議地是個適合香菸的女人。

「是這樣拿，對吧？」

「難道律子小姐會抽菸？」

「不不，我不抽菸，只是有點懷念。」

律子格格笑了起來，凝視著指間的香菸。眼睛瞇成細細的半月彎，瞬間露出哀切的神色。

「我丈夫以前會抽。」

「丈夫……」

燕的腳尖頓時一涼，浮現腦海的是先前在路上遇到的討厭的男人。不過，以丈夫而言，他太年輕了。

燕想不出其他人選。以前看過的美術雜誌上，沒提過她的私生活。

「啊，可是我沒入籍。」

律子緩緩將香菸收回盒中，雙手舉起香菸盒，露出微笑。

「因爲在那之前他就死了。」

燕三步併成兩步走向律子，從她手中搶過香菸盒。不論哪種香菸的回憶都太苦澀，他看也不看，就將香菸盒丟進垃圾桶。

「這種東西最好丟掉。」

「咦，這樣好嗎？那應該不便宜吧。」

「沒關係，反正我不抽菸。」

燕沒看律子，迅速回到廚房。放在砧板上的一整條吐司，仍維持帶著幸福感的柔軟，與此刻的心境完全不符。

燕拿起菜刀，薄切成四片，分別塗上薄薄一層奶油。

「黃芥末醬……看來沒有。那就用黃芥末。」

燕查看冰箱，眯起眼睛。冰箱裡只有管狀的黃芥末，他將黃芥末薄薄地塗在吐司上。在白色的映襯下，色調沉穩的芥黃色非常醒目。

（多做一個吧。）

燕把剩下的吐司乾脆俐落地切成厚片。

他稍微挖開吐司厚片的柔軟表面，打開白醬罐頭，放入足量的白醬後，撒上一整把起司。最後再撒點胡椒，就把吐司送進烤箱。

「什麼，那是什麼？烤吐司，還是三明治？」

「先來做前菜。」

無視在一旁探頭探腦的律子，燕再次打開冰箱確認。

除了一些蔬菜和火腿之外，還有一根混在其中的小黃瓜。

（前一個女人喜歡的是火腿三明治……）

燕無視火腿，手徑直伸向小黃瓜。

盡可能細細切碎小黃瓜，撒上鹽巴，水分馬上被逼出來。燕輕輕吸乾水分，加入美乃滋和大量胡椒一起攪拌。

（乾脆做成新口味，嶄新的味道比較好。）

燕把做好的小黃瓜醬，抹在塗有奶油和黃芥末的薄片吐司上。染上淡黃的白色表面，點綴上繽紛的綠色，底下的芥黃色依稀可見。貼近律子喜好的色彩，讓她發出小小的歡呼聲。

「小黃瓜三明治！」

燕將吐司合在一起，切分成小小的四角形。他以能夠呈現切面的方式，將三明治擺上盤子。如此一來，簡單的小黃瓜三明治就完成了。

實在是非常適合深夜的食物。

「眞漂亮，感覺很好吃。」

明明原本不餓，但看著三明治，燕的肚子跟著叫了起來。燕就這樣站著，拿起一份三明治。

一口咬下三明治，小黃瓜清新的滋味便在嘴裡擴散。除此之外，還有刺激的黃芥末和滑順的美乃滋，以及豐富的小麥風味。

切細的小黃瓜帶來的水分十分清爽，三明治在口中自然化開。

「眞好吃。」

剛吃完一個，律子就伸手去拿第二個三明治。

「明明是三更半夜，卻這麼好吃。燕，因爲是深夜才會覺得格外美味嗎？」

秋天夜晚的世界十分安靜，只有烤箱的低沉電子音宛如刻劃著時間。

「啊，烤箱響了。」

安靜的屋內，響起輕快的聲音。回到廚房，打開微波爐，溫暖的熱氣和香氣撫過燕的臉頰。

（好了……）

昏暗的烤箱中，被白色熱氣占領。吐司厚片的邊緣溢出起司和白醬，閃閃發亮。鋪在烤箱的銀色鋁箔紙上，焦褐色的起司緩緩流淌。

「一片雪白，眞美！」

律子探頭窺看，興奮得揚聲稱讚。

「律子小姐，請選個喜歡的盤子。」

「我絕對要用這個。」

她遞出一個大盤子，只見上面像大理石紋般，綠色和淡橘色渲暈成往不斷外擴的圓形。

放在上面更映襯出吐司的雪白。

「看起來眞好吃，而且好美。眼睛和舌頭都能品嘗到燕的料理。」

律子繞著放盤子的桌子，從上、左、右等各種方向望著吐司，陶醉地低語。

接著，她愼重切下一小片，留意避免白醬溢出，連同半融的起司咬了滿滿一口。

「好好吃！」

「請不要邊吃邊講話。」

冒出柔和熱氣的白色起司焗烤吐司，配上有著美麗綠色的三明治。

這份滋味確實地在律子的人生中，留下某種色彩。

即使和燕分開，深夜的這抹色彩應該也會喚起她的回憶。

想到這裡，燕的手停了下來。

——這樣不就像是爲了銘刻下自己的存在而做料理？

隱約的黑暗浮現在燕的內心深處。那是燕捨棄繪畫時，應該已一起捨棄的東西。名爲「執著」的黑暗。

爲了掩飾內心浮現的黑暗，燕咬下吐司，細細咀嚼。他以指尖挑起拉長的起司，然後握緊手指。

不可思議地，味道從口中逐漸消失。

「可以再吃一個嗎？」

「要是不怕胖，請用……」

燕遞出的手碰觸到律子的手，口中泛起一陣苦澀。

果然還是執著的滋味。

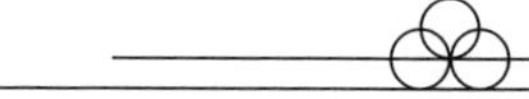

回憶的南瓜，未來的濃湯

萬聖節的隔天，每年都會感到困擾——律子難得這麼抱怨。

燕隨即親身體會了律子如此抱怨的理由。

「原來如此……」

燕起床後，看到屋內的慘狀頓時說不出話。萬聖節當天怪物在街道上橫行，隔天則是南瓜在律子家橫行。

「這也太慘。」

「很——久以前，我曾迷上畫南瓜。」

律子在沙發前立起畫架，傷腦筋似地歪了歪頭。

這個家的客廳算是相當寬敞，大沙發、大桌子、畫板和畫架，即使擺放著這些東西，只要收拾整齊就能騰出空間……才對。

然而，現在卻遭南瓜占據，連落腳處都找不到。

「你看，南瓜的形狀不是很有趣嗎？所以我就說要買南瓜，沒想到學生們各自買了一堆南瓜過來。」

大小不一的南瓜，細長的奇怪南瓜、形狀像水滴的南瓜。

不論地上或桌上，四處都是南瓜。

「從那之後，每年大家就會習慣性地買南瓜……即使沒繼續學畫……每年一到這個時期，大家都會送南瓜來。」

燕環顧屋內，其中也有像傑克燈籠一樣刻著臉的南瓜。每個南瓜都狀態良好，毫無碰撞損傷。

過去曾有眾多學生，以律子為中心在此作畫。她亡故的丈夫當時也住在這裡嗎？燕不禁甩了甩頭。

那是令人難以想像的熱鬧光景。

此刻在這安靜的建築物裡，只剩律子站在送來的南瓜堆中。

「所以，到了這個時期，屋內就會出現南瓜海。」

或許是會冷，律子拉緊披肩，抱起一個南瓜。

「即使萬聖節結束，這個家仍停留在萬聖節。」

燕望著堆滿地面、讓人無處落腳的南瓜，嘆了口氣。多到淹沒地板的南瓜，這種情況荒謬到令人失笑。

「數量這麼多，只能老老實實努力吃掉了。」

「久違地來畫一下好了。」

律子望著南瓜，握起鉛筆，拉近素描簿。

大概就像看著食物會餓一樣。對她而言，吃和畫是相同的事情。

「燕也要畫嗎？」

「我不畫。」

「不畫，而不是不會畫。」

律子有時十分敏銳。燕彷彿要逃離她的目光似地走進廚房。

律子一邊畫，一邊愉快地哼歌。

「以前要是吃不完，等我畫完就會分送給大家，畢竟我不會做料理。不過今年就不用擔心了，因爲燕會做各種料理。」

「請不要擅自期待。」

面對律子的目光，燕露出苦笑。

「我可不是什麼都會做，也沒有擅長的種類，頂多就是會翻翻妳丟在那邊的食譜程度而已。」

燕指著桌子一角，上面堆著律子的藏書，而且淨是食譜。律子完全不下廚，這個家收藏的食譜卻多得不可思議，而且和式、西式、世界各種料理都有，從舊到新，估計約有上百冊。

每本食譜都保存良好，想必是閱讀時很小心翼翼，雖然會折起來當記號，卻沒半點污痕。

燕利用閒暇翻閱，拓展了料理的種類。

「我第一次看到食譜，以爲是畫冊。」

律子的手不停，一邊說道。

「第一本食譜是小時候父母買給我的，大概是希望我學會做點菜吧。雖然是黑白印刷，但都是能讓人想像出色彩的美麗照片。」

律子拿著鉛筆畫畫，沙沙作響，非常好聽。因爲聲響中不存在一絲迷惘。

「從那之後，我就把食譜當成畫冊，蒐集一大堆。但我都不看文字說明，是專門用來養眼的。」

律子蒐集的食譜確實每一本都美不勝收。老舊的食譜上點綴著外國文字，陌生的異國料理，明明沒吃過，光是看著就覺得色彩在眼前展開，不可思議地在想像中化成味道。圖畫和顏色會化成味道。

「第一次吃到燕的料理時，我忍不住想：啊，畫冊的料理出現在現實中了，書裡的料理成眞了。」

今天從早就是陰天，明明還沒過中午，屋內就有點昏暗。秋天特有的沁涼空氣從窗戶縫隙溜進來。

帶著寒氣的房子，即使滿地南瓜，仍讓人感到心情灰暗。

燕突然定住視線。

「律子小姐，那邊的……南瓜。」

那堆南瓜的中央，有一顆南瓜不自然地發出光芒。

「咦？」

律子睜大雙眼，抛下鉛筆，在南瓜堆中摸索。不久後，她開心地舉起一個小小的物體。

「對了、對了，燕，我把你之前弄掉的東西撿起來了……」

「律子小姐，那是……」

燕難得陷入慌亂。律子拿著他的手機。當時手機掉到床邊縫隙，燕沒撿起來，忘得一乾二淨。

手機在律子的手上，發出強光震動著。

「在發光耶，我沒碰過這類東西……該怎麼辦……」

「呃……快放手，丟掉！」

「那樣會弄壞……啊！」

律子沾染鮮明色彩的手指，不小心碰觸到螢幕。

手機的震動停止，畫面上亮起「通話中」的文字。

「燕，該不會是接通了吧？」

「喂？」

從小小的手機傳出清晰的話聲，那是幾近大喊的男人嗓音。

「喂喂，燕？是燕，對吧？」

聽見那道嗓音的瞬間，燕三步併成兩步地衝向律子，搶過手機後，急急忙忙將手機抵在耳邊，衝向門外。

「燕？是燕吧？」

燕正打算切斷電源，手指卻一頓。從另一端的低沉滋滋聲響中傳來的嗓音，讓他無比懷念。對方傳了好幾封簡訊，還留下語音。燕記得他名叫田中。

猶豫一陣，燕沉重地開口。

「是我。」

「啊，太好了，你還活著！」

手機另一端傳來洪亮的話聲。

聽到對方與冷冽空氣格格不入的聲音，燕不由得苦笑。大概是聽到燕的笑聲，對方發出鬧彆扭似的抱怨。

「別笑啊，我可是連最糟的情形都設想過了。」

「抱歉……」

燕無奈地靠著冰涼的牆壁，仰望天空。只見烏雲密布，一片陰鬱。

即使是這種天氣，附近的公園依舊傳來孩童的歡鬧聲。今天似乎是假日。

「今天不用上課嗎？」

「對啊，星期日嘛。燕，你該不會在國外吧？」

「怎會這麼問？」

「一直聯絡不上你……而且誰都沒看到你。」

田中試探般的聲音，一如往常帶著像濃烈厚塗畫的明朗。

燕握緊原本猶豫著要切斷通話的指頭，放下手。

「那個……你過得如何？」

小心翼翼的聲音，不太像平常的田中。燕長嘆一口氣，搔搔頭。

「還好，普通。」

「怎麼可能普通？我以爲你辦了休學，你卻突然失聯。」

陰鬱的天空零星落下幾顆雨滴，彈至燕的臉上。下雨之前，四周會充滿酸酸的香氣。地面出現點點渲染、加深的雨印，有種會下大雨的預感。

（是秋天的雨。）

田中的聲音左耳進右耳出，燕暗暗想著。

（那就是會下好一陣子的雨了。）

說起來，燕最近連天氣預報都不太看，新聞、日期、月曆、時間也都一樣。近兩個月來，燕過著與世隔絕的生活。

不過，律子這樣生活更久。

——是從何時開始呢？

不論過了幾年、幾十年，那個家的空氣彷彿都靜止不動。

腦中浮現在那個空無一人的家中，獨自作畫的律子，燕不禁有些害怕。

「你媽媽很擔心，還到學校來……而且聽說她生病了。」

「……」

聽到提及母親的話語，燕頓時回到現實。

在那棟只有色彩和圖畫的非現實建築裡，不用擔心天氣，也沒有電話、學校的存在，但只要踏出那裡一步，就會下雨，電話也會響，自己正在休學的現實被攤到燕的眼前。

「抱歉……」

「爲什麼要道歉？」

「暫時……不要管我。」

「暫時」是指多久，連燕自己都不清楚。

「我在簡訊上也提過，你至少要來學園祭啊。」

「學園祭？」

「就是下下個週末。我今年加入了執行委員會。」

「學園祭」這個明亮的詞彙在燕的心中十分格格不入，感覺像在聽某個遙遠世界的故事。

「這樣啊，加油。」

在煩人的機械音另一側，只有田中的話聲響起。

對燕而言，現實的聲音依然令他感到痛苦。

明知道再這樣下去不好，燕卻無法踏出一步。

一步之外，就像一潭深水。

只要踏出去，就會溺水。

「不是，我可是打算讓你大吃一驚，我——」

電子音響起，遮斷田中的聲音。

「……田中？」

即使出聲也只剩一片沉默，手機畫面漆黑，僅僅映照出燕了無生氣的臉，就算按下去也毫無反應。

（沒電了嗎？）

看到這種情況，燕不禁鬆了口氣。現實又帶著聲音，從燕的眼前消失。

「我回來了。」

燕把手機塞進口袋，若無其事地回到屋內。

律子也一副什麼事都沒發生的表情出來迎接。

「燕，我想吃南瓜漂亮的顏色。」

「不用擔心，接下來好一陣子都要吃南瓜了。」

南瓜皮很硬。燕小心地下刀，取出種子，並盡量切成小塊。仔細想想，南瓜料理可說是男人的料理。南瓜擁有保護自己免受外敵侵害的堅硬外皮。以女性的力氣，要切開南瓜外皮，應該不太容易。然而，內裡卻是女性偏好的香甜滋味。

燕輕撫美麗的黃色剖面，南瓜已散發出甘甜的香氣。

他將南瓜放進裝了水的鍋中，並撒入昆布碎片。

轉開瓦斯，無色的屋內亮起火光。

「有什麼南瓜料理呢？例如以小火燉煮的橘色南瓜，纖維會殘留在舌頭上，有點粗糙的感覺。」

律子歌唱般低語，一邊不停畫著。

畫站在廚房的燕，以及素描南瓜。律子作畫的速度一如往常地快。大概是毫無迷惘，她沙沙下筆後，翻開下一頁，一幅畫便又誕生。

燕從畫上移開視線，注視著鍋子。南瓜燉煮得咕嘟作響。燕取出吸飽水分的昆布時，湯頭和香甜南瓜的熱氣撲鼻而來。

母親生病了。田中的話突然在腦海響起，燕搖了搖頭。

「再來就是南瓜塔，也很好吃。外皮是綠色，裡面是像夕陽一樣美麗的橙色。」

燕小心地在鍋中將軟化的南瓜壓碎，然後倒入牛奶弄平。

接著，加入少許味噌。

燕將南瓜泥放在一旁，查看冰箱。在冰箱深處，有收成小小一包的白色塊狀物。

燕撕成小塊，丟進鍋中。星星點點的白色轉眼便沉沒消失。

「還有，挖空小南瓜做成焗烤。外皮會帶點焦褐色，舀起熱呼呼的奶油，就能看到裡面的顏色。」

「此外也有用紅酒燉南瓜的特殊料理。」

燕一邊攪拌鍋子，一邊指向櫃子。櫃中擺著大量的紅酒。

那些恐怕都是高級紅酒，從瓶子的顏色或形狀就可看出。

問題在於，律子只喝一杯紅酒就會醉，而燕也不喝酒。

換句話說，這個家收到的紅酒，只會成爲架上的裝飾品，不會有減少的一天。

除了用在料理上，沒有其他消耗的方法。

「不解決這些紅酒，再來就會侵占居住空間了。」

「對了，聖誕節又會有紅酒和薄酒萊新酒送來。」

「……」

「紅酒的瓶子不是很漂亮嗎？」

眞是傷腦筋啊，律子彷彿笑著這麼說，表情卻看起來一點也不困擾。

隨後她打了個噴嚏。

「會冷嗎？」

「因爲屋內突然變暖了……啊，好香。」

鍋中的熱氣在冰涼的空氣中緩緩擴散，溫暖整個屋內。

律子丟下素描簿，從燕身旁探頭望向鍋裡。

「好漂亮的……濃湯？」

優美的橘色湯汁十分濃稠，在鍋裡蕩漾。

燕將濃湯倒進純白的杯子中，兩者相襯十分好看。

「這是和風的濃湯……總之，先當今晚的一道配菜。」

燕將濃湯遞給律子，她眼睛一亮。

「有酒的味道！」

燕刻意沒將南瓜磨得太碎，再加上酒糟。這個家收到的酒糟也不少，燕拿來加進南瓜湯，讓南瓜湯變得更濃郁，並增加甜味。

冬天的食物就是要讓人從體內慢慢暖和起來。

「畢竟酒糟也得用掉才行。」

燕拿湯匙舀起，送入口中，濃郁的滋味瞬間襲上舌尖。

這是南瓜本身的甜味。南瓜的顏色，就這樣成爲味道。

「我第一次喝到這種湯。好厲害，燕會做許多我不知道的料理，簡直像活生生的食譜。」

律子的食慾驚人，試喝後馬上討第二杯。

「當初看到燕的時候，我就這麼想。」

律子努力吹涼熱呼呼的濃湯，一邊說道。

「我心想：啊，眞是個極彩色的人。」

——燕第一次遇見律子，是在八月的尾聲。蟬鳴依舊嘈雜的公園一角，微暗的夏日傍晚。

燕沒有活下去的動力，只是坐在長椅上。

當時，燕眼中的世界是黑白的。

然而，同一個世界在律子眼中卻是極彩色。

「……極彩色嗎？」

「那是很複雜的顏色，在我的人生中，你是第二個擁有那種顏色的人。」

律子舀起滿滿一匙濃湯，陶醉地瞇起眼睛。

「第二個？」

「第一個是我的丈夫……那已是很久以前的事。」

律子迅速喝完第二杯，馬上又要求第三杯。很好喝，她微笑著這麼說，燕不禁移開視線。

「就一杯喔，這只是晚餐的其中一道料理。」

「眞好喝，感覺不管多少杯我都喝得下。雖然不太喜歡酒糟，但這眞的太好喝了。」

律子天眞無邪地說，燕不知如何回應。

不曉得是沒注意到燕的態度，或是裝作沒注意到，律子忙著舀起濃湯。

「這樣啊，說起來……妳丈夫……」

風突然變強，窗戶一陣搖晃。大顆雨珠撞擊似地敲打著窗戶。屋內十分溫暖，外面卻是冰冷的狂風暴雨。

「哎呀，雨勢又變強了，今天恐怕沒辦法外出寫生。」

「是啊……」

「對了，燕，下次我想吃這個。」

律子在堆得高高的食譜中翻找，指出其中一頁。

那道料理是南瓜玉棋（Gnocchi）。橘色玉棋漂浮在白色的奶油醬汁中，原來如此，確實是律子會喜歡的顏色搭配。

「我沒吃過，想嘗嘗看。」

「好啊。」

「太棒了，其實估計南瓜差不多要送來的時候，我就想拜託你做這道料理。此外還有……等我一下，我去找。我馬上就找出來。我把想吃的料理都記下來，寫在某個地方，眞的。」

律子翻開食譜、攤平，接著又抽出下一本。她經過的地方都如暴風侵襲過般慘不忍睹。

「啊，燕……」

律子不斷推倒書堆，燕跟在她身後逐一收拾。她突然轉身，燕頓時停下手。

「有誰生病了嗎？」

聽到律子的話聲，燕不禁吸了口氣。

她看似脫線，有時直覺卻敏銳得驚人。

「爲何會這麼想？」

「因爲你煮的是濃湯。」

「妳多心了，只是考慮到今天變冷了，僅僅如此。」

燕別開視線，自然地吐出謊言。然而，律子輕輕一笑。

「大家都有難言之隱。」

「我……」

「哎呀，雨下得眞大。」

是不是該向律子表明一切？燕心生迷惘。不過，那迷惘和些許勇氣，都被雨聲淹沒。

雨勢驟然變大，窗外被染成一片白茫茫，宛如瀑布的雨水傾洩而下。

律子的手指貼上冰冷的窗戶，回頭單純地問：

「燕，你剛剛說了什麼嗎？」

「沒什麼……」

燕收拾著散落一地的食譜，再次像貝殼般閉緊雙唇。

在他理解胸口湧現的是什麼情感之前，一切已被雨聲帶走。

不論是家人或是學校的事，簡直就像孩童任性的決定。若是將這樣的生活方式告訴律子，她想必會瞧不起燕。她會笑嗎？會難過嗎？會生氣嗎？

律子擁有超過燕的幾十年人生，曾有一個燕不認識的丈夫，懷著燕不知道的祕密。燕對律子一無所知。

（實在是一團亂……）

燕看著散亂的書本，如此心想。

遇見律子之前，燕毫無動力，彷彿靜靜沉入水中。

現在則是害怕現實，感覺像在水中不斷掙扎。

「今天下雨……眞是令人窒息。」

燕望著低垂的雨幕，喃喃自語。

複雜而沉重的心情，壓得燕的胸口一陣苦悶。那就像冬天的寒冷，令燕感到不安。這種心情和燕過去逃離繪畫時，體會到的閉塞感相同。燕至今仍在不斷逃避。

幸福的烤地瓜，可恨的紅酒燉牛肉

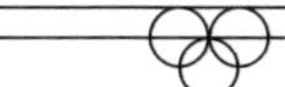

「再等一下，很快就好了」是律子的口頭禪。

如果在作畫時呼喚她，極高機率會得到這樣的回覆。

不過也有例外，就是窗外傳來烤地瓜的小販叫賣聲的時候。

「啊，烤地瓜！」

秋天的空氣特別澄澈，而烤地瓜的叫賣聲宛如劃開澄澈的空氣，迴盪不已。只要聽到叫賣聲，即使是在作畫，律子也會衝出去。

只有在這種時候，她才聽得格外清楚。今天她也雙眼閃閃發亮地丟下畫筆。

「燕，我去去就回來。」

「律子小姐……」

反正來不及……燕欲言又止的話聲根本入不了律子的耳朵。燕嘆一口氣，目送手上沾著顏料就衝出去的律子背影。

燕房間牆上的畫快完成了。柏樹的樹幹塗成深褐色，綠色鬱鬱蔥蔥，連吹拂而來的清風也好似帶著色彩。

柏樹即將完成，不過牆上沒有燕。燕的身影僅出現在律子的素描本中。

燕躺在床上，抬頭看著牆上的美麗樹木。我的身影會畫在哪裡？若是自己來畫，又會畫在哪裡？燕思索片刻，又揮去這些幻想。

「反正都來不及……」

不論是律子的事，還是自己的事。

燕兀自低語，彷彿要掩飾心情般走向廚房。

矗立在燕面前的，是巨大紙箱內的蔬菜。

（明明不必特地花錢去買。）

胡蘿蔔，南瓜，馬鈴薯，牛蒡。

在這些根莖類蔬菜的角落，還有一堆地瓜。

燕取出一顆有著紅紫色鮮豔外皮的地瓜，用水洗乾淨。

形狀歪歪扭扭、沉甸甸的地瓜，根也很粗，在在令人感受到是生長於大自然中的地瓜。粗糙的表皮還帶有大地的氣味。

清洗完表面，燕拿鋁箔紙包裹濡濕的地瓜，放入烤箱。

選用低溫，設定爲一個半小時。望著在烤箱熾光之下逐漸加熱的地瓜，燕再次嘆了口氣。

（家裡的地瓜明明多到令人頭疼……）

前幾天，律子以前的學生寄來這一大箱。

據說是個在北海道幫忙務農的男人，還附了一張照片。

照片上是在廣大的農田中，與家人一起攤開雙手歡笑的男人。

怎麼不畫畫呢？看到照片，律子天眞爛漫地說。

既然待在這麼漂亮的地方，怎麼不畫畫呢？

她不曉得這些率直的話語，在不知不覺中對多少人造成傷害。但無論受到多大的傷害，大家依舊仰慕她。

「咦……」

燕出神地望著烤箱的燈光，門鈴突然響了。

宛如在查探屋內狀況，門鈴響了第二聲、第三聲。門鈴聲聽起來十分冷淡。

（又是食物或酒嗎……我得想想該放在哪裡……）

律子家每週都會收到一次生活物資。因此，燕想避開門鈴的心態，早在第一個月就煙消霧散。

「來了……」

燕打開大門，望向外面的階梯。昏暗階梯上不見送貨員，而是一個穿西裝的男人站在門前。

男人的站姿十分優雅。一身黑色西裝，打磨的皮鞋，整齊的頭髮。看到他乾淨的鞋尖，燕皺起眉，抬頭和男人對上視線。

「哦，是你。」

聽到似曾相識的低沉嗓音，燕反射性地挺直背脊。

接近夏天尾聲，燕在路上遇過這個男人。

「老師不在嗎？」

即使看到燕開門，男人也不為所動。他瞇起眼睛，惹人嫌似地笑了。

「你一副疑惑我為什麼會在這裡的表情，難道不是你提議的嗎？」

男人搖了搖手上的細長盒子。

「你說下次不如自己送來，所以我就帶著包裹上門了。」

大概裝有液體，盒內傳出柔和的水聲。

燕自然而然地步出玄關。

「很遺憾，律子小姐剛才外出了，一小時後應該就會回來。」

燕背靠牆壁，雙手環胸地告訴對方。涼颼颼的風從階梯底下吹來。

「不愛出門的老師難得出門，她去哪裡？」

「聽到烤地瓜的叫賣聲就衝出去了。」

「既然如此，很快就會回來吧。」

「她的口袋裡裝著鉛筆和筆記本，不到一小時是不會回來的。」

面對燕無禮的態度，男人不惱不火地揚聲笑了。

「你真是清楚老師的生態啊。」

男人一笑，臉上的皺紋就變深。他究竟幾歲？比律子稍微年輕一點嗎？

燕無法想像這個男人畫畫的樣子，他與畫筆實在不搭。

「請問你是⋯⋯？」

「我之前忘了報上名字嗎？我叫柏木。」

那是律子最喜歡的樹。燕想起生長在房間牆壁上的森林。

燕面色不改，佯裝毫無興趣，別開視線。

只要這個男人站在面前，燕的內心就會一陣騷動，連燕自己都感到詫異。沒想到對什麼事都提不起勁的自己，竟還有這樣的情感。

原因出在對方的目光。看似溫柔的目光中，隱約帶著不懷好意的神色。

他顯然討厭燕。

燕也討厭他。

「這樣啊。」

「我今天只是來送禮物，馬上就告辭。」

男人將手中的盒子交給燕。燕接過盒子，爲出乎意料的重量感到驚訝。

一靠近柏木，甜膩的香氣便掠過鼻尖。那是雪茄的氣味。

他的身體彷彿被雪茄的煙霧熏繞著。

「雖然晚了幾天，不過這是薄酒萊新酒。」

燕突然想起堆積在廚房角落的眾多紙箱。裝滿高級食材的紙箱和裝滿紅酒的紙箱，燕終於得知那些紙箱的來源。

一抬起頭，男人露出紳士般的微笑。

「怎麼了？」

「律子小姐不喝酒。」

「我知道。這只是順便，老師不會丟掉收到的東西……對吧？」

老舊建築的階梯沒有燈光，顯得十分昏暗。臨近冬季的深秋，空氣更是帶著一分灰暗。

男人以只有燕聽得見的音量低語：

「這棟房子逐漸被我的禮物填滿，我就心滿意足了。」

他的話聲冰冷得令人渾身一顫。帶著冬天氣息的風，冷颼颼地穿過兩人之間。

「啊，還有這個……也請交給老師。」

柏木的話聲明亮，從口袋裡掏出兩個黑匣子。

一個是細長而時髦的皮革眼鏡盒。

「這是老師前幾天來我的畫廊時，忘記帶走的閱讀用眼鏡。」

他恭敬地打開眼鏡盒。

裡面是一看就很高級的眼鏡，纖細易折的鏡腳是寶石般的紅色，只框著鏡片下緣的鏡框則是半透明的綠色。連接兩邊鏡片的鼻架描繪出優雅的曲線。

律子的視力應該不差，燕從未見過她戴眼鏡。

尤其這副眼鏡如此美麗，一旦看過應該就不會忘記。

看到燕神情困惑，柏木滿意地笑了，又塞給他另一個盒子。

「這是有點特殊的外國顏料。」

燕打開盒子，盒裡裝著管狀顏料。顏料像裝飾品一樣，陳列於華美的盒子。

燕拿起盒子中間的黃色顏料，放回柏木的手中。

「律子小姐不用黃色。」

「我知道。」

「那爲什麼……？」

「爲什麼？」柏木深沉的目光盯著燕。

「對於自身的事隻字不提的人，我無可奉告。」

男人第一次顯露情緒。

燕的氣勢被柏木打量的眼神壓過。

在這棟房子裡，我到底算是什麼人？燕甩了甩腦袋。雖然不是什麼能抬頭挺胸說出的答案，不過他只是個寄居的食客。

燕只是寄居在律子家，這樣的生活已超過三個月。

「律子小姐說我可以住在這裡，於是我就待下來了。」

「是嗎？眞令人羨慕。」

他的眼神看似溫柔，其實帶著刺。

「那個男人……離開人世之後，我以爲機會終於來臨。」

最後，他居高臨下冷冷看著燕，又別開臉。

寒風吹得燕的手一陣發涼，看到燕瑟縮著身子，柏木令人不快地笑了。

「原來如此，確實是老師喜好的美麗面孔。」

柏木忽然轉過身，踩著看起來很高級的皮鞋，走下冰冷的樓梯離開了。燕以為那道腳步聲彷彿會一直迴盪下去。

「燕，不行，賣烤地瓜的小販動作太快了。」

律子垮下肩膀，回到家時，一如燕的預想，剛好在一個半小時之後。

律子一臉沮喪，聲音也沒有活力，但拋在一旁的鉛筆確實有所磨耗，本來應該是新的小素描簿又黑又髒。

「為什麼賣烤地瓜的人這麼急呢？如果這麼急，乾脆不要發出叫賣聲算了。」

「律子小姐……」

燕突然靠近，握住她的手。她的雙手冰涼。

燕握著她的手，下巴放在她的肩膀上。

「手很冰呢……」燕的耳朵碰到律子的臉頰，也感到一陣冰涼。律子全身都冷冰冰的，但即使這麼冷，她依舊滿心都是繪畫的事。

她絲毫沒注意到刻意放在桌上的酒瓶。

她受到學生的尊敬，可說是近似信仰般尊崇。不過，這也就是為什麼沒人靠近律子，也沒人試圖靠近她的原因：律子就是如此孤高的存在。

在這樣孤高的生活中，她依舊天真無邪地繼續作畫。支撐著她的，也許就是傳聞中的亡夫。

燕不清楚那個男人是何時逝世，但隱約察覺並非最近。學生離去、丈夫逝世，多年以來，律子就在這棟房子裡，獨自執起畫筆，持續作畫。在學生送的那堆紙箱圍繞中。

「燕，怎麼了？」

「沒事……」

律子歪著頭，似乎感到有些好笑。

「眞像個孩子。」

「是呀，我還是個孩子。」

燕苦澀一笑，放開律子。

他絕不是在擁抱律子，只是握起她的手，身體靠上前而已，就像在某處見過的一幅宗教畫。

記憶中的那幅濕壁畫，畫的是一個挨靠著聖母瑪利亞的男人。光芒包圍四周的那幅美麗畫作中，聖母瑪利亞顯得如此孤高。

「哦？好香的味道。」

律子動了動鼻子。正値黃昏的陽光照進屋內，空氣悠緩流動的時分。

烤箱裡飄出一股香甜的氣味。那是彷彿帶著夕陽顏色的香氣。

「反正以妳的速度，就算衝出去買也來不及。」

「烤地瓜！」

烤箱發出聲響，停止運轉。燕小心翼翼地取出包著鋁箔紙的地瓜，律子的雙眼登時一亮。

「好厲害，在家也能烤地瓜嗎？燕，你好厲害。」

「只要花時間就行。雖然比不上專業的，不過應該還可以。」

燕將地瓜連同鋁箔紙一起放到白色盤子上。地瓜表皮的紫紅色變得更深。

「掰開來，燕，快掰開！」

律子俯身向前，像孩童般雀躍。

在律子的催促下，燕掰開地瓜。地瓜中央騰然升起一股熱氣。

「金黃色好美。明明烤之前是純白色，究竟爲什麼烤過之後，會變成這麼美麗又深沉的金黃色？」

燕將一半地瓜遞給律子，她開心地連聲喊燙，一邊咬上地瓜。

彷彿纏繞在舌頭上的甜蜜滋味。不只是甜，還帶有獨特的大地的味道。

這是吸收大地養分產生的濃厚甜味。

燕咀嚼著地瓜的纖維，嚥下入口即化的甘甜地瓜。那是一種近似快感的甜美。

嚥下地瓜，燕不經意瞥向陳列在櫃子裡的酒瓶。那個男人冷靜的嗓音，彷彿潛伏在悄然佇立櫃中的酒瓶後方。

「對了，律子小姐，這個……」

「咦？」

燕抓起剛扔到桌上一隅的眼鏡盒，隨手遞給律子。

她似乎並不特別在意，只是接過來看了一眼。

「眼鏡啊，我還以爲忘在哪裡……」

「一個男人拿來的。」

「哦……」

律子戴上眼鏡，喃喃應道。

「那是我以前的學生，他已不再畫畫。」

她好似完全失去興趣，冷淡地解釋。

聽到她的聲音，燕的背部一震。

不畫畫的學生原本就不在律子感興趣的範圍內。回想起來，她很少講述與學生相處的往事。

「對了，燕，從現在開始我會很忙，要窩在房間一陣子。」

戴上眼鏡後，她的臉龐頓時顯得有點冷峻。

「不是畫畫嗎？」

「還是會畫，就是……一點工作。」

「哦……」

律子輕輕一笑，側過腦袋。

她擺出若無其事的態度，如果是平常，燕大概不會注意到。

每當她不想再回答問題時，便會移開視線。

「這樣啊。」

燕也若無其事地擦拭桌子，著手收拾。

燕記得這種揪心的痛楚。當燕決定休學，打算捨棄繪畫時，他的胸口也隱隱作痛。

「那晚餐就……天氣變冷……吃暖和的食物比較好。」

燕望著紙箱喃喃自語。他把那個男人帶來的顏料，塞到紙箱堆的深處藏起來。

接著，燕從紙箱拿出胡蘿蔔、洋蔥、馬鈴薯，擺在桌上，交抱雙手。

蔬菜組成的配色粗獷而樸實，僅有後方閃爍光澤的高級葡萄酒，添上一抹不自然的色彩。

「最好做一整鍋，想吃就能隨時享用。」

啊，一聲短促的音節從燕的喉間冒出。他在食品櫃中翻找，找出塵封已久的棕色大罐牛肉多蜜醬汁（Demi-glace sause）。

蔬菜、紅酒和牛肉多蜜醬汁，燕翻開掉落在一旁的食譜，在冬季菜色中找到紅酒燉牛肉的圖片。大木桌上的雙耳鍋裡，濃郁的紅酒燉牛肉冒出蒸騰熱氣。

「對啊……來做紅酒燉牛肉吧。」

「燕做的紅酒燉牛肉，感覺就很好吃！」

再次哼起一個巨大烤地瓜的律子，一聽到燕的話就陶醉地瞇起眼睛。

「香氣濃郁又熱呼呼的，帶著深紅色的美麗紅酒燉牛肉。」

「食譜上確實寫有作法，也能消耗大量的紅酒。」

燕瞪著酒瓶說道。

「是呀。這本食譜的燉牛肉圖片挺不錯，但這本書的顏色更漂亮。」

「不好意思，那本是德文……」

燕推開律子，目光大略掃過食譜，製作過程比想像中輕鬆。

（炒肉……用胡椒鹽調味。）

燕將沉眠於冰箱中的巨大肉塊解凍，稍稍煎到表面上色。一直煎到紅肉表面變得焦脆之後，像要掩去平底鍋的焦痕似地倒入紅酒。看著平底鍋內令人不快的色彩，燕恍然大悟，原來是與柏木散發的氛圍非常相似。

當他關火時，律子不滿地噘起嘴。

「只有紅色，顏色太單調了。」

「總之，加一些蔬菜進去。」

先前抱怨無趣的律子，看到燕翻炒大量蔬菜，雙眼閃閃發亮。紅色的胡蘿蔔、綠色的四季豆、褐色的洋蔥、白色的牛蒡和蓮藕，以及帶著血紅色的肉塊。

燕一口氣倒入紅酒和少量的水，讓所有食材都沉到水面底下，慢火燉煮。紅酒的氣味立刻擴散開來，連熱氣都彷彿染成紅色。

「就這樣煮一會……」

持續燉煮一陣，紅酒尖銳的香氣轉爲濃醇滑順。所有顏色都變得昏沉委頓，此時，燕往鍋裡加入白色的馬鈴薯和一整罐牛肉多蜜醬汁。

攪拌之後，酒精的氣味消失，只剩下濃郁的燉牛肉香氣瀰漫著屋內。

原本冰冷的房屋逐漸變暖，窗戶隱約泛起水氣。

「雖然是褐色但摻著紅色調，很好看，不過還是少了點決定性的色彩。」

律子盯著鍋子，瞇起眼睛。

恐怕連鍋上的焦痕，或失去原本形狀的胡蘿蔔，在她眼中都像畫的一部分。

「如果是我，會加上什麼？紅褐色……配上橘色，能讓眼睛爲之一亮的……」

「既然如此，」燕看著烤箱裡剩下的地瓜，「就這麼辦吧。」

燕隨手將地瓜切塊，連皮一起丟進醬汁中，鍋內好似綻開橙色的花朵。

哇！律子發出歡呼。

燕把完成的紅酒燉牛肉盛進白色的盤子，附上烤好的麵包，將兩人份的餐點擺上桌子。

滿桌攤開的紅酒燉牛肉食譜中，擺著兩盤眞正的紅酒燉牛肉。

兩人相對而坐，夕照恰好延伸至兩人之間。

「眞好吃。」

律子緩緩咀嚼紅酒燉牛肉，幸福地捧住臉頰。

「書上漂亮的燉菜，食材都煮到融在一起，所以有些單調，但燕的紅酒燉牛肉滿是蔬菜，眞有趣。不論哪本食譜上，都沒有這種料理。」

燕也用湯匙舀起紅酒燉牛肉，緩緩送進口中。紅酒燉牛肉的滋味濃稠馥郁，縈繞在喉間。

加進去的紅酒完全揮發了，取而代之的是宛如濃縮後的執念，沉澱在醬汁的深處。各式各樣的蔬菜都煮得柔軟入味。最後添加的烤地瓜，更是綿密甘甜。

那是彷彿能讓人從心底暖起來的味道。

「能這樣面對面吃飯，眞好。」

不過，律子毫無所覺，只是單純地將盤中食物一掃而空，又主動添了第二盤。

「眼中的世界好像變得更寬闊了。」

「難道不是因爲妳剛才戴著眼鏡，視野才變得不正常嗎？」

「燕眞是壞心。」

律子心情極好，像隨時會唱起歌，彷彿先前不曾含糊其辭。

燕細細品嘗過於濃郁的紅酒燉牛肉，望向窗外。

窗外是幾乎令人目眩的落日霞紅，消融的夕陽此刻正緩緩下沉。

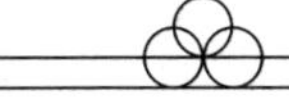

雨滴、銀杏、蛋包飯

季節悄然轉換為冬天，律子一如宣言，幾乎不曾從房間出來。

「律子小姐……」

燕克制地敲門。

綠色門板後方，是律子的房間。過去幾天，她一直窩在裡面。嬌小的背影染上疲勞的顏色，眼神變得更加銳利。那副美麗的眼鏡在她的臉龐上閃耀，她握著一支跟柏木的很像的鋼筆。

她臉色蒼白地回頭，無力地喃喃應道。

「對不起，燕。等一下，我待會……」

「我送茶來了，放在這裡。」

燕會在固定的時間送來食物和茶。最近燕就是過著這樣的日子。

「謝謝。」

律子到底在做什麼？她比作畫時疲勞，似乎也沒有胃口，吃得不像以前那樣多。詢問律子在做什麼很容易，但一旦開口，總覺得眼下的生活就會崩塌。

因此，燕屏住呼吸，彷彿在等待暴風雨過去。只要這樣就能重回日常……燕暗暗想著。

（反正我只是個寄住的……）

燕背靠著律子的房門，頹然坐下。

如果側耳傾聽，就能聽到埋首書寫的沙沙聲，有時也會聽到把紙揉成一團丟掉的聲響。房間內正在進行的工作，似乎比作畫更爲艱苦，但她什麼都沒對燕說。

（反正……）

地板觸手一陣冰涼，燕打了個哆嗦。夏天已過，迎來秋天，現在連秋天都即將結束。燕有時會想，若沒在公園遇見律子，不知自己此刻會在做什麼。

（去了別的女人家裡，遭到拋棄，又被撿回家……）

屆時身體也許還活著，但心靈恐怕已死去。

這個家確實讓燕重獲新生，光是這一點就應該心存感激。然而，燕愈來愈貪心，一想到律子的祕密，胸口的騷動就難以平息。

這份心情難道不是和柏木相同的執著嗎？

燕搖搖晃晃地站了起來，有氣無力地回到自己的房間。

牆上的畫籠罩薄薄的夕陽色彩後，就這樣放置數週。

儘管律子宣稱距離完成只差一點，畫卻遭到擱置。搞不好她根本忘了這幅畫。

燕突然感到一陣空虛，一頭倒進床裡。

轉眼間，意識就被吸入帶著濕氣的床鋪。

他似乎在作夢，而且是小時候的夢。

在他拋棄的家裡，有母親，有父親，有笑容。不過，那些都是看到燕的畫時，才浮現的微笑。也就是說，他們並未看著燕。

如果燕能及早注意到這一點，或許就能夠放棄繪畫，去尋找另一種生存方式。

「來，畫圖吧，燕。」

母親這麼說道。她遞出的是沾滿黃色顏料的畫筆。

母親的聲音沉重地壓在燕的身上，無法拒絕。燕接下畫筆，身體彷彿不屬於自己。握住沉重的畫筆時，黃色很快變成紅色。仔細一看，那其實是鮮血，畫筆上沾著鮮血的顏色。恐懼從指尖一路竄到頭頂，燕發出不成聲的尖叫。

「完成了……」

同時，燕聽到一道明亮輕快的聲音。

「完成了，燕！」有人搖著燕的身體。燕反射性地抓住對方的手。那隻手比畫筆柔軟，比畫筆冰冷。

「哎呀，嚇到你了嗎？」

「律……律子小姐？」燕一個翻身起床，夏天的色彩頓時躍入眼中，他愣愣地瞪大雙眼。

「你看，我把畫完成了。」

律子自豪地張開雙臂。順著她示意的方向望去，出現一片森林。

清新鮮嫩的綠葉或是青碧，或是翠綠，正是繁茂的柏樹森林。耀眼得令人吃驚的夏日陽光，灑落樹葉的縫隙，穿透葉脈，留下清晰而美麗的陰影。

沐浴在晨曦中的參天巨木，矗立在燕的面前。長久以來遭到冷落的柏樹終於完成。

「不久之前還是夕陽才對啊……」

燕揉了揉眼睛，注視著牆上的畫。本來染著夕陽色彩的天空，已變成夏日的天空。

夢中的恐懼和劇烈的心跳，瞬間被眼前的畫安撫。

「我和燕是在傍晚相遇，所以我原先打算畫夕陽。可是，夕陽的顏色太寂寞，我心一橫，決定從上方灑下夏日的陽光。」

律子挺直背脊，撫摸顏料已乾的牆壁。

「多麼明亮的色彩，是另一個『夏天的房間』。」

「好冷……」

溫暖只是一種錯覺。

柏樹讓人產生正值夏日的錯覺，那終究只是一幅畫。現實中已是初冬，身體一陣發寒。

「妳在這麼冷的房間裡作畫嗎？」

燕輕輕撫摸那幅畫。觸碰牆壁時，他不由得驚詫於水泥牆的觸感。

畢竟掌心底下應該是樹才對。

「律子小姐，妳從什麼時候待在這裡的？」

「昨天早上。燕不在樓上，我吃了一驚。」

「我睡了幾個小時？」

「大概……整整一天……一天半嗎？現在應該是早上……我原本想叫你，不過看你睡得很沉，就沒叫你起來。」

手、臉、胳臂，各處都染上綠色的律子笑了起來。她的臉上浮現黑眼圈，卻顯得莫名開心。

前幾天彷彿行屍走肉的神情，已消失無蹤。看來，她終於從所謂「只剩一點」的工作中解脫了。接著，她就奔向這片牆壁，忘了吃飯，忘了叫醒燕，最後完成這幅畫。

想必是相當愉快的疲勞感。真令人羨慕，燕久違地心生嫉妒。

「所以才把這堆布蓋在我身上？」

「要是燕感冒，就太可憐了。」

由於顏料氣味的關係，房門完全敞開。大概是顧慮到燕，除了棉被以外，他的身上還有大衣、夏天的衣服、毛巾和多餘的棉被，簡直變成布料山。屋裡的所有布料都堆在燕身上。

「這種時候請叫醒我，妳什麼都沒吃吧？工作應該完成了？」

冰涼潮濕的空氣從燕的腳底攀爬而上，豎起耳朵還能聽到雨聲。

「我來做早餐，吃完之後，妳稍微睡——」

「燕，我們去外面吧，畢竟這幾天都沒辦法一起玩。」

律子輕快地打斷燕的話。

「在下雨……」

「一定會停的。」

律子愉快地應道，然後笨拙地眨了眨眼。

「每次我出門，雨就會停了。是眞的。」

律子話一出口就不聽勸，燕不禁嘆了口氣。

出乎意料的是，兩人走出門外，雨剛好停了。

不過，天空仍烏雲密布。空氣中帶著濕氣，感覺隨時可能下雨。

空氣潮濕得彷彿要黏在肌膚上，正是晚秋特有的雨後天氣。

「律子小姐，妳想去哪裡？」

「我有個想去的地方。」她一出門就主動走在前頭，開心得快跳起來，披肩隨著左右搖擺。

由紅色與黃色編織而成的楓葉色披肩，在微暗的空氣中像翅膀一樣翻飛。

「小心跌倒。」

「我們現在就是要去一個即使跌倒也沒事的地方。」

燕跟著腳步輕快的律子左拐右繞，走在行人稀少的道路上。

但彎過那條狹路時，燕頓時屛氣，停下腳步。

（大學的……）

恰好位於轉角的電線桿，上面貼著一張小海報。通常燕不會注意到，可是那張海報上的畫徑直躍入燕的視野。

他對那幅畫有印象。

（學園祭。）

燕逼著卻步的自己繼續往前走。

那是燕就讀的大學的學園祭海報。學園祭早已結束，大概是忘了撤下的小海報被雨淋濕，落寞地貼在電線桿上。

校名、日期、活動，草草寫就的資訊下方，印著一幅色彩過於強烈的紅色圖畫。以俯瞰的角度畫出的校園，看得出線條遲疑的痕跡，是一幅拙劣、充滿迷惘的畫。燕認得這幅畫。

他不禁別開目光，但畫已在他的腦袋裡渲染滲透，難以抹去。燕的指尖不住顫抖。

「律子小姐，我們走快點吧。」

燕握住律子的手臂，使那張海報遠離她的視線。

一瞬間闖入視野的強烈紅色，在腦中揮之不去。那是夢裡母親遞給他的顏色。海報上用的是燕的作品。

那是去年秋天爲了參加學園祭的海報比賽而畫。當時燕已完全失去自信，即使如此，他仍咬牙繪製出這幅畫……過於拙劣的作品自然沒能獲選，燕以爲會直接遭到丟棄。

（……是田中嗎？）

幾週前，田中曾提及學園祭。燕想起這件事，露出苦澀的表情。

「怎麼了？」

「沒事。天氣太冷，我們走快點吧，不然會感冒。」

律子似乎沒注意到那幅畫，燕鬆了一口氣，放慢腳步。不料，律子輕咳了起來，身體一晃。

「喏，我就說會跌倒。」

燕扶著律子。她的身形依舊嬌小，雖然吃很多，卻不長肉。食物似乎全轉化爲作畫的能量。然而，近來她不作畫，一直默默做著別的工作，導致她更沒體力。

「還不都是燕突然拉著我……」

不過再一下就到了，律子補充道。她微微喘著，隨即又邁開腳步。

走了大約十分鐘，穿過住宅區，行經拉下鐵捲門的店鋪，來到車站對面的一條小路。右側是鐵軌的枕木，左側是一路延伸、不知盡頭的水泥磚牆。微暗的天色變得更加陰沉。

「明明是早上，天色卻好暗。」

「是啊，天氣不好的日子，幾乎都沒什麼人來。」

明明還是上午，天色卻像世界末日一樣灰暗。與其說詭異，更令人感到不安。燕出聲叫住律子，她卻跑了起來。儘管上了年紀，她的行動依然敏捷。光是追著她的背影，燕就氣喘吁吁。

律子彎過水泥磚牆的轉角，從牆後探出頭，向燕招手。

「律子小姐……」

燕一手搭上她的肩膀，她優雅地轉過頭。

「喏，你瞧。」

突然間，燕的眼前一片開闊。

同時，燦爛的光景撞進燕的眼中。

「很像金黃色的地毯吧？」

「這是——」

燕的雙眼已適應先前灰暗的景象，頓時感到十分炫目。不，這已是金色，黃金的顏色。

水泥磚牆的另一側，是滿眼的銀杏落葉。

這是座有溜滑梯和鞦韆的小公園，只見地面上堆滿銀杏葉。仰頭一看，公園周圍種的都是銀杏樹。

染成金黃色的樹葉從樹梢紛紛落下，宛如金黃色的雨。每當風一吹拂，沾帶露水的銀杏葉就會在空中飛舞。連地上的水灘，都閃耀著相同的金黃色。

「很驚人吧？這就是我推薦的祕密景點。」

律子踩在渲染成一片金黃的大地上，開心地轉圈。

「就算在這裡跌倒也沒關係，我沒說錯吧？」葉片落在轉著圈圈的她身上，堆積如雪。

燕環顧四周，有一家人同樣仰望著天空，正在拍照，但也就如此而已。明明有絕佳的景色，人卻意外地少。

「明明這麼美，來的人卻不多。」

來吧，律子伸出手。燕一搭上她的手，她就領舞似地拉著燕。兩人宛如在共舞，雙腳瞬間交錯，復又分開。

「簡直像在跳舞，我好幾年沒跳舞了。」

律子開心地張開雙臂。披肩飛揚，好似鳥兒的羽翼。

踏在地面上，飽含水分的落葉便會輕柔地攀上腳。彷彿踩在地毯上的錯覺，以及炫目的景色，令燕不禁瞇起眼睛。

（在旁人的眼中，我們到底——）

看起來是什麼關係？

燕突然在意地抬起頭，又覺得太可笑，搖了搖頭。

根本沒人在看他們，而律子只是純粹地享受著這一刻而已。

「真美，在陰鬱的天空下，顯得格外美麗。灰濛濛的天空，和蓬鬆的黃色地面。」

律子露出陶醉的眼神，腦中約莫已浮現理想的構圖。

「紅色的楓葉也很好，但我喜歡銀杏的黃色。」

「妳明明在牆上畫了那麼多綠葉。」

「我喜歡綠色，但我也喜歡在秋天變得深沉的顏色。」

律子展開雙臂，承接落下的銀杏葉。

她的手指上沾染著顏料，但在那之上是暈開的黑色墨水。燕認出那是鋼筆墨水的顏色，不由自主地抓住她的手臂。

「既然如此……」

銀杏的黃色映在律子的黑色瞳眸中，閃耀著美麗的金黃色。

然而，她絕不使用黃色。

「妳為什麼不使用黃色？」

「嗯……那是……」

律子喃喃低語，然後抬起頭。她的臉頰上帶著雨滴。

「哎呀，又開始下雨了。燕，我們回家吧。」

雨再度悄然飄落。律子看似滿足地轉過身。

「接下來，可能不是下雨，而是下雪或雨雪交加了。」

燕的話對她毫無影響。他把話吞回去，揮散思緒。

「到了明天，銀杏恐怕就會被這場雨全數打落，今天能和燕一起來看，真是太好了。」

律子大概已心滿意足，只見她轉身離去，不曾回望。這就是律子的冷漠之處，說不定也是她的學生紛紛離開的原因，燕不禁這麼思索。

不過，律子宛如孩童，抬頭看向燕。

「燕，今天的午餐就——」

「吃黃色的東西，對吧？例如——」

燕不用問也知道，下一刻兩人的聲音重疊在一起。

「蛋包飯！」

他們同時說出這道料理。鏗鏘有力的話語，彷彿能夠驅散眼下的涼薄寒意。

「話雖如此……」

燕在廚房裡準備食材。一切準備就緒後，他轉身發出聲明。

「我只做過兩次蛋包飯，所以只能憑感覺。」

燕的藉口並未傳入律子的耳中。從早些時候開始，她就專注地畫著銀杏葉。

因此，燕也毫不在意，將奶油丟入平底鍋。

蛋包飯主體的雞肉炒飯，需要大量的奶油。雞蛋配上大量的奶油，以及牛奶。重要的只有這一點，教導燕的女人如此說過。

要是無法將飯包起來，直接蓋在上面就好。當時女人懶洋洋地吸一口菸，這麼告訴燕。託她的福，燕沒學會用蛋皮裹住飯。

（雞肉炒飯的配料是雞肉、洋蔥、胡蘿蔔，最後加上少許番茄汁和番茄醬，以及一點美乃滋。）

美味的雞肉炒飯要帶點黏度和濕潤感。透過番茄汁使白米膨脹，再用番茄醬染紅。美乃滋則是提味的小祕方。

燕把雞肉炒飯盛到大盤子上時，白色盤子上好似浮現一座紅色小島。

（要用四顆蛋……再加上砂糖、胡椒粉和牛奶。）

燕簡單地打散蛋液，倒進奶油正歡騰跳躍的平底鍋。美麗的黃色瞬間帶著奶油的油脂，流遍整個平底鍋。燕劃開蛋液，又攪拌在一起，然後推到平底鍋的角落，迅速修整形狀，如此就大功告成。

燕盡量修整成漂亮的歐姆蛋，蓋上剛才的雞肉炒飯。只要小心別讓歐姆蛋垮下來，大致上就沒問題。

「好厲害！」

律子不知何時在旁邊盯著，一完工便發出歡呼。

「做兩份很麻煩，不如分著吃。」

「足夠了。」

以船形盛在大盤子上的雞肉炒飯，覆上彷彿隨時都會垮的巨大歐姆蛋。只要一搖晃，歐姆蛋就會緩緩傾倒。

燕用番茄醬在歐姆蛋上靜靜畫出一條線，再隨意地在旁邊添加青花菜，點綴一抹綠意，蛋包飯就完成了。

「這麼一說，燕還沒參觀過其他房間。」

律子愼重地端起盤子，以免蛋包飯崩塌。她像在告白祕密，附在燕的耳邊說道。

「其他房間？」

「跟我來，這邊。」

她領著燕來到三樓。三樓是燕第一次來到這個家時踏進的空間，也就是她所謂的「特別室」。

這裡有一個「春天的房間」，牆上畫滿春日風景。除此之外，很可能還有其他房間，畢竟有不少扇門。

然而，自從燕住進這裡，就不曾踏上這層樓。

三樓是安靜而莫名寂寞的空間，連律子也不太常上來。

因此，兩人不曾提及三樓，簡直像是遭到遺忘的地方。

一上樓梯，出現在燕面前的門，屬於「春天的房間」。律子走過那個房間，在盡頭左邊的門前停下來。這扇房門，剛好在「春天的房間」的斜前方。律子指著房間說：

「就是這裡，打開瞧瞧吧。」

燕以爲應該有上鎖，沒想到門輕而易舉地開了。

「這是……」

燕開門時，以爲自己已做好一定程度的心理準備。

燕沒忘記當初進入「春天的房間」時的震驚。置身於那個房間，彷彿能感受到薰風挾著落櫻拂面而過。

這次，燕的肌膚感受到的是秋日清風。

燕說不出話，只能愣愣環顧整個房間。

燕的面前是紅色、橙色和綠色交織而成的楓林，此外還矗立著一棵巨大的銀杏樹，正是先前所見的那片風景。

銀杏的樹葉已開始變色，閃耀著金黃色彩。落葉傾瀉一地，將整片風景都妝點上秋色。

紅楓環繞著銀杏，楓葉各自呈現紅色、橙色、綠色……形成美麗非凡的漸變色彩。

明明是畫，卻不可思議地令人目眩神迷。只要抬頭，就能看到在天花板延展的楓葉，由於逆光，又添加一層陰影，猶如剪影。枝葉剪影之間，則畫上從縫隙流洩而下的光線。

僅有葉脈在光的照射下，閃耀著紅色。

「好厲害……」

燕不禁屏住呼吸。

他小心翼翼地觸摸牆壁。金黃色是如此鮮明，卻找不到塗黃色顏料的痕跡。也許正因如此，眼前的風景缺乏活力，給人一種寂寥向晚的感覺。

「這是『秋天的房間』。楓葉的季節快結束了，所以今天我們就來賞楓。」

律子把盤子放在中間的矮桌上，身下畫的是鋪滿地板的銀杏絨毯，搭配蛋包飯，顯得非常相襯。

「還有夏天和冬天的房間嗎？」

「誰知道呢。」

她開玩笑地聳了聳肩。

「那是什麼意思？」

「哎，燕，你看！」

律子沒回答。她發出歡呼聲，搶先沖淡了提問的氣氛。

律子劃開蛋包飯上的歐姆蛋。

勉強維持形狀的歐姆蛋緩緩潰散。鮮黃色的波浪湧向茄紅色的雞肉炒飯，紅色和黃色交融在一起。甘甜的香氣掠過鼻尖，律子的肚子響亮地叫了起來。

「眞是美麗的色彩，好適合這個房間。我們開動吧。」

燕用大湯匙挖起一口，濕潤的雞肉炒飯和宛如液體的歐姆蛋交纏。送入口中，甜味便逐漸擴散。

「好好吃……」

律子逸出一聲讚嘆。聽到她的話聲，燕也感受到有多美味。

律子捧著雙頰，陶醉地低語：

「使用歐姆蛋的蛋包飯，可吃到柔軟的蛋……黃色也很濃郁，究竟是爲什麼？」

保留濕潤感的雞肉炒飯和歐姆蛋合作無間，成爲十分適合潮濕空氣的蛋包飯。

同時也是與楓葉的畫相映成趣的蛋包飯。

耳中彷彿聽到樹葉搖動的聲響，燕抬起頭。

周圍沒有動靜。即使凝神細看，畫也不曾動起來。這是理所當然的，畢竟只是畫。

「律子小姐爲什麼會畫出這樣的房間？」

燕忽然在畫中發現小小的人影，是一對男女的背影。

這麼一提，在「春天的房間」裡，牆上也畫著小小的兩道身影。

「嗯，說不定我是想封存起來。」

律子停下挖蛋包飯的手，凝視著畫。

「想封存記憶中的風景。」

那是什麼記憶？

燕將幾乎脫口而出的話語，連同蛋包飯一起吞下。

他還是覺得能從畫中聽到聲響。

那是類似枯葉摩擦、飛舞飄落的聲響。

聖誕節、魔女與重生焗飯

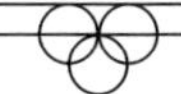

世間籠罩在歲末特有的浮躁氣氛中。

話雖如此，那種喧鬧也只屬於世間，律子家想必與平日無異……燕原本是這麼想的。然而一回過神，書桌、地板、走廊，甚至屋裡的每個角落，逐漸堆起比往常多出許多的顏料、畫板和素描本。

凌亂程度在某天早晨達到最高峰。

「又……搞得很壯觀啊。」

剛睡醒的燕連頭髮都忘了整理，呆愣低喃，語氣中摻雜著一點絕望。

早上他要前往廚房，卻發現地板已變成畫布。

各種尺寸的繪圖紙鋪滿地板，上面擺著調色盤、顏料和畫筆。

坐在這團混亂的中央，笑得風光明媚的自然是律子。

「哎，還差得遠，接下來才要開始。」

「拜託住手。」

燕的語氣非常認真。

昨晚睡前，他想著年關將近，差不多該大掃除了。說起來，這房子實在太凌亂了。

不料起床一看，就是這副慘狀。

律子並未察覺燕的想法，開心地繼續在調色盤上調配顏色。

調色盤上有深紅、淺紅、櫻花的緋紅、幼樹的嫩綠、楓葉的青綠，以及即將西沉的夕陽的幽綠色。

各式各樣的紅色和綠色交織亂舞。

「每年聖誕節，我都會贈畫給附近的一所幼稚園。」

「哦，我明白了……聖誕節。」

燕望向掛在牆上的日曆。腦袋之前都被年末相關事宜占據，這麼一提，今天就是平安夜。

「我只用紅色和綠色來作畫。」

律子手上的調色盤誕生出繽紛的紅色和綠色。

她的臉上和手上都沾有顏料，愉快地揮動畫筆。

燕坐在椅子上，看著律子作畫，思緒飄向晚餐的菜單。紅色和綠色，律子想必會要求聖誕節配色的料理。

他隨意翻開桌上的食譜，琳瑯滿目的西式料理躍入眼中。

（番茄……太單純了。番茄肉醬、青花菜、蘆筍……）

燕懶洋洋地整理書堆，一邊翻看內容。

（燉番茄起司焗飯，搭配酪梨……嗯？）

他發現一本陌生的書塞在食譜堆中，不禁停下動作。瞥了律子一眼，她仍專心作畫，於是燕輕輕抽出被食譜擋住的書。

（雜誌……？）

那是封面印著刺眼圖片的美術雜誌。看到雜誌的名稱，燕不禁瞇起眼。

那正是在秋季尾聲，寄給律子的信封上所寫的雜誌社名稱。燕還記得想打開信封時，律子難得露出慌張的神情。

燕拿食譜遮住雜誌，若無其事地翻閱。

然而，內容平平無奇，只是一本普通的雜誌。

當期是介紹年輕的現代畫家的展覽特輯。燕思索著需要藏起這本雜誌的理由，然後停在某一頁。

（評論……）

竹林律子，這個名字小小地印在頁面上。

那是繪畫比賽評論的一部分。連燕也曾耳聞的知名畫家和藝術評論家陣容中，律子也名列其上。

他讀起那篇討論現代畫家作品的文章，眼前浮現目光冷漠的律子。

於是，他一個字都讀不進去。

「評價」一詞的冰冷聲響，深深刺痛燕的心臟。休學前，將燕推落深淵的就是評論家的冷酷話語。

（原來如此，這個人是在做這樣的工作。）

燕輕輕撫過雜誌封面。

仔細想想，像律子這般有名的半退休畫家，這類工作可說再合適不過。她想隱瞞此事，約莫是不太喜歡這份工作。之前聽到撕破紙張的聲響和煩躁的書寫聲，此刻想來也就毫不奇怪。

不可思議地，燕並不感到厭惡，甚至高興能瞥見她的生活碎片。律子不爲人知的一項祕密，彷彿就這樣收進他的掌中。

「燕也來一起畫呀……」

平穩的思緒，因律子的一句話戛然而止。

咦？燕抬起頭，只見律子天眞無邪地朝他遞出畫筆。

燕連忙以食譜掩蓋雜誌，推到桌子角落。他的心臟怦怦作響，呼吸也變得急促。

不過，她似乎並未發現燕在看雜誌，只是定定注視著燕。

「怎……怎麼了，這麼突然？」

「畫畫看嘛。」

無視燕呼吸一滯，律子逼近一步。

「瞧瞧，有這麼多紙和畫筆。」

律子微笑著說，將畫筆遞給燕。

燕會接下畫筆，大概是得知律子祕密的內疚作祟。

無暇多想，燕順從地握住畫筆。

那一瞬間，一股懷念之情竄過全身。仔細一看，筆尖沾著紅色顏料。那是他用在學園祭海報上的顏色。強烈、暗濁、沉重的紅色，是他難以負荷的強烈顏色，同時也是他在夢中見過的紅色。

燕仍記得畫筆的重量，以及拿起畫筆時自然屏住呼吸的感覺。即使內心拒絕，手指也不會忘記這種感覺。

面對律子遞出的白紙，試圖落筆的那一刻——

（好可怕……）

突然間，恐懼襲來，彷彿被潑了一桶冰水。燕第一次感到恐懼，不曉得究竟該在哪裡下筆。

該在哪裡下筆？到底要畫什麼？腦中一片空白，毫無任何影像，也不知道筆尖的去向。

在宛如皎潔雪原的白紙前，燕拿著畫筆僵在原地。

毫無靈感，燕益發焦急。原本就沒打算再次拿起畫筆，儘管如此，畫不出東西，他仍覺得可悲又難爲情。

不曉得維持這個狀態多久，一滴紅色顏料，孤伶伶地落在白紙中央。

「啊……」

顏料頓時滲進白紙。僅僅一滴的紅色，便讓整張白紙報廢。

看到這一幕，燕默默遞還畫筆。

「我不會畫……」

「騙人。」

律子頓時流露冰冷的眼神。

由於律子堅持不肯接過畫筆，燕扔到調色盤上。畫筆發出令人心頭一顫的清脆聲響，濺出點點紅色顏料。

「你明明試著要畫，爲什麼放棄？」

「我才沒有。」

「你害怕了吧？」

「我不知道。」

律子並不是在指責燕，她不會做那種事。律子只是溫柔地敦促著燕。

然而，那份溫柔逐漸陷入燕的心底，直戳痛處。

即使燕別開臉，律子的視線依舊令他感到刺痛。

她緩緩逼近燕。

「用色很漂亮，但有些悲傷。」

看到律子拿著一張紙，燕一陣頭暈目眩。

「燕……」

律子輕柔地撫過那張薄薄的紙，指縫間漏出刺眼的紅色。

（爲什麼……那張畫會在這裡？）

她拿著燕的畫，那是為學園祭繪製的作品。

刺眼的沉重紅色，以及顫抖的線條。畫中的學校扭曲變形，抖動的線條彷彿在痛苦呻吟。

每當律子輕撫那張畫，燕的心臟彷彿就被緊緊握住。

「為什麼放棄畫畫？」

燕的胸口一陣疼痛。他咬住嘴唇，吐出一口氣，腳尖開始發抖。血液好似從頭部褪去，眼前一片黑暗。

律子手中握著燕的祕密。

燕的聲音無法形成言語，嘴唇不停發顫。

「那種畫……我才不知道。」

「騙人。」

終於擠出的話語，冷淡得連燕自己都感到吃驚。

「律子小姐，別再打探別人的事，這與妳無關吧？」

「燕……」

「我才不想畫。」

原本打算冷靜回話，聲音卻在顫抖。燕別開臉，轉身背對律子。

律子似乎呼喊著燕的名字，但他假裝沒聽到，衝出玄關，往外奔去。

寒風撫過燕的臉。冰冷的空氣戳刺著皮膚。不知何處的商店播放著悠揚的聖誕歌曲。

痛楚轉爲呼吸困難，燕吐出白霧，拚命奔跑。

一回過神，他已來到公園一隅。

（啊啊，眞是笨蛋。）

不論是他，或是律子。

（兩個人都是笨蛋……）

律子知道燕的來歷。明明知道，卻佯裝不知。

羞愧的感覺竄過全身，燕佇立在寒冷的空氣中。

（我應該先說出一切才對。）

對律子的憤怒和羞愧轉爲後悔，隨後湧上的是對自身的憤怒。

（如果先……說出一切……）

根本辦不到，燕的內心響起冷酷的聲音。

逃離父母、逃離大學，過著不斷逃避繪畫的生活。反正又要逃避了吧，內心的聲音如此責備燕。

燕頹然坐在公園的長椅上，旋即被長椅的冰冷嚇一跳。他奪門而出，沒帶外套，身上只穿著家居服。

剛才被情緒沖昏頭，一旦冷靜下來，燕頓時意識到有多寒冷。

冬日空氣鑽進衣服的縫隙，接觸長椅的身體逐漸變冷。

也對，都到年底了。

燕抬起頭，發現自己身處之前來過的公園。

（我眞笨……）

八月即將結束之際，燕就是在這裡遇見律子。

燕無處可去，像一隻被遺棄的狗，頹然坐著。律子出聲搭話，說想畫下燕的模樣。

燕仍記得當時的風景。

不論是黏在皮膚上的悶熱、夏季尾聲的潮濕空氣，還是看到她的臉時心中的訝異，燕都記得一清二楚，彷彿一切是在昨天發生。

燕朝空中吐出白霧。透過白色的霧氣，他看到走在路上的一家人。

孩子小心翼翼地抱著蛋糕盒，笑著抬頭望向父母。父母的雙手都塞滿食物和禮物。坐在公園一隅的燕，根本不在幸福的他們的視野範圍內。

行人熙來攘往，臉上全洋溢著幸福的笑容。伴隨著這幕景象，聖誕歌曲的旋律或高或低地在空氣中飄揚。

在呼嘯寒風中逞強的只有燕一人。

（離開吧……）

燕握緊連指尖都開始泛白的雙手。

不清楚律子對他的過去了解多少，也不清楚律子是如何得知。

她想必會瞧不起燕。

得離開了，燕望著毫無血色的雙手暗想。

（待得太久了，如果早點離開……）

他明知律子是拿著畫筆的女人。

明知這一點，仍跟著她回家，繼續住在那棟房子裡。

早已決定放棄繪畫，卻難以割捨。

久違地拿起畫筆，燕注意到了。

他對繪畫依舊執著。

（離開吧……）

燕想了無數次，偏偏身上彷彿綁著重物，一步也邁不出。

「你好。」

一道黑色的陰影，落在陷入長椅的燕身上。

惹人厭的低沉嗓音響起，燕不禁輕輕吐出一口氣。在連指尖都凍僵的情況下，即使聽到那道嗓音也生不起氣。

燕垂下目光，看著視野內的那雙皮鞋，從喉嚨擠出聲音。

「我沒力氣吵架，請回吧。」

「快下雨了也不撐傘，年輕人眞有活力。」

對方一如往常地穿著纖塵不染的皮鞋，撐著全黑的傘。這麼寒冷的日子，只穿薄薄的大衣，卻沒露出絲毫瑟縮的模樣，實在令人佩服。

柏木爲燕撐傘，露出燦爛的笑容。

「開始飄雨了，你會感冒的。」

燕頭也不抬地瞪著男人的鞋子。

「你找律子小姐有什麼事嗎？」

「是啊，我去送聖誕禮物，但她沒出來應門。」

聽到他的話，燕莫名鬆了口氣，但還是板著臉。他從以前就十分擅長面不改色。

「原來如此，眞是不辭辛勞啊。」

「大島燕。」

然而，柏木安靜的話聲響起，燕的撲克臉很快崩塌。

「老家在K市……大學是……哦，不錯的大學嘛。考進那所美術大學，實在了不起……不過現在休學中，理由是遭遇挫折嗎？常有的事。休學期間輾轉住在不同的女人家，多麼令人羨慕的優雅生活方式。」

柏木從上衣內側口袋取出一張紙，淡淡念出上面的內容，話語中不帶一絲感情。

「才不是。」

「哪裡不對？這種程度只要調查一下，馬上就能查出來。」

柏木把紙揉成一團。聽到那冷漠的聲響，燕直勾勾瞪著柏木。

律子之所以會拿出燕的畫作、突然逼燕畫畫，一切的元凶就在眼前。

「你告訴律子小姐了嗎？」

「不都說『一日爲師，終身爲父』嗎？即使我已不在膝下承教，還是會掛念老師。沒想到重要的老師身邊，居然出現身分不明的人。我當然向老師報告過嘍。」

「……」

「想知道老師怎麼說嗎？」

「不用了。」

脫口而出的音量比想像中還大，附近的小朋友驚訝地望向燕。

柏木噗哧一聲，笑得肩膀顫動。

「哎，抱歉……一聽你是美術大學的學生，我以爲你是想纏著老師拜師，但……」

柏木彷彿看著孩童般瞇起眼。

「你的父母也畢業於美術大學，現在似乎都從事與繪畫無關的工作。」

「不關我父母的事吧。」

「你還是個孩子。」

柏木湊近燕的耳畔，宛如耳語的聲音低沉得令人渾身一震。

「老師說沒關係，所以我才沒趕你走。」

柏木突然拉開距離，換上一副平靜的表情。

一粒冰霙落在他的肩上。

像在下雨一樣，半凝結成冰的顆粒發出劇烈聲響，紛然落下。

燕的眼前被染成一片白色。

「哦，雨雪交加，希望能變成下雪就好了。」

柏木的手伸出傘外，握起半凝結的冰霙，一派雲淡風輕，彷彿從未戳破燕的祕密。

燕瞬間湧起一股怒火，馬上又冷靜下來。

反正都要離開那棟房子了。

燕剛想站起，背後傳來柏木的低語。

「雖然樂於幫助有需要的人是老師的優點，但出於罪惡感而試圖拯救別人，卻是她的壞習慣。」

「這話是什麼意思？」

「沒什麼。」

柏木輕輕帶過意有所指的發言，直視著燕。烏黑的眼底閃著光芒，一如往常搞不清他在想什麼。

「老師極有耐心，應該不會趕你出去。不過，你差不多該明白自己的分量了。」

「我會離開。我就是有這種打算，今天……」

「那就快點回家吧。可憐的令堂似乎過度擔憂，身體有恙。」

「你見過她？」

「我還未告訴她任何……還未。」

無言的沉默驟然降臨在兩人之間。

從傘面落下的水滴，濡濕燕的臉頰。

（這個人以前也拿過畫筆嗎？）

燕盯著柏木握著雨傘的手指尋思。

實在無法想像這個男人作畫的模樣。同時，他也無法想像那棟房子裡，聚集眾多學生學畫的熱鬧情景。他甚至難以想像律子的身邊曾有丈夫陪伴。

律子居住的建築物，是僅僅爲她存在的極彩色的巢。

「聽到你說要走，我就安心了。老師莫名容易吸引人，會把各式各樣的人帶回住處……老師還被取了奇怪的綽號。」

柏木溫柔地瞇起眼。他過往所見的身影，屬於燕不認識的律子，也就是被稱爲「魔女」時期的律子。

「我記得是……魔女，沒錯，就是魔女。畢竟那個人作畫簡直就像魔法一樣。」

律子的手中會自然誕生出畫作。看起來彷彿不是在畫畫，而是原本就存在的東西，藉由她的雙手挖掘出來。

「作畫的時候，她永遠不會停下，不論誰呼喚她都一樣。那種狀態下創造出的顏色非常特別。」

男人接住冰霙，而後握緊。水從指縫滴落。

「她的顏色任何人都無法複製，任何人都無法接近。」

男人望向燕。

「我有點嫉妒你。」

「嫉妒什麼?」

「手指。」

男人眼底突然掠過尖銳的光芒，應該不是燕的錯覺。他盯著燕的手指，皮笑肉不笑地說：

「上面沾著顏料。」

燕的手指上沾著早先接過畫筆時沾到的顏料。

「這是老師的顏色。」

那是宛如夕陽般的紅色。

柏木說完想說的話就走了。目送他在白茫茫的風雪中離去的黑色背影，燕環抱住自己的身體。

(好冷……)

冰霙下愈大。奔跑追逐的小朋友已不見蹤影，這座公園裡，只剩坐在長椅上的燕。半凝結的冰粒落在地上，迸裂成褐色、白色和透明之間的顏色。燕心不在焉地望著這幕景象。

此刻的處境，和當初被律子帶回家時一樣，卻比那個夏天更冷、更落魄。

(不回去拿外套會凍死。)

燕終於站起，身體逐漸變冷，不停顫抖。

拖著沉重的雙腿，燕邁出腳步。

（回去……拿件外套……就到有屋簷的地方等這場冰霙停歇……）

光是想像，腦中就變得一片空白。進到屋裡，該怎麼對律子說呢？

（不，她應該不會注意到我回來了。）

衝出屋外，在寒風中發抖，都是燕情緒失控的結果。那位魔女想必毫不在意，仍兀自作畫。燕的離開，約莫就像喜歡的一管顏料消失，律子很快便會忘記。

即使站著，身體依然冰冷。在這個無色的世界裡，不知去處的燕停下腳步。

無法再往前邁出一步了，他默默想著。

他再次頹然坐下。

「燕……」

他以爲產生幻覺。

「燕！」

然而，呼喚聲再度響起，他意識到不是幻覺。

「太好了！原來你在這裡。」

一抬起頭，就像夏天那時一樣，律子出現在眼前。

「律子小姐！」

看到宛如撥開漫天冰花奔來的身影，燕不禁大喊。

「穿得這麼單薄，妳怎麼——」

那正是律子。她一身洋裝，只圍著披肩。

燕懷疑是幻覺，揉了揉眼，不假思索地奔上前，凍僵的身體恢復靈活。握住她的雙手，冰得駭人。律子的手緊緊揪住燕的襯衫。

「太好了！」

「要是感冒怎麼辦？」

燕不由得像要保護律子般抱住她。毫不意外，她渾身冰涼。眼底頓時浮現那幅紅色校園的畫，但羞愧和憤怒都隨即消散。

「請快點回家吧。」

「我來找你，我擔心又說了過分的話……」

律子囈語般低喃著，彷彿根本沒注意到身體已凍僵。

「過分的話……」

「我擔心又……又……像那個時候一樣……說出過分的話。」

燕的喉嚨深處微微顫抖。那個時候，指的是什麼時候？

答案不存在於燕的記憶中。

「我並不覺得……過分。」

「那麼，燕，我們一起回家吧。」

律子一如往常開朗說著，抬起頭。一時之間，燕被弄迷糊了。

（回家？）

「來吧，趁感冒前趕緊回去。」

律子像對待孩童般，握住燕的手。燕被拉著往前走。

「回到我們的家。」

（我想回去。）

回到魔女居住的極彩色之家，燕默默想著。

沒想到失去棲身之所的自己，如今竟有嚮往的歸處，燕的胸口湧現一股暖意。

天空下著冰霙，體內卻暖烘烘。此刻的心境，彷彿出生後第一次踏上地面。

不過，這樣就夠了。

（我終究該離開了。）

燕不能繼續住在那棟房子裡。那棟房子充斥著顏料和律子過去的氣味。

「燕，你瞧，開始下了。」

燕被律子拉著，心不在焉地抬起頭。

「雪……」

爲臉頰的輕柔觸感詫異，燕仰起頭。

「如果一直下到明天，就能過白色聖誕節了。」

半凝結的冰粒逐漸轉爲雪花，只見粉雪紛紛落在公園時鐘盤面上。

到家的時候，外頭已完全變成下雪。

看著律子鑽進屋內，燕悄悄伸手探向掛在玄關的外套。行李都是些可有可無的東西，只要有禦寒用的外套就夠了。

（再見。）

燕望著律子的背影，在心中低聲道別，慢慢後退。一回到家，律子馬上就會沉浸於作畫，不會察覺燕離開。

「欸，燕……」

然而，他剛碰到門，律子突然回頭。

她端來一個大盤子，裡面盛著難以形容的紅色物體。

「果然還是不行，我失敗了。」

「這是食物？」

一股香氣撲鼻而來。

「我想試著做菜……」

律子吞吞吐吐地解釋。燕不由自主地走進屋裡，細看盤子裡的東西。

那是紅通通、濕糊糊的一團飯。燒焦的地方呈褐色，還四處黏著黃色的硬塊。

「我只盛了比較成功的部分。」

「這是律子小姐做的料理？」

「我想燕回來以後，一定會肚子餓，所以……」

律子的目光一直飄向廚房。燕推開她，望著瓦斯爐，只見一個更加慘不忍睹的大平底鍋。

鍋裡裝著彷彿將米飯和蛋胡亂攪在一起的糊狀物體。

「律子小姐，這是什麼？」

「蛋包飯。」

「這未免……太慘了。」

看著平底鍋裡不成形的物體，燕喃喃自語。

律子大概是弄錯水量，飯濕糊糊的，又倒入太多番茄醬，才會變成黏稠的紅色。未能成形的蛋皮和米飯混合，有些沒熟，有些焦成小麥色。別提蛋包飯，蛋根本和飯攪和成一塊，沒焦黑已堪稱奇蹟。

「我很努力了，但愈攪拌，蛋包飯就變得愈奇怪。」

「蛋包飯並不需要一直攪拌吧。」

推開咕噥著孩子氣藉口的律子，燕拿湯匙挖了一口。

「好吧，味道不算差。」

雖然有點淡，但不難吃。味道太重很棘手，不過味道淡好解決。

燕把外套扔在地板上，繫上圍裙。

那一瞬間，柏木的話語、憤怒和後悔的情緒，一切都被他拋在腦後。

「請把盤子拿給我。」

燕將鍋中的食物全清到深口盤中，然後從冰箱取出青花菜、奶油和牛奶，以及麵粉和起司。

俐落地準備完畢，燕把平底鍋放到瓦斯爐上，轉開小火。

寒冷的廚房中亮起的的火焰十分溫暖，燕的手指一陣麻癢，看來手指凍得相當厲害。

「燕，你打算怎麼辦？」

「我要再加工一下，做成可吃的料理。」

「我在旁邊看著。」

「律子小姐怎麼不去畫畫？」

燕頭也不回地說，律子難得不知所措地悶不出聲。

無視律子的目光，燕搖晃著平底鍋，奶油塊逐漸融化。隨著熱度上升融化的奶油，讓屋裡瀰漫著獨特的濃郁香氣。

接著，燕倒進麵粉，分次加入少許牛奶。平底鍋內的顏色慢慢變成帶有光澤的柔白，最後呈現帶著淡黃的美麗奶白色。

朝失敗的蛋包飯撒上胡椒鹽調味，再把平底鍋裡的白醬輕輕倒入盤中，然後點點綴上青花菜和番茄，便能將律子的失敗成果，全部藏在繽紛的色彩底下。

「不是還沒畫完嗎？」

燕又撒了滿滿一把起司。

「可是……」

「我不會再去別的地方了。」

「真的嗎？」

聽到律子不安的聲音，燕不由得笑了出來。律子這樣的天才，居然會在乎燕的去向，他覺得奇怪又好笑，同時胸口疼得令人難受。

燕將扔在地板上的外套掛回原位。

「我保證……」

或許是這句話讓律子放下心，她終於停止追問。

十五分鐘後，烤箱發出輕快的聲響。沉浸於作畫的律子，與心不在焉地翻閱食譜的燕，兩人同時抬起頭。

一打開烤箱，躍入眼中的是湧動的白色。

蒸騰的白霧和奶油的白色交融，燕小心翼翼取出盤子，輕輕放在桌上。加熱後白醬和融化的起司在盤中互相激盪，猶如滾燙的岩漿。雪白的表面點綴著青花菜的綠色，和番茄的紅色，在烤箱的灼燒下，染上恰到好處的小麥色。

「樅樹的綠色，加上聖誕節的白雪。」

律子凝視盤內說著，語調彷彿在歌唱。

拿大湯匙挖開奶油深處，就會看到潛伏底下的紅色米飯。那正是混合黃色蛋汁，出自律子之手的蛋包飯。

「紅色和綠色，是聖誕節配色！」

律子發出歡呼。

「好厲害，簡直像魔法一樣，我的蛋包飯變成焗飯了。」

「律子小姐以後別再做飯了。」

剛出爐的焗飯，散發著幾近凶暴的熱氣。

充分加熱的起司和白醬，不管怎麼吹氣，依然不斷冒出熱氣。燕橫下心，將湯匙送入口中。焗飯幾乎燙傷上唇，但同時一股香甜滋味在口中擴散。

變得柔軟的米飯，反倒更能與濃稠的醬汁結合在一起。

燕吐出一口氣，白霧消散在空中。

「眞好吃。」

透過白霧，律子握著湯匙露出的笑容，映在燕的眼底。

不同於在公園裡呼出的冰冷白色氣息，此刻燕吐出的是溫暖、美味的白色氣息。

「燕，你知道這個故事嗎？聖誕節有名的甜點，義大利水果麵包（Panettone）。那是義大利家家戶戶在聖誕節必吃的甜點，在蓬鬆的麵包中，加入許多可口的水果乾……非常香甜美味。」

律子說著，一邊朝湯匙中的焗飯吹氣。

「關於義大利水果麵包的起源，有很多種說法。其中一種是，聖誕節當天廚師不小心烤焦蛋糕，正在傷腦筋，一名學徒想出辦法，幫忙做成美味的蛋糕，後來就成爲義大利水果麵包。」

很像吧，她微笑道。

燕只是把面目全非的蛋包飯做成焗飯。僅僅如此，聖誕節餐桌上，就有了一頓溫暖的大餐。

在公園裡凍僵的身體，也慢慢恢復溫暖。那份暖意讓燕鬆了口。

「律子小姐——」

律子的眼神看起來和平常一樣，但她應該已從柏木那裡得知燕的過去，只是不清楚她了解到什麼地步。

（關於我的事……妳到底從那男人口中……聽到多少……我的……）

燕欲言又止，話語卡在喉嚨深處。由於害怕重提舊事，燕不禁握緊湯匙。

「怎麼啦？」

「沒什麼……」

隨著焗飯吞下話語，燕別開目光。

律子看似毫無所覺，指著掉落在地上的一幅畫。

「對了，提到蛋糕，那個紅色我畫成了草莓。」

那是燕滴落紅色顏料的紙。原本空蕩蕩的紙上，律子畫上一個巨大的聖誕蛋糕。

蛋糕的中央，有一顆閃閃發亮的紅色草莓。

「很有聖誕節的氣氛吧。」

燕失手滴落的顏料，被染成無比幸福的顏色。

讓燕苦惱的紅色，重生爲一幅幸福的畫作。

「我畫了不少，明天就送去幼稚園……啊，對了。」

律子注視著鋪滿地板的紅色與綠色的畫作，拍起手來。

「雖然有點早……不過，燕，聖誕快樂。」

她宛如歌唱般說著，燕停下挖焗飯的手。

「聖誕快樂……」

燕跟著說出這句話，只見律子臉上綻放出燦爛的笑容。

燕回到自己的房間，日期已是隔天。

一開燈，他馬上注意發現牆壁的變化。

「嗯？」

牆上依舊畫著一片柏樹，但其中一株的根部多出陌生的東西。

「盒子？」

那是鉛筆畫出的盒子，綁著大大的蝴蝶結，頗有聖誕節的氣氛。

儘管仍只是黑白的畫，但蝴蝶結應該是綠色和紅色。不可思議地，燕彷彿看到這兩種顏色。

盒子畫在繁茂青綠的柏樹根部，恰好落在陰影中。

（這個地方原本有盒子嗎？）

燕歪了歪頭。不，原本沒有這樣的盒子。如果是無中生有，肯是律子的手筆。

感覺是很聖誕節的惡作劇，燕湊向畫裡的盒子。

即使試著去碰，也只感受得到粗糙的牆壁。如果問律子裡面裝什麼，她會回答嗎？還是，她會壞心地要燕自己打開確認？

（「打開瞧瞧呀」，那個人大概會這麼說吧。）

燕想起她提出無理要求時的天真笑容，不禁露出苦笑。同時，他想起另一件事。

（說起來，我還沒道歉。）

不管是擅自奪門離去，或是擅自回來，燕都還沒道歉。

那麼，該如何道歉呢？燕久違地發出煩惱的嘆息。

感冒夜的淡雪湯

平安夜裡，從深夜迎向黎明之際，積了今年的第一場雪。

「總之，現在別做不必要的事，乖乖睡覺。」

燕將開水和藥放在桌上，沉著臉叮囑。

「不准起床……」

律子臉頰泛紅，躺在床上。

她一睜開眼馬上就會咳起來，喉嚨還發出令人蹙眉的喘鳴聲。臉泛潮紅，眼角蒼白……律子無疑得了感冒。儘管如此，她偶爾會睜著茫然的雙眸，彷彿在尋找東西似地四處張望。

燕叉開雙腳，擋住她的視線。

「請睡覺。」

「我想畫——」

「禁止作畫，至少……」

電子音作響，律子慢吞吞地拿出體溫計。溫熱的電子體溫計上，閃爍著38度的數字。

聖誕節的早上，律子起床沒多久就在廚房倒下。

一說要去醫院，律子便強烈反對，原因只是她討厭打針。

「等到妳退燒。」

燕收起體溫計，把加濕器放在律子的枕邊。房間裡混合著溫暖的濕度，以及感冒病患所在之處特有的溫熱空氣。

「律子小姐，昨天……」

燕說到一半又停下，只見律子劇咳起來。

（都是因爲要出來找我。）

苦澀的後悔在燕的嘴裡蔓延開來。儘管如此，他並未表現在臉上。只要表情透露出蛛絲馬跡，敏銳的律子就會察覺燕此刻的心境。

（都是我害她勉強自己。）

燕不知在心中責備過自己多少次。

昨天燕衝出房子，律子也追了出去。不曉得她找了多久，兩人遇見時，律子的手十分冰涼。當時感受到的冰涼，彷彿仍殘留在燕的手中。

「對我來說，這是一個溫暖的聖誕節，但對你來說，大概是最糟糕的聖誕節吧。」

律子紅通通的臉上露出笑容。要是豎耳細聽，隱約能聽到遠處傳來歡樂的聖誕歌曲，或許是附近幼稚園舉辦的演奏會。

「妳就祈禱這不是流感，乖乖吃感冒藥，然後睡覺吧。」

燕望向窗外。明明還是白天，天色卻黑得像晚上一樣。雪花在風中飛揚，樹木被吹得東倒西歪。

——今天早晨，積了今年的第一場雪。

溫度驟降，今天想必是年內最冷的一天。

「有哪裡不舒服嗎？」

「喉嚨。」

律子不停乾咳，臉泛潮紅。原本就沙啞的嗓音，現在更加粗啞。

「還有肚子。」

「肚子？」

「我肚子不餓。」

律子彷彿在宣布重要事項，鄭重地說道。擱在桌上的白稀飯難得毫無減少的跡象。

「那是當然的，畢竟妳感冒了。」

「但我應該吃得下奶油燉菜，晚餐就吃奶油燉——」

「不行，奶油燉菜口味太重了。」

燕不快地拒絕。他很清楚律子並不是想吃奶油燉菜，而是想吃白色的料理。他就是預想到這一點，才煮了白稀飯。不過，白稀飯中央的紅色酸梅似乎不合她意。

燕深深感受到，律子的食慾是以顏色爲依歸。

「直到妳退燒之前都不行。」

這個房間有病人的氣味。安靜昏暗，潮濕並帶著熱度的氣味。

燕對這氣味有印象。回憶中的氣味，伴隨著冰冷昏暗的房間，一起浮上燕的腦海。

燕還是國中生的時候，寒假期間曾因埋首作畫，不知不覺就在美術教室待到晚上，忘了在傍晚回家。

他大概是因此感冒，當天晚上就發燒了。

不記得是母親還是父親，露出難以置信的表情，望著虛弱地倒臥在床的燕，在他耳邊輕輕丟下這句話：不過是身體不舒服，你就停筆不畫了嗎？

燕發燒十分難受，無力反駁。更重要的是，這句話直直戳中他的內心深處，他感到可悲至極。

無法堅持繼續畫畫，燕後悔不已。連哭都哭不出來，他只能瞪著天花板。

「律子小姐，請好好照顧自己……畢竟妳年紀也不小了。」

與濕氣相仿的溫熱氣味，讓燕想起當時的痛苦。

「最後一句是多餘的。」

「請乖乖睡覺吧，我傍晚會再送飯過來。」

伴隨著背後傳來的咳嗽聲，燕離開病人的房間。

「白色的料理嗎……」

奶油燉菜不是唯一的白色料理。不論是白稀飯，還是牛奶粥，適合病人的食物大抵都是白色。

「白色料理……」

燕坐在椅子上，專心思考料理的事情，以擺脫心中的罪惡感。

只要是能治好感冒的料理，即使是其他顏色也無所謂。

然而，不斷浮現在燕腦海的淨是白色的料理，其他顏色絲毫不見蹤影。

（只使用蛋白的雞蛋粥……會缺乏營養。那麼，酒粕味噌湯、蛋酒……）

廚房桌上擱著大量看到一半的食譜。約莫是看到昨天的雪，律子一直在找白色的料理。

（奶油燉菜……）

燕馬上找出律子正在閱讀的頁面。老舊的黑白食譜，一翻開就是跨頁的奶油燉菜。

（竟然還貼心地做好標記。）

那一頁雖然是黑白的，卻莫名充滿色彩：大鍋裡盛著馬鈴薯、洋蔥，以及巨大的白色雞肉丸子。大幅的照片中，甚至能看到冉冉蒸騰的霧氣。背景中可見溫暖的壁爐、木製的碗筷。復古風的家具為整張照片添上幸福的色彩。

律子折了書角，做出明確的記號，便直接擱在桌上。不知道是下雪讓她心馳神往，還是對燕無言的要求。

（律子小姐還是老樣子，習慣依賴人啊。）

燕坐在椅子上，目光大致掃過那一頁之後，把書的折角恢復原樣。

「好了……」

他靜靜站到流理台前。

過了中午，雪還沒停。窗戶被染成白色，幾道結露的水滴流淌而過。

或許是聲音被雪吸收，又或許是律子在睡覺的緣故，屋內宛如沉入水中般安靜。

燕無法忍受這片靜謐，於是裝了一杯溫開水，敲了敲律子的房門。

「律子小姐，我拿水……」

燕一踏進房間，便聞到顏料、律子與病人的氣味。

「律子小姐？」

律子向來淺眠，此刻她卻躺在床上，一動也不動。

她的頭髮，是白髮與黑髮摻混而成的灰色。只見髮絲垂落在她的肌膚上，幾絡劉海貼著冒汗的額頭，臉色異常蒼白。

「律子小姐？」

燕急忙把水杯擱到桌上，湊向床邊，小心翼翼地伸手碰觸律子滑出床外的腳尖。小巧的腳尖乾燥冰涼，燕的心臟怦怦直跳。

他觀察律子的氣色，發現她的眼皮一帶白裡透青。

律子嬌小的身軀彷彿正在褪去所有顏色，變得像雪一樣蒼白，甚至逐漸透明了起來。

「律……」

燕悄悄伸手靠近她的臉……感受到吹拂著指尖的微弱呼吸，才終於吐出長長一口氣。

律子雙眼緊閉，正在沉睡，大概是藥起作用了。

燕握緊顫抖發冷的手指，抓住蓋歪的棉被邊角。

「律子小姐，請蓋好被子……」

「對不起……」

燕幫律子蓋被的手一頓。

「對不起……」

她喃喃說了兩次相同的話，而且語帶顫抖。從她的口中，並未繼續吐露道歉的原因。只見她眼角滲出淚水，順著臉頰流下，被吸進頭髮當中。

「都是我的錯……我……所以……當時……」

約莫是發燒時的囈語，律子毫無意識，話語也模糊不清。此刻她恐怕是在作夢，乾燥的嘴唇不規則地顫抖。

不過只要把耳朵湊近，就能清楚聽到她宛如呻吟的低語。

「我說了那樣的話……我把你……想必你才……」

不知向誰謝罪之後，律子的夢話就中斷了。

她痛苦地張開嘴巴，沒過多久便轉變睡眠中的呼吸。

「律子小姐？」

燕出聲詢問，沒得到任何回應。

「妳到底背負著什麼？」

燕小心翼翼地碰觸她的手，悄聲低語。

律子白皙的手背上，能看到隨著年齡刻劃的皺紋，然而，對於刻劃出這些皺紋的過去，燕一無所悉。

燕不知不覺輕輕撫上律子的手。

燕寄居女人家裡時，曾在心中訂下不成文的規定：絕不刺探對方的過去。承擔女人的過去太麻煩，燕也不願對方刺探自己的事。

儘管如此，燕十分在意律子的過去，同時卻又希望隱藏自己的過去。

「妳究竟對我了解到什麼程度？」

律子不會刺探燕的過去，不過，這也代表律子的過去不容燕觸碰。

燕輕輕碰觸律子的臉頰。溫熱的臉頰上，還帶著淚珠。

燕已多年不曾哭泣。不論是對自己感到絕望的時候、捨棄繪畫的時候，或是拋棄父母的時候……連現在也一樣。

律子失去丈夫的時候，不知是否落淚了？

「我……無法再提起畫筆。我很羨慕妳。不論是父母、繪畫、學校，我捨棄一切逃走了。我是個差勁透頂的人。妳究竟爲何要帶我回來？像我這樣的人……」

雪下得更大了。明明是白天，卻透不進一絲天光。窗戶搖晃作響，外頭一片白茫茫，兩人彷彿被困在房子裡。

燕跪在冰冷的地板上，額頭抵著她的手背。

「我捨棄繪畫，然後逃了。我是在利用妳，只要我住在這裡，我就能成爲妳的……」

燕的肚子裡一陣絞扭。

「我覺得自己就能夠成爲妳的其中一幅畫……」

這是燕從未說出口的心底話。

「燕……」

「律……」

聽到突然響起的話聲，燕喉頭一緊。眼前的律子正恍惚地注視著燕。

然而，她的意識依舊處於矇矓的狀態。她用灰藍色的瞳眸看著燕，露出微笑。

「眞美。」

她的嗓音沙啞，和燕曾在電影中聽到的聲音相同，是令人心醉的聲音。

「比當初相遇時美多了。」

律子帶著熱度的手，緩緩撫摸燕的頭。

「不曉得是不是……因爲……向前看……」

律子半夢半醒，低聲說了幾句，再次閉上雙眼。燕接住她無力滑落的手，無法動彈。

無色的房間裡，唯有落雪的聲響迴盪。

「……燕？」

過了一會，律子稍微動了動身體。她坐起身，詫異地瞪大雙眼，臉上已逐漸恢復血色。

她口中的燕，此時坐在地上，出神地望著律子在牆上的各種塗鴉。

「你該不會一直待在那裡吧？地板上很冷，你會感冒的。」

律子驚訝的話聲頗有活力，顯然正在逐漸康復。

「律子小姐，剛才的……」

「剛才？」

歪頭圓睜雙眼的律子，看起來和往常一樣。

因此，燕也若無其事地站起來。

「沒什麼。妳現在感覺如何？」

「好多了，看來藥很有效。」

律子大大地伸了懶腰。她的聲音雖然沙啞，但比早上有精神。她將披肩裹在身上，整理凌亂的頭髮後下床。

接著，她一如往常，露出笑容。

「我餓了，燕。」

她的話聲實在太過和平，燕內心的黑霧頓時消褪散去。

「奶油燉菜……？」

燕在大湯盤中盛上滿滿的晚餐，送到律子的床邊。律子的雙眼一亮。難以想她的病剛好，她隨即跳起來，探頭看向盤子。

「哇，簡直就像積雪一樣！」

湯盤中是純白的熱湯，還盛著一團白色物體。律子的眼眸閃閃發亮，輪流望向燕和湯盤。

「你煮了奶油燉菜嗎？」

「唔，妳覺得呢？」

溫熱的霧氣從湯盤中冉冉飄起，裡面是純白的熱湯。

律子輕輕落下湯匙，動作小心得彷彿眼前是什麼奇珍異寶。她吃了一口，不禁瞪大雙眼。

「啊，不是。這是更溫和的……」

燕也在一旁的桌上放下自己的湯盤，喝了一口。感覺比奶油燉菜更清爽，但又柔和滑順。

輕柔的甜味在口中擴散，體內也暖和了起來。

「這是蘿蔔泥湯。」

作法是磨好大量的白蘿蔔泥，緩緩加入煮得特別濃的高湯，僅僅如此。花時間慢慢攪拌混和，蘿蔔泥就會變得柔軟黏稠。

今天幸好律子在睡覺，所以燕有充足的時間。只要加熱並緩緩攪拌，便能神奇地煮出令人融化的滋味。最後堆放剩下的白蘿蔔泥，看起來就像是純白的湯上積了雪。

「我第一次喝到這麼美味的湯。」

「白蘿蔔對感冒患者也很好。」

「雞肉丸子！」

看到湯匙舀起的大塊物體，律子不禁發出歡呼。那是用山藥和雞肉輕輕揉捏而成的丸子，燕只在湯內加入少許丸子。

雞肉丸子使得湯的雪白色更深了一點。

「丸子數量不多。」

「就像打雪仗的雪球一樣。」

律子細細咀嚼著柔軟的丸子，喃喃感嘆。

「吃完之後，再回去好好睡一覺。」

「燕，我是第一次這樣做。」

律子雙手捧著湯盤低語。

安靜的房間裡，只有加濕器的聲音迴響。燕不禁心想，這棟房子過去想必也是如此安靜。

「不論是我的學生，還是畫廊的人，每個人都要我提筆作畫。」

律子的目光投向擱在桌上的素描簿。

燕喝下湯，不自在地垂下視線，感冒觸動了舊時回憶。

「這是第一次有人勸我不要畫畫。」

「我還以爲妳不樂意……」

「不是的。」

——不過，律子的話聲十分明朗。

「我很驚訝，原來我可以停下來一會。」

律子依然有些發燒的臉上，帶著笑意。

「我發現累了或身體不舒服的時候，可以休息一下。」

燕的手不禁停了下來。

爲了避免律子察覺，他若無其事地望向窗戶。

大概是屋內濕度太高，窗上浮現水珠，蜿蜒滴垂。在那之外的昏沉黑暗中，雪花再次飄揚。

「又下雪了。」

「這個房間眞暖和。」

多謝款待，律子合掌道謝，氣色比先前好了一點。

「我今天就不作畫，好好睡一覺。」

「請務必這麼做……」

「其實，我……有一件事，原本不打算告訴燕……」

律子鑽進被窩，躊躇地低語。聽著她的聲音，燕不由自主地別開視線。

先前脫口而出的懺悔，律子是不是聽到了？燕的手掌冒汗，心臟怦怦直跳。

「我要說嘍……」

「關於我的事……」

「昨天，你回房間後，我又出了一趟門，因爲我實在太想畫雪了。」

沒想到，律子遞出一本素描簿。

「直到天亮，我都在畫雪。畫了好幾個小時……」

燕顫抖著接下素描簿，翻開內頁。

裡面是純白的世界。

畫著被染成白色的樹、遊樂器材、道路，呈現出雪的世界。

她毫不費力地用黑色鉛筆畫出白雪，完成困難的表現手法。鉛筆留下的痕跡，明確地勾勒出白雪冰冷的曲線。她畫出純白的世界，以沒有線條的線條，描繪出雪景。

燕的手指撫上那幅美麗的素描，只覺得像雪一樣冰冷。

「我會感冒一定是這個原因。我擔心說了，燕會生氣……」

「我會生氣。我當然生氣，但……」

燕煩憂到肩膀不住顫抖，一放下心，身體頓時虛脫。

「首先，治好妳的身體。」

某處傳來下雪的聲音，今晚大概又會積雪。

「這樣我也能少操一點心。」

宛如惡靈憑附在燕身上的焦躁感，被律子無心扯下。扯下之後，剩下的是憤怒、不甘，以及安心。燕心中明白，卻又無法離開。

（看來，我也是得找人依賴的個性。）

自嘲的話語溶進湯裡，流入燕的喉嚨深處。

燕回到自己房間時，已是深夜。

這個房間比其他房間冷得多，所以燕的腦袋愈來愈冷靜。

（向前看嗎……）

這麼一說，直到遇見律子，燕的世界是漆黑一片。不久之前，映在燕眼中的只有地面。

不過，最近他眺望起天花板上的畫。

燕往前看了，雙腳卻停滯不前。燕十分清楚怎樣才能前進。

燕的手中是連著充電線的小巧黑色手機。

打開手機一看，有好幾通來電和簡訊。燕無視這些，從通訊錄中找出一個名字。

（向前看會更美……嗎？）

燕調整呼吸，咬住嘴唇，然後下定決心，伸指滑過螢幕。撥號音在靜謐的夜晚中迴盪，在第三聲響起之前，一道低沉的嗓音傳來。

「喂？」

燕深吸一口氣，久違地喊出那個稱呼。

「爸爸……好久不見。」

燕筆直地向前看。

那裡有一座美麗的柏樹森林，陽光灑落的道路在燕的眼前延展。

跨年蕎麥麵與除夕鐘聲

這一年正準備悄無聲息地結束，日暮時分的空氣予人寂寞清冷的感受。燕穿梭在提著大包小包的行人之間，轉了幾次電車。

從車站走了十分鐘，籠罩在夕陽餘暉下的建築物出現在眼前時，燕深吸一口氣。

在寒風中徘徊將近三十分鐘，燕終於伸手搭上高大木門的門把。

燕推開門，探頭向內看。明明小時候每天都會待在這裡，此刻卻莫名有種生疏的感覺。

白色拋光的玄關、沒有任何繪圖紙、顏料、畫筆散落的整潔走廊，以及站在走廊上的兩雙腳。

「燕。」

落下的話聲中不帶任何懷念之情，簡直就像陌生人一樣。

「嗯……」

燕抬起頭。

父母就站在前方。

身材高大、神情淡漠的父親。

五官與燕相似，皮膚白皙的母親。

「我回來了……」

聖誕節那天，燕打電話告訴父親，年底會回家露個臉。

父親既不生氣，也沒多加詢問，只是寡默地應了一聲「嗯」。說起來，他本來就是個不擅言詞的人。

現在他也一語不發，雙手交抱胸前，臉色毫無變化，表情細微難辨。

燕的撲克臉就是向父親學的。

「燕，站在那邊不好說話……進來吧。」

纖瘦的母親舉起白皙的手，示意燕入內。

走進屋裡，燕覺得實在缺乏生活感。空間本身應該是律子家比較大，然而，這個家卻感覺更加寬廣，大概是沒有散亂的物品的緣故。

此外，這個家沒什麼顏色。

褐色電視櫃、放在電視櫃上的小巧室內盆栽、白色牆壁。

燕在米色架子上看到醫院藥袋的時候，回頭望著母親。

「媽，妳身體不舒服嗎？」

「沒什麼大礙，我只是有點感冒。」

「媽，是因為我……」

燕面前的小茶杯中，待客用的紅茶晃漾。

「讓妳操心了嗎？」

父母都默不作聲，三個人的視線不自然地在空中交會。

「燕，聽說你在畫廊打工……社長還特地過來打招呼。」

父親彷彿在斟酌用字遣詞。聽到他這麼說，燕的鼻腔深處彷彿又聞到那股雪茄的甜膩氣味，進而變成輕微的憤怒，不得不克制嘖舌的衝動。

（多管閒事……）

「這公司感覺不錯……而且是著名的畫廊。」

父親木訥地說著，嗓音低沉。

「就算你繼續走這條路，也沒什麼不好。」

不過也僅止於此。許久不見，父母卻不擔心燕的身體狀況，或是關切燕的感受。只是為了避免氣氛尷尬，虛有其表的對話。

如果是律子，這種時候她會說些什麼？燕默默尋思。

燕早上出門，回到老家。不過短短半天，他已開始想「家」。

父母都沒注意到燕的變化。

（就像國中那時一樣……）

燕忍受著痛苦，咬住嘴唇。父母的眼神中帶著絕望和不滿，和當時冷漠旁觀感冒的燕的眼神一樣。

「可能是太過期待你完成我們的夢想……不過大學還是要上，不然以後會很辛苦。」

父親的聲音低沉，言語中聽不出一絲親子間的愛情。

燕朝茶杯伸手，以指尖摸索溫熱的杯身。他的嘴裡一片苦澀，正是久違嘗到的絕望滋味。父母果然不曾正視自己，明知如此，他還是會再次認清這項事實，胸口感到灼燒般的痛楚。

如果燕出聲反抗，說不定親子關係會有所改善。

然而，父母從未教導燕該如何踏出這一步，而燕自己也無法踏出這一步。過去的燕，深深害怕遭到雙親厭惡。

「對不起，爸，請再給我一點時間。」

燕抿了一口無味的紅茶，嚥下喉嚨，感覺彷彿吞下冰冷的石頭。

「抱歉，我這麼任性。」

「燕……」

母親的聲音在顫抖，但不是悲傷的聲音，而是面對眼前的孩子，不知該如何應對的困惑聲音。

「是我們的錯嗎……？」

「不是的。」

燕緩慢起身。

「全是我的錯。」

「燕，等一下。」

若是以前，面對高大的父親，燕或許會屈服於壓迫感。不過現在的父親，看起來比以前小了一圈。

「總之，我只是來露個臉。別擔心……近期我會再聯繫。」

父母臉上唯一出現的，是對世人眼光的擔憂及困惑。

「你再想想吧。」

父親遞出薄薄的紙袋。

燕不假思索地接下紙袋，原來裡面裝的是復學的相關文件。

燕想把紙袋塞回去，手卻開始發抖。他別無選擇，只能用力抓著紙袋，轉身離開。

前一次是逃亡似地奪門而出，這次燕靜靜關上大門。父母依舊沒看著燕，而是望向他的手。

燕像要擺脫他們的視線，跑了起來。一抵達車站，他就把紙袋塞向角落的垃圾桶。

銀色的大垃圾桶彷彿張開大嘴，注視著燕。

只要打開紙袋，丟掉裡面的文件就好。

不論是老家的痕跡或氣味，還是大學的事，只要將一切拋諸腦後就好。

只要若無其事地回到律子家就好。

「……」

然而，燕的手卻不聽使喚。

他的手放不開小小的紙袋。

「請問怎麼了嗎？」

「……」

「先生?」

聽到車站人員的聲音,燕回過神。仔細一看,周圍的人都對燕投以注目禮。莫可奈何之下,燕無力地搖了搖頭。

「不,什麼事都沒有。」

燕抱著沒能丟棄的紙袋,跳上電車。

天色已是一片昏暗。

彷彿受到前幾天低溫的影響,今年的除夕夜氣溫驟降。

掠過鼻尖的風摻雜著獨特的氣味。這股微焦的香氣,是冬天特有的氣味。混在寧靜澄澈空氣中的清洌香氣,則是年底的氣味。

不過,律子的家和往常一樣,充斥著顏料與紙張的氣味。

「歡迎回來,燕。」

燕原本打算悄悄開門,屋內卻傳來明朗的聲音。

踏入一如往常雜亂的空間,燕不禁鬆了一口氣。

律子宛如從顏料的汪洋大海中分浪而出,朝玄關探出頭。

「你肚子餓了嗎?」

「爲什麼……會餓?」

「因爲你出去了大半天,肚子一定會餓。」

「還好……」

燕若無其事地藏起紙袋，環顧屋內。

「我好不容易才大掃除過，又亂成這副模樣。」

屋內一片悽慘的景象：四散的管狀顏料、繪圖紙、筆、隨手亂扔的素描簿、讀完亂丟的書。

從感冒中康復的律子堅持不肯放開素描簿。

即使抽走素描簿，她也會找出別本繼續畫，然後往旁一扔，燕實在無可奈何。

「就算不打掃，我也不覺得困擾。」

「我會覺得困擾。」

「一臉困擾的燕也很棒。」

白色素描簿上，畫著神情困擾的燕。僅僅這麼一張畫，如今應該也有收藏家渴望不已。如此珍貴的畫作，律子卻能輕鬆畫出又隨手亂放，率性得令人驚訝。

燕逐一撿起散落滿地的繪圖紙。

「燕的個性非常認眞呢。」

看到燕的反應，律子歪著頭露出微笑。看著律子那副表情，燕終於放棄。

他望向窗外，除夕夜的天空一片漆黑。夜色已深，路上沒半個行人。

前幾天，這條道路直到半夜都還人來人往，到了除夕夜，便突然安靜下來。

不過，平時被暗夜籠罩的景色，今天顯得異常明亮。或許是家家戶戶都點起燈火的關係。

不論是大樓華廈，還是獨棟透天厝，每戶人家的窗，都透著橙色、白色或黃色的燈光。

燕吐出白霧，注視著窗外。

去年在做什麼呢？

（啊，是在家裡。）

去年冬天，燕宛如被逼上絕境，埋首作畫。不管怎麼畫都畫不好，面對這樣的燕，父母只是冷眼旁觀。

今天，他們依舊用相同的眼神盯著燕。

燕獨自待在寒冷的房間裡。那一天，他吃的是涼掉的便利商店便當。冰冷的米飯鯁在喉嚨深處的感覺久久未散，這就是燕去年的年夜飯。

「哦，燕，這是蕎麥麵嗎？」

燕心不在焉地望著窗外，律子不知何時站在他的身邊。她注視著桌上的小小包裝。

「是啊，這是跨年蕎麥麵的……蕎麥麵組合包。說起來……」

一看到蕎麥麵，律子的肚子就響了起來。

「我餓了。」

「也都晚上了，那我們就來吃吧。」

燕一打開包裝袋，寫著「賀歲」的紙片就翩然飄落。

這是附近超市門前販賣的天婦羅和蕎麥麵組合包。看到堆成小山的大量蕎麥麵組合包，燕想起今天是除夕夜，便不由自主地買回來。

燕一共買了兩包。當時，手中的提袋意外地往下一沉，燕有些不知所措。

明明沒任何人在看，燕還是難爲情地低下頭，咬住嘴唇。他的嘴角毫無緣由地泛起笑意，在老家感受到的沉重空氣倏然消失。

回憶起當時的情景，燕急忙別開臉，鑽進廚房。

「眞厲害，簡直就像年末一樣。」

「現在確實是年末。」

看到燕開始準備鍋子，律子開心地跟著轉。

燕往大鍋倒入熱水，一把放進黑色的麵條。他用另一個鍋子加熱高湯，然後撈起變得柔軟的蕎麥麵。燕將高湯與剛煮好的蕎麥麵條分成兩人份，裝進木碗中。紅色的漆碗，配上金黃色湯汁與黑色蕎麥麵，營造出一種美感。

組合包的天婦羅只需用烤箱加熱，再放到已移至碗裡的蕎麥麵上就好。作法極爲簡單，黃色的炸蝦天婦羅一碰到湯汁，竟還滋滋作響。

燕撒下蔥花，把碗擺在桌上，湯汁的蒸騰熱氣冉冉升起。

冰冷的空氣頓時暖和起來。

「看起來好好吃！」

帶有透明感的金黃色湯汁，散發著香甜的氣味，嘗起來有大海的味道。喝一口，湯汁的熱度和香氣便在嘴裡擴散。

天婦羅的麵衣一碰就崩落散開，在透明的湯汁上浮起一層油膜。湯汁也因此能一直保持在燙口的熱度。

再撒上七味粉，點綴上美麗的紅色。

律子吃得額頭冒汗，忍不住感慨：

「這是我第一次吃跨年蕎麥麵。」

「……」

「怎麼了？」

「我很驚訝……」

聽到律子的話，燕不禁停住筷子。連對節慶活動不太感興趣的燕，也吃過跨年蕎麥麵，他以爲每個人都吃過。

「原來是這麼值得吃驚的事嗎？很小很小的時候，我可能吃過……過年期間，我幾乎都在畫畫。」

「以前學生們應該會做給妳吃吧？」

「不，大家都要回家或回故鄉，大多只有我獨自過年。」

燕突然停下持筷用餐的手。如果學生聚集在這棟寬闊的房子裡，應該是熱鬧非凡。不過一到正月，原本熱鬧的空間，轉眼就變成空無一人，想必極爲寂靜。

長久以來，律子都是在寂靜中度過。

只不過——

「以前……律子小姐的丈夫應該在吧？」

光是說出那個字眼，燕的胸口深處就莫名感到刺痛，只是他還不明白這陣疼痛的原因。

那個字眼像是禁忌，光是低聲道出，便戳傷了燕的內心。

「不……」

律子彷彿毫無所覺，平靜地搖頭。

「我與那個人獨處的時間，只有春天到夏天。我從未和其他人一起共度新年。」

她的臉上瞬間浮現複雜的神色。在她的眼底，映出某人的身影，隨即消失。

「和燕這樣共度除夕，對我來說，眞的是暌違已久的事。」

律子朝著蕎麥麵呼呼吹氣，幸福地笑了。

燕繼續品嘗蕎麥麵。寒冷的天氣中，唯獨臉龐格外溫暖。

「距離上一次感受到熱呼呼的料理原來這麼好吃，也有好一陣子了。」

蕎麥麵的熱度從口中一路傳達到胃，連指尖都開始變熱。

兩人受涼冰冷的身體，終於取回熱度。

「只要開始作畫，我常常會錯過用餐時間，一直以爲料理就是冷冰冰的。」

燕忽然想起，小時候姑且不論，這幾年的除夕夜他幾乎都在畫畫，腦中沒什麼吃飯的記憶。

過去幾年中，燕不曾在除夕夜與人面對面吃飯。

「也是燕告訴我……配合季節更迭做出的料理，眞的非常美味。」

孤獨是一種疾病，沒有靈丹妙藥。不過，通過這樣的方式，和人面對面接觸，便能確實地逐漸康復。律子曾說喜歡與人面對面用餐，如今燕正在細細品味她當初的話。

他嚥下蕎麥麵，微微一笑。

「我可不會做年節料理，我不知道該怎麼做。」

「哎呀，眞巧，我也一樣。」

律子刻意裝腔回答的瞬間，遠處傳來鐘聲。附近應該沒有寺廟，約莫是某處的鐘聲，乘著澄靜的空氣飄流而來。

時而高亢，時而低沉的悠揚鐘聲，靜靜迴響。

「你聽，是鐘聲。」

律子停下筷子，仔細聆聽。

撼動空氣的聲音，悠緩而安靜地迴盪。

「眞是漂亮的聲音，悠然地傳進耳裡。但沒什麼用，鐘聲沒能消除我的任何煩惱。」

律子一臉幸福地品嘗蕎麥麵，側耳傾聽。

「我想畫畫，可是蕎麥麵太美味……」

據說，除夕夜的鐘聲能夠化解沉睡在人類內心的煩惱。

不久之前，燕還沒有任何煩惱。名爲「繪畫」的煩惱，已從他的身上脫落消失。

現在又是如何？

與去年迥異的煩惱，橫亙在燕的面前。

「啊，燕。」

律子忽然閉眼凝神傾聽，遠處傳來放煙火的聲響。

「是跨年的煙火……」

照理來說，一切都和一分鐘前沒有任何改變。但此時此刻，確實有什麼產生了變化。

律子撐著下巴，筆直看向燕，露出無比溫柔的微笑。

「新年快樂。」

「新年快樂。」

兩人互相賀年的同時，除夕鐘聲持續響著。除此之外，要再加上律子肚子叫的聲音。

「燕，光吃蕎麥麵還不夠。」

「我想也是。」

燕起身查看冰箱，只見裡面大量囤積著各種食物禮品。

蔬菜、肉、麵包、白米，不論哪種都數量驚人。今年的分量特別多，律子笑道。

燕持續搜刮，從裡面找出白色年糕。

「要吃烤年糕嗎？」

「我想吃！」

燕用烤箱將年糕烤到表面微焦鼓起，然後往小麥色的焦痕淋上醬油。如此年糕表皮便會「滋」地塌陷，飄散出醬油的香氣。趁年糕還熱著，裹上海苔食用，或是沾取加了砂糖的醬油、黃豆粉、白蘿蔔泥。思考著各種年糕料理的時候，燕的身體完全暖和起來。

因蕎麥麵而變得溫暖的廚房中，燕繼續烤著年糕。在他的頭頂之上，除夕鐘聲仍在夜空中飄盪。

看來一時半刻是無法擺脫煩惱了，燕這麼想著，同時深深吸進新年的空氣。

過去、祕密與鹽味拉麵

「燕，我吃膩年節料理了。」

沒辦法繼續忍受了——律子發出投降宣言，是在大年初三即將結束的時候。

「年節料理不管怎麼吃，都還有很多，對吧？配色又漂亮，實在是非常優秀的料理。可是，每道菜的調味都是又甜又鹹，味道偏重……」

律子望著桌上一字排開的漆器餐盒，嘆了一口氣。緊接著，她怨恨地注視著廚房。

「我喜歡吃年糕……但我也膩了。」

她的視線落在廚房桌上堆得有如小山的白色年糕。粗略計算，也有三十幾個。

「好吧，我同意妳的看法……」

燕也嘆一口氣，將筷子伸向差不多要吃膩的黑豆。

不僅如此，桌子下面還沉睡著尚未打開的漆器餐盒，裡面同樣裝著年節料理。

「以前大家明明不會送這麼多。」

律子深深嘆氣。

元旦那天，大量紙箱隨著賀年卡一同寄到這棟房子。紙箱內容無非是年節料理、年糕與橘子的聯合攻勢。年節料理中，還有好幾個是用漆器餐盒裝著的高檔貨。

這些全來自律子的學生。

（我太小看律子小姐的交友圈了……）

燕吞下黏糊糊的甜膩黑豆時，皺了皺眉。

律子的學生們至今仍會在萬聖節送南瓜，新春賀年自然不可能不送食物禮品。

「確實很好吃，但年節料理都是冷的。年糕也十分美味，只是吃沒多少就飽了，一點也不盡興。」

律子露出可憐兮兮的神情，將筷子輕輕擱在盤子上。

起先律子吃得挺開心，不過三天下來，早中晚都吃同樣的食物，她便宣布吃膩了。

「倒也難怪。」

燕跟著放下筷子，畢竟他也差不多吃膩了。

「反正這些年節料理都能久放，我再做別的菜吧。」

外面風很大，窗戶嘎搭嘎搭地搖晃。今年過年期間的風很強，加上彷彿隨時都會下起雪的低溫，寒意一路從地板傳到腳，再傳到手指。

由於偶爾會遇上風雨交加的天氣，兩人一直窩在這棟建築裡，迎來新年的第三天。每一種食物彷彿都滲進寒意，吃的時候身體也會跟著發冷。

（沒辦法……）

燕起身走向廚房，卻被律子拉回來。

「啊，燕，等一下。反正難得，不如轉換一下心情吧。」

她似乎想到什麼有趣的事，取出一個紙袋。

「那個紙袋是什麼？」

「這叫疊紙，是用來收納和服的紙袋。」

律子將疊紙攤在地板上，解開繩結，取出顏色深邃的紺色和服。若仔細觀察，會發現和服的顏色其實是層層疊上不同的紺色，顯得格外深沉。

燕無法判斷染工好壞，但眼前的顏色確實能吸引人們的目光。

這是彷彿拒絕他人的冷淡色調。

「……和服？」

律子拿出的似乎是男用和服。律子展開比自己身體寬大的和服，搭在燕的肩膀上。

「哎呀，似乎有點大。不過，穿著衣服再加上和服，應該剛剛好。難得過新年，今天就來畫穿和服的燕吧。」

「我現在要去做飯，弄髒衣服怎麼辦？」

「以前的人不論做飯還是做其他事，都是穿著和服。如果弄髒，只要洗一洗就好了。」

律子無視燕的制止，雙手意外靈巧地爲燕套上和服。

拉緊腰帶的力道強到燕的身體往前一傾，他連忙抓著柱子。

映在鏡中的燕，渾身包裹著冷淡的紺色。

「深邃的紺色啊，簡直就像……冬日夜晚的色彩。」

如同律子所說，大概是受到顏色的影響，燕覺得彷彿被包裹在寒冷的夜晚中。

律子無視摩挲冰冷手臂的燕，後退了幾步，目光掃過他的全身。

「無論是和服下襬一帶勾勒出腳部形狀的皺褶，或是流暢的肩線，都和平常的衣服不同，眞的很不錯。」

那已是評估素材的畫家眼神。

律子的目光好似穿透衣服和皮膚，直直看進他的身體深處。在律子的注視中，燕無法動彈。

無可奈何，燕只能假裝整理和服衣襬，別開視線。

「話說回來，這是誰的和服？」

「學生帶來的，說是幫忙染出這種顏色之類的……」

律子調整著和服腰帶，滿不在乎地說道。

「不過，只是放在門口的信上寫的。燕也知道吧？那個總是送酒的學生。」

「哦……」

燕的身體忽然放鬆。律子說的就是那個周身帶著雪茄與男用香水的味道，氣味刺鼻的男人。

每當想起他，燕的腦中總會響起雨聲。

（我明明說要離開卻沒走，不知道他會不會發火。）

原來如此，確實是挺適合他的顏色。

「那就算弄髒和服也沒關係了。」

「燕，你穿和服也很好看，非常美。」

律子似乎沒聽到燕的喃喃自語。她盯著燕發出感嘆，然後害羞地瞇起眼睛。

「我好像很久沒稱讚燕了，不過我一直都這麼認爲。」

「是嗎……」

燕握緊收在袖內的手。大約十天前他才聽律子這麼說過。當時臥病在床的律子，顯然不記得自己說過的話。

對燕來說，這是幸也是不幸。

「如果要做飯，我幫你把袖子束起來。」

律子捲起質感柔順的袖子，靈巧地用布條束起來。

燕當場試著轉了一圈。

「原來如此，這樣確實方便行動。」

對吧？律子笑著拿起筆和素描簿。她的臉上已無先前的不滿。

也就是說，律子剛才只是覺得無聊。

燕穿著這一身打扮直奔廚房。透過窗戶，可以看到夜晚即將來臨。

瓦斯爐一開火，即使是冰冷的廚房，也會逐漸暖和起來。

此時，面前的小湯鍋中熱水開始沸騰，燕放入兩束黃色乾麵。

一開始硬梆梆的乾麵，在筷子的戳弄下，逐漸化開。燕攪動在熱水中柔軟散開的麵條，將調味包全倒進鍋內。

——湯汁瞬間閃動著黃金般的光澤，不久後變成淡黃色。

燕把湯汁倒進兩個大碗公。

碗公內僅有淡黃色的麵條和湯汁交混，燕又加上幾種配料，最後打了個蛋收尾。

蛋白受到湯汁的熱度影響，轉眼就變成霧白色。

接著，燕又將旁邊平底鍋內滋滋作響的小麥色塊狀物，輕輕擺在其上。滋，伴隨著小小的聲響，香甜的氣味飄散而出。

表面薄薄一層的褐色焦痕，在湯汁中分解消融。

燕剛端起兩個碗公，後方便傳來「哇」地一聲讚嘆。

「拉麵！」

律子拋下素描簿，跟在燕的身後端詳碗公。

素描簿上，穿著和服的燕還處於畫到一半的狀態，就被律子擱著。她的雙眼閃閃發亮，一副將畫拋諸腦後的神情。

「這是鹽味拉麵。」

燕剛煮好的是速食的鹽味拉麵。

配料是用奶油煎得微焦的年糕、年糕湯剩下的菠菜，以及年節料理中沒吃完的粉紅色魚板，再打上生雞蛋。

微稠透亮的湯汁，與奶油的香甜非常搭。像米果一樣炒炸過的年糕，在吸飽湯汁之後分解消融。

「這個也順便消耗一下。」

燕從桌上的漆器餐盒中，夾起兩尾蝦子。煮得已帶甜味的蝦子添加到拉麵上，紅色顯得美麗奪目。

同時，蝦子的香甜也融進湯汁。

「我開動了。」

律子一落坐，便急不可待地捧起碗公喝湯。她的臉龐頓時被帶著鹹味的蒸氣濡濕。

「鹽味拉麵的鹹味，總覺得味道很特別。」

鹽味拉麵的鹹味在熬煮的過程，會變成帶有甜味的鹹味。

律子呼呼吹氣，專注地大口喝湯。

「麵條也變得柔軟，好好吃……白色、紅色和粉紅色，再加上黃色和綠色，沒想到有這麼繽紛熱鬧的年節料理。不知爲何，生雞蛋的蛋黃顏色看起來特別漂亮。」

煮得比食譜建議時間久的麵條非常柔軟，輕易地被收進胃袋。

崩解的年糕和麵條纏繞在一起，變成稠軟滑順、難以形容的滋味。用筷子戳開蛋黃，黃色便在碗公內漫成一片。

湯汁中加入少許胡椒。胡椒刺激的味道，與帶著甜味的鹹味在盡頭產生碰撞，溫暖了冰涼的身體。

燕察覺一道視線，抬起頭，只見律子輕笑出聲。

「怎麼了？」

「穿著和服吃麵的燕，感覺頗有趣。」

「還不都是妳要我穿的。」

「很適合你。」

不停吹氣、賣力吃著拉麵的律子，臉上漾著笑意。

「眞不可思議，年節料理的味道太重，馬上就會覺得飽，不過實際上沒吃很多吧？現在吃拉麵，我才終於發現——」

律子捧著還微燙的碗公，感嘆地說道。

「我剛才果然沒吃飽。」

我吃飽了！彷彿以律子歡快的聲音爲信號，窗戶劇烈震動了一下。

往外望去，窗外被染成一片純白。

下雪了。在強風吹襲下，細細的雪花左右翻飛，宛如被操控般在空中舞動翻騰。

「突如其來的暴風雪，好厲害。」

多虧吃了拉麵，燕體內暖烘烘的，額頭還冒出汗水。律子仰頭不停搧風，一臉羨慕地貼上窗戶。

「外面看起來很涼。」

「請不要到外頭去。」

「我不會出去，我只是看看外面的樣子。」

律子回以孩子氣的藉口，打開窗戶，夾雜雪花的寒風頓時竄入屋內。

不過，胃中暖洋洋的兩人，反倒覺得十分涼爽。

「燕，機會難得，我們來定個規矩吧。」

律子感受著吹拂在臉上的冰冷雪花，突然開口提議。

「規矩？」

「一年一次，在正月期間，可以向對方問自己想問的事情。」

「咦？」

律子沒理會皺起眉頭的燕，繼續道：

「一定要回答對方的問題。」

「爲什麼突然……」

燕的眼前只有白色和黑色兩種顏色。今天早晨的降雪還沒完全融化，又積上新雪。外面沒有半個行人。

這和燕在年底所見的帶有透明感的夜晚不同，新年的夜晚顯得有些沉濁。

或許是因爲下雪，此刻的夜晚給燕一種錯覺，彷彿這個世界只剩燕和律子兩人。

律子吹著涼風，瞇起眼睛。

「你不覺得有這樣的規矩也沒什麼不好嗎？」

燕停下原本打算關上窗戶的手。窗外的黑暗與和服的顏色混在一起，簡直像要被吸進夜晚。

「就算沒有這樣的規矩……」

我也會回答——燕將這句話吞回肚子。

這是律子伸出的手。由於燕不曉得該怎麼踏出第一步，律子率先伸出手。

「那麼，就由燕先問。」

律子絲毫不輸給吹拂而來的風雪，凜然佇立，直視著燕。燕像被她的視線釘住，無法動彈。

「由我先問？」

「隨便問什麼都好。不論是這棟房子，或是關於繪畫的事，全都可以問。」

「……」

燕的眼神游移。

屋內四處都是畫，如何才能像這般作畫？

從堆在屋內的大量食材，猜得出過往學生的數量。以前在這棟房子裡，她曾與學生們共度怎樣的日子？

不能使用黃色的理由是什麼？不想使用黃色的理由是什麼？

送來燕身上的和服的男人，和律子是什麼關係？

三樓的房間裡，爲何有那樣的畫？

——以及不時能從律子身上感受到的，另一個男人的存在。

律子過世的丈夫，是怎樣的男人？

「律子小姐……」

各種想法在腦中打轉，一回過神，燕才注意到自己握緊了拳頭。他鬆開拳頭，發現掌心留下指甲深陷的痕跡。

「還是請律子小姐先吧。」

燕吐出一口氣，只能說出這一句。

「哦，可以嗎？」

那麼，明年就換燕先問嘍。律子無邪地笑了，然後輕輕吸了一口氣。

「燕不喜歡繪畫嗎？」

面對意外的問題，燕腦中一片空白。他原本打算讓律子先問，藉機重整態勢，不料反倒被掌握了。燕想別過臉，律子抓住他的右手。

以女人的標準而言，律子的手相當結實。儘管纖細小巧，卻指節分明。

她用那雙手，包覆燕的手。

「這是畫畫的手。你明明懂得畫畫，卻一直逃避。」

「我……」

律子的語氣不帶好奇、不含責備，但也不溫柔。

她的嗓音像是逐漸收緊的棉花，平安夜那天，她也是用這樣的聲音，逐漸逼近燕的內心。

對於明明懂得畫畫，卻試圖逃離的燕，律子心中似乎隱隱燃著怒火。

「我……以前……以前……」

燕的喉嚨彷彿被人勒緊，聲音斷斷續續，嘴唇發抖，無法吐出話語。

「我曾經……」

無法再提起畫筆、作畫變得令人害怕，這些都是燕無聊的自尊心作祟。

不過，律子應該已從柏木那裡聽聞過燕的經歷。即使如此，她仍希望燕親口說出來，實在太殘酷了。

「燕……」

燕大可揮開律子的手，再次離開這個家，身體卻一動也不動。

律子直視著燕，眼神無比認眞，不帶任何輕蔑或是不快的色彩。

「我不在乎你無法畫畫的理由，我對你的過去沒興趣。我決定了，直到你主動開口之前，我不會過問。」

「我……」

「我只對燕的未來感興趣。」

燕試著擠出回答，律子制止了他。

「欸，燕討厭畫畫嗎？」

「我……不……」

話語從燕的口中滑落。

那一瞬間，燕的鼻腔深處湧出顏料的氣味。

半年前，他只要想到顏色就會發抖。

直到幾個月前，他甚至無法碰觸律子掉落的顏料。

然而，現在顏色卻時常出現在燕的腦中。

不斷湧出的顏色。

「討厭？」

「我不……討厭。」

先前迴盪的風聲平靜下來。

燕的聲音比想像中響亮，他急忙摀住嘴。

「太好了。」

聽見燕的回答，律子露出微笑。

同時，窗外風雪變得更大，簡直像是暴風雪。由於一直開著窗戶，兩人的衣服上不知不覺間都覆著雪花，地板上也滾落白色的小團塊。

「如果不小心感冒，我又要被燕罵了。」

律子彷彿忘記方才的緊張氣氛，嚷嚷著「好冷」，關上窗戶。

「好了，接下來輪到燕。」

「律子小姐……」

關上窗戶，屋內便陷入寂靜。燕咬住乾燥的嘴唇。

「律子小姐過世的丈夫是……怎樣……」

燕的嘴唇乾燥，喉嚨顫抖，自己的聲音彷彿就在耳邊迴響。

「他是怎樣的人？」

燕終於說出完整問句。律子睜大雙眼，想必是問題太過出乎意料。她的嘴唇微微發顫，隨即放棄似地笑了起來。

「螢一……嗯，他是個很棒的人。」

光是聽到名字，燕的心底就隱隱作痛。律子的丈夫是實際存在過的人，這項事實狠狠甩在燕的臉上。

「他很喜歡繪畫，畫了很多作品。但他發生意外，慣用手受傷。他的畫風纖細，心思也非常細膩。之後，他就無法繼續作畫了。」

律子以手指描摹窗戶的表面。結露的窗戶隨著她的手指留下軌跡。

「醫生說只要練習，就能再次提起畫筆，但需要時間復健。」

水滴宛如流淚般，從她的指尖滴落。

「他因此討厭畫畫，並開始逃避。」

律子以手背用力擦去水珠。

「後來他就過世了……」

窗戶搖晃得益發厲害，彷彿遭到捶打，律子卻毫不在意地繼續說下去。

「我的丈夫，其實是教我畫畫的恩師。」

燕突然想起遙遠的往事。那是刊載在一本老舊的美術雜誌中，關於一名畫家的訃聞。

然而，燕並不認識那名畫家。畢竟那本雜誌是在二十年前發行，燕才剛出生，或甚至還沒出生。

這樣一本老舊雜誌的一角，直白而冷漠地刊載著……一則日本著名畫家自殺的訃聞。

隨著日期改變，風雪轉變成雨。

律子注意到窗外的滴答雨聲，拿著畫筆抬起了頭。

「哎呀，好像變成下雨了。我還以爲會積雪，眞可惜。」

此時，律子面對燕的房間牆壁，似乎在爲高大柏樹的畫添筆。

話雖如此，燕也不清楚律子到底要增添什麼。看起來，她只是在樹的正中間，隨意畫上一個巨大的塊狀物。

從和服換回家居服，燕躺在床上。既沒睡著，也沒打算起來，只是望著眼前的景象。

胡亂脫下的和服，直接掛在廚房的沙發上。

爲什麼心緒會這麼混亂？爲什麼無法堅持說自己討厭畫畫？

燕想不出答案。在胸口翻攪的疑問，讓他煩悶得連連嘆氣。

然而，律子看著燕的眼神毫無改變。

「燕，明天要吃什麼？我吃膩年節料理了。」

下雪時的冰冷空氣，在下雨後變得潮濕寒冷。儘管如此，律子還是不介意繼續對著冷冰冰的牆壁揮動畫筆。

「律子小姐，請做好覺悟，整個一月恐怕得天天吃年節料理和年糕。」

「……」

「別擔心，我會變化一下菜色。」

「哦，太好了。燕想出來的菜色都很好吃。」

聽得見拍打著鐵捲門的風雨聲，以及律子的鉛筆在牆上摩擦的乾燥聲響。

「律子小姐……」

「什麼事？」

律子在手邊的調色盤上調配顏色，心不在焉地應聲。

不論是她的手邊，還是塞滿顏料的盒子裡，依舊不見黃色的蹤影。明明看到黃色的食物那麼開心，燕卻從未見過她創造出來的黃色。

「爲什麼妳不用黃色？」

「燕，一年只能問一次問題。下一個問題要等到明年。」

律子像在教誨孩童般回答，又繼續畫畫。顏料的氣味一路飄向敞開的房門之外。

「這不是問題，只是上一個問題的延續。」

燕坐起身，注視著律子的背影。

小蒼蘭的黃色曾瞬間捕捉燕的目光，然而，與律子相遇以來，他一次也沒看過律子的黃色。那片黃色在燕的腦海漫開，他卻從未親眼目睹那美麗的色彩。

「丈夫逝世之後，妳就不再使用黃色嗎？」

「對。」

律子轉頭應道。她的側臉顯得有些陰暗，沒過多久，她啞聲接著說：

「我不能再使用黃色。」

「為什麼……沒事。」

律子的背影寫滿拒絕，燕只好將試圖追問的問題嚥回喉嚨深處。

「晚安……」

燕吞下想說的話，轉身背對律子。

不過，律子毫不在意地繼續提筆作畫。

「晚安，燕。」

聽到律子的回應，燕閉上嘴巴。

不過，他仍睜著雙眼，靜靜凝視自己緊握的手。

時而強火的叉燒炒飯

「燕！」

燕聽到這聲開朗的呼喚，是在大年初七剛過的時候。

當時新年的氛圍已沖淡，生活逐漸回歸日常。

「燕，是我啊！是我！」

在迎面的寒風中瑟瑟發抖的燕，聽到那嘹亮的嗓門，驚訝地抬起頭。聲音的主人就站在馬路對面。一名年齡和燕相仿的男子正在揮手。

約莫是見到燕抬起頭太開心，他活力十足地跳過馬路護欄，向朝他按喇叭的車輛大大行禮，隨即蹦到燕的身邊。

「果然是你！燕，好久不見！」

奔到燕身邊的男子誇張地喘氣，噴出的氣息化成白霧。他抬起頭，用閃閃發光的眼睛看著燕。

他的個子比燕矮，長相也很年輕。

「是我啊，是我！你眞過分，居然掛我電話！我是特意通知你學園祭的事耶！」

「啊……」

聽到對方的話，燕的腦海浮現各種景象，有的是顏料的氣味，有的是嘗到挫折滋味那天的黃昏顏色，有的是入學典禮上緊張生疏的氣氛，有的是同學的身影。

綜合一切，燕好不容易想起一張面孔。

「……田中？」

然後，他終於想起這個名字。

跑到燕面前的是大學同學。燕不太記得他的長相，但他的聲音促使燕想起一切。

萬聖節那天，他打電話來關心燕。之後也曾傳幾封簡訊、打了幾通電話，但全被燕無視了。

「在那之後，我可是傳了簡訊，還打了電話。」

聽到燕叫出自己的名字時，田中露出燦爛的笑容。他的外表有點輕浮，一笑起來卻又有種親切感，笑容令人聯想到小狗。

「燕，全都被你無視了，對吧？」

燕尷尬地垂下頭。

「抱歉，我的手機沒充電。」

「好過分。」

田中嘴上這麼說，笑容卻絲毫不變。

他的表情和當初相遇的時候一樣。

剛入學的時候，燕在同學中，應該算是相對受歡迎的人。

不過，當他遭遇挫折，無法露出客套的微笑，也無法普通地隨口寒喧，周圍的朋友便逐漸減少。

燕對繪畫感到絕望之後，與他搭話的人更是變得少之又少。

直到燕提出休學申請，仍不時找燕講話的人，只剩眼前的田中了。

「我很擔心你啊，最近還聽到一些關於你的奇怪謠言。」

「謠言？」

「有謠言說，你去當女人的小白臉，讓對方養你，過著奢侈的生活。」

如果是你，感覺眞有可能做得到。田中羨慕地嘆了口氣，燕只能回以苦笑。

謠言似乎是將事實誇大，加以流傳。

「是眞的。」

「咦？」

「要是我這麼回答，你會怎麼說？」

聽到燕的話，田中睜大雙眼，隨即揚聲大笑。說起來，田中正是這樣一個豪邁率直的人。

受到他散發的氛圍影響，燕的緊張逐漸緩和。

「田中，你住在附近嗎？」

「不、不，是因爲這個。」

田中拿出一張傳單。

「這附近的一間幼稚園，裝飾著知名畫家的作品。據說，那位畫家每年聖誕節都會贈畫，幼稚園會在新年期間開放參觀。」

燕手中的東西差點滑落。

——那張傳單上印著律子的畫作。從因燕的失敗而誕生的草莓奶油蛋糕，到律子與高采烈畫的雪景，每一幅畫都印在傳單上。

印在傳單上的律子作品顯得有點陌生，感覺比實物更散發出天才般的光輝。

「我要寫一份關於近代美術的報告。如果你住在這一帶，不妨去看看。很不錯喔，用色之類的相當大膽。作者現在不對外公開作品，機會難得。」

田中興奮得雙眸閃閃發亮。

我就住在這位畫家的房子裡……要是這麼說，田中不知會有什麼反應？燕暗暗思忖。

「眞是了不起，畫技完全沒退步，給人一種近代美術先驅的感覺。」

「這樣啊……」

隻身暴露在寒風中，燕不禁瞇起雙眼。儘管不到新年初始的寒冷程度，不過接連數日的氣溫依舊低得教人身體發寒。指尖凍得麻木，燕只好不停搓揉。

「看來，你還在繼續畫畫。」

田中把傳單收回包包，一邊望向燕的手指。

——燕互相摩擦的指尖上，沾著顏料。那是律子的顏色，燕在收拾東西的時候，不經意染上顏料。那是比剛才傳單上的顏色，更爲明亮生動的色彩。

「這是——」

「你本來就喜歡畫畫嘛。」

才不是，燕想否認，話語卻在胸口消融。

田中注視著燕，流露既羨慕又高興的眼神。

「我也喜歡你的畫。你的畫有一種細膩的感覺，所以我很高興你沒停止繪畫。」

幾輛汽車駛過兩人身邊。

新年的悠緩氣氛已消散，世間洋溢著忙碌的一月氣氛。

「為什麼……我沒有停止繪畫，你會感到高興？」

「你問為什麼？」

田中一臉不可思議地看著燕。

「當然啦。」

田中瞥了一眼手表，他接下來說不定有課。世界已開始回歸日常。

唯一沒回去的就是燕。

「畫畫的人多半個性纖細嘛。唔，我是例外。」

田中注視著燕，感覺很冷似地原地跺步。

「我將來不打算靠畫畫吃飯，而是想編寫關於繪畫或繪畫史的書籍，類似賞析指南。畢竟比起自己畫，我更喜歡看別人的畫。」

平靜談論著夢想的田中顯得十分耀眼，燕目不轉睛地看著他。回想起來，燕從未擁有近似於夢想的夢想。

以往燕只是茫然走在父母畫出的軌道上。如今看到談論自己夢想的田中，感覺就像看到一片廣袤大地在前方延展，炫目不已。

「雖然父母反對就是了。」

田中若無其事地補充。這句話戳中燕的內心，然而田中的臉上卻沒半分苦惱的神色。

「反對……爲什麼？」

「他們認爲這樣我根本不需要上美術大學。說起來，當初我要考美術大學，父母就沒什麼好臉色。反正就算沒有他們的許可，我也會照自己的意思做。」

田中仍是一派雲淡風輕，但在開朗的外表下，想必也經歷一番掙扎。不光是燕，或許到處都是奮力掙扎的人們。

「總之，回到正題。閱讀美術相關的書，不是常常會看到一些畫家因爲畫不出來，就此折筆消殞嗎？尤其是畫家當中有不少心思細膩的人。」

燕胸口某處隱隱作疼。律子的話又在他的腦海復甦。

從她面前消失的，心思細膩的畫家。

「這就是爲什麼我會說，很高興燕還在畫畫。我不希望將來寫書的時候，要寫上朋友的死訊，如此而已。」

「……」

「今天能碰到面，眞的非常開心。你現在也能開玩笑了嘛。當初休學的時候，你看起來整個人都不行了。」

想必是燕的表情太傻氣，田中再次大笑，用力拍了拍燕的後背。

「等你安定下來，再回學校吧。」

「嗯。」

見到燕坦率點頭，田中高興地揮揮手，跑回原路。他大概是要直接回學校，仔細一看，他揹著裝畫板的袋子。

眞令人羨慕啊，燕自然而然地這麼想，旋即又對有這種想法的自己感到吃驚。

（回去吧……）

燕手上提的不是畫板，而是購物袋。

今天早上，律子突然說「想吃炒飯」。對於她突如其來的宣言，燕早就習以爲常。一旦她想吃什麼，沒人攔得住她。

「我想吃蓬鬆得像店裡賣的、褐色醬油口味……香噴噴的炒飯。我喜歡這種微焦的褐色……喏，看起來就熱呼呼的，很好吃的樣子吧？」

她正在看一本食譜，彩頁刊載著用大鐵鍋豪邁翻炒的炒飯。盤中宛如小丘的炒飯粒粒分明，每粒米飯都像裹著油，呈現微焦的褐色，看起來確實相當美味。

「我做不到。我沒辦法炒得跟店裡賣的炒飯一樣。」

燕手肘拄在桌上，試著反駁。燕並不是在謙虛，而是說實話。蛋包飯也就算了，但炒飯的難度太高。不管怎麼炒，飯仍會有點潮濕。

不過，律子已著手臨摹。這樣下去，屋內所有紙張都會變成褐色的畫。爲了阻止這種情形發生，燕只好出門購物。

——就是在這個時候，遇到田中。

（我喜歡畫畫……嗎？）

燕抬頭望向冬季的天空。空氣清澈澄淨，頭頂上是一整片晴朗的湛藍天空。

如果是律子，看到這片顏色，想必會馬上提筆作畫。不過，燕的個性彆扭，無法坦率地拿起畫筆。

燕只為繪畫而生，除了繪畫以外，不被允許做其他任何事情。他不是在畫自己的作品，而是盡義務，回應父母的期待。

當義務和期待都不復存在的時候，只剩下空虛。

（喜歡我的畫嗎……）

因此，田中能爽快說出喜歡燕的畫作，燕感到十分羨慕。

（我不明白。）

燕盯著袋子裡的食材，然後仰望天空。

冬季的天空依舊是澄澈通透的湛藍色。

風愈來愈大，晴朗的天空冒出雲朵，不時吹起讓人難以站穩的強風。

踏上房子冰冷的階梯時，燕聽到律子發出似乎相當困擾的聲音。

「這樣我會很傷腦筋。」

「老師……別這麼說。」

接著傳入燕耳中的，是他有印象的男聲。

「雖然您這麼說，但我知道您最後還是會收下。」

「燕吩咐過，要我不能再收了。如果吃不完，不是很浪費嗎？除了我，你應該有其他人可以送吧？」

律子的應答聲顯得比平常煩躁。

「除了老師之外，我沒有其他能送禮的對象。」

「年節料理也都有剩，我們還在吃呢。」

「律子小姐！」

燕兩階併一階地奔上階梯。當他抵達昏暗階梯的頂端時，只見律子和一個男人站在玄關門口。

——是柏木。他一如往常，穿著一身無懈可擊的西裝，拿著一個漂亮的紙袋。

他握住律子的手臂，重複相同的爭辯。

「眞讓人頭疼。」

律子皺起眉頭時，燕迅速站到柏木和她之間。

「律子小姐，我回來了。」

「啊，燕，歡迎回家。」

燕迅速抓住律子的手，然後用另一隻手抓住男人的胳臂，分開兩人。由於是瞬間發生的事情，男人彷彿還在對突如其來的闖入者感到驚訝，燕輕易地拉開男人的手。

燕把吃驚的律子推進屋內，擋在男人的面前。

——對方比燕高上一些。燕的身高並不算矮，可見男人的身材相當高大。

不過，燕毫不畏懼地瞪著男人。

「有什麼事嗎？」

「哦，是你，回來得挺早。」

男人的話語帶著令人厭惡的色彩。聽他的說法，彷彿是刻意挑燕不在的時候，才登門拜訪。

不，這個男人確實有可能這麼做。一想到這裡，燕頓時感覺全身血液往上衝。

「畢竟我還年輕，不論做什麼，行動都特別快。要是你有什麼事，就由我來處理吧。」

聽到燕的話，柏木的臉頰微微抽動。

距離燕上次站在這個男人面前，已相隔數月。最後一次相遇的時候，燕向他宣布自己會離開。如今，當時說的話變成謊言，不過燕毫不在意地挺直背脊。

「律子小姐也覺得很困擾，請回吧。」

「你還賴在這裡啊？」

「你居然會相信那番話，眞是出乎意料。原來你滿容易被騙嘛。」

柏木微微瞇起眼睛。分辨不出他是感到不快，還是在嘲笑燕。

「你是……」

「等等，等一下。」

互瞪的兩人之間，鑽入一個嬌小的身影，正是律子。

她抬頭望著燕和柏木，輕拍他們的手背。

「燕，我不知道發生什麼事，但不可以吵架，也不可以瞪人。你也一樣，怎麼能說『賴在這裡』這種失禮的話？燕就是住在這裡。」

律子難得提高嗓門。她直盯著柏木，擋在燕的前面。燕和柏木的視線不知所措地交會。

「而且我之前說過，我會好好看著燕，你不要多管。」

在律子的瞪視下，柏木看起來像是遭到責罵的孩子。

「要是沒有燕，我年底染上的感冒可能還沒好。」

柏木難得睜大雙眼，輪流看向燕和律子。

「感冒？」

「是啊，自從燕來到這裡，我的身體健康許多，食材也能用到不剩。全都是因爲燕很厲害。」

見律子驕傲地挺直背脊，柏木露出有點悲傷的表情。不過，那表情一縱即逝，他立刻換上落落大方的微笑。

「那就更需要補充營養。而且有個正值青春的你在，實在剛好。」

男人這麼說著，遞出沉重的紙袋。燕往紙袋內一看，是刻著肉鋪店名的木盒。燕一點也不想思考用木盒裝的肉，究竟有多昂貴。

「我說過吃不完，送給我也傷腦筋，但你還是老樣子，硬把東西塞過來。」

「年節料理似乎頗合乎老師的胃口，眞是太好了。我今年特地向許多老面孔通知老師收了新學生，大家才會高興地送年節禮盒慶賀吧。」

原來罪魁禍首是這個男人嗎？燕的腹中燃起怒火。拜眼前的男人所賜，他們收到大量年節料理，就算天天吃，還是吃不完。

或許是對燕的表情感到滿意，柏木把紙袋放在腳邊，便轉過身……不過，他又回頭，說道：

「以前每到冬天，老師就會身體抱恙，今年精神卻不錯，想必是……有他在的緣故。我要爲此致謝。」

不久後，他的低沉話聲便混在步下階梯的聲響中消失了。

「他又帶了食物來，而且還是這麼多。我明明說過，燕今天要做炒飯，所以我不需要。」

律子氣呼呼地說著，一邊用雙手拍桌子。桌上是堆成小山的瓶裝醃製食品、義大利麵、白米和年糕等食物。

「我以爲只有這些，不料他又拿出更多，最後就是那些肉。」

廚房裡多出一些肉。叉燒、牛排用的霜降肉、香腸，不論哪種都是上等肉，問題就是數量太多。

「我當然十分感激，可是……我明明說過，要是吃不完會很浪費。」

「這樣啊……」

此刻燕癱坐在客廳的沙發上，撫額陷入自我嫌惡的循環中。

他反省自己竟衝動地和一個成年人互瞪。加上不擅長表達情緒，導致他更加疲憊。同時，他也有些難爲情。更重要的是，受到律子保護，他坐立難安。

不過，律子絲毫不以爲意。她看著燕，無邪地笑了。

「我眞是嚇了一跳，沒想到燕會站出來趕人。不過太好了，看來燕深藏不露。」

「有人上門挑釁，我就奉陪，如此而已。」

「怎麼突然像個小男生一樣？」

「不行嗎？」

一扯到那個男人，燕的情緒就會格外激動。他也不清楚原因，只感覺自己彷彿變成孩童，任由情緒擺布。

「反正我就是個孩子……」

燕不經意地望向窗外，只見夕陽即將西下。

儘管心情依舊沉重，燕還是站起身。

忘了在何處聽說，炒飯的基本就是要處理完所有備料後，才開始挑戰。

燕在桌上切碎洋蔥、薑、大蒜、青蔥，並備妥白飯和雞蛋。垂下目光時，柏木帶來的大塊叉燒躍進他的眼中。

燕順手切碎叉燒，並開始加熱倒入許多油的平底鍋。

暖意瞬間在寒冷的屋內擴散。

當鐵製的平底鍋充分加熱，冒出白煙時，燕加入薑和大蒜。爆香之後，再一口氣加入洋蔥、白飯、叉燒和雞蛋。只見黑色平底鍋內，頓時被染成黃色。

緊接著，燕以搖晃、分開配料的感覺，翻炒平底鍋裡的食物。黃色逐漸滲透到米飯和肉塊中，同時香氣也變得溫醇。

（我累了……）

燕搖動平底鍋，嘆了口氣。

過去幾週，接連發生讓燕情緒激動的事情。最後情緒的激盪變成一種疲勞，回到燕的身上。不過，那份疲勞感同時也令人放鬆。對於從未有過這種感覺的燕來說，這樣的生活令他充滿困惑。

燕想起今天田中往他背上一拍造成的衝擊。

那是他很長一段時間以來，終於記起往昔感受到的痛楚。過去一年間的記憶十分模糊。

過去這一年，燕像閉著眼睛生活在泥土中。

睜開眼睛，從泥土中探出頭，是這幾個月的事情。

泥土中的世界很舒服，外面的世界寒冷又充滿痛苦。

即使如此，燕還是慢慢探頭到外面的世界。

那是因爲有一隻手拉著燕。

「哎呀……」

由於先前燕心不在焉，瓦斯爐仍是大火，忘了轉小。炒飯焦了嗎？燕連忙關火，確認平底鍋內的狀況。沒想到——

「……成功了嗎？」

出乎意料地，平底鍋內是粒粒分明、均匀變成褐色的米飯。

沿著鍋子邊緣淋上醬油，令人愉悅的微焦香氣便發出「滋」地一聲，撲鼻而來。燕加上鹽巴和胡椒，並撒把蔥花點綴顏色。

燕輕巧地將炒飯裝到盤子上，擱在夕陽下，看起來十分美味的熱氣便在餘暉中冉冉升起。

有生以來，燕最爲成功的炒飯完成了。

「好厲害，太好吃了。就像店裡的炒飯一樣蓬鬆！」

律子迫不及待地伸出湯匙，發出喜悅的話聲。

「眞的耶……」

燕跟著興高采烈的律子，將炒飯送入口中。米飯入口蓬鬆，嘗得到微焦醬油的甜味，以及米粒裹著蛋液的圓潤滋味。

男人帶來的叉燒肉也十分美味，夾雜油花的豬肉帶著甘甜醇厚的滋味，咀嚼時就會在口中化開。

（原來要用大火嗎？）

燕一邊吃，一邊出神地思考。

當時他放任情緒，用大火炒飯。沒想到火候大小也和料理的美味程度息息相關。換句話說，燕以往炒飯都欠缺火力。

（原來如此……）

看著對炒飯讚不絕口的律子，燕露出苦笑。

「下次那個男人上門，請告訴我一聲。」

「爲什麼？」

「我覺得那天應該能做出好吃的炒飯。」

律子疑惑地歪著頭。燕無視她的反應，將剩下的炒飯送入口中。

富有冬季色彩的黃昏天空，不久後就會被黑暗覆蓋，而夜色又將一如往常地籠罩這棟房子。

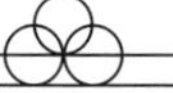

忘卻夜晚的超辣辣豆醬

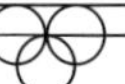

燕不太喜歡甜食。

彷彿會殘留在喉嚨的濃厚巧克力，宛如黏在口中的卡士達奶油，奪走嘴裡水分的磅蛋糕，和蛋糕混在一起的黏膩水果乾。

不論是哪一種，燕都不太喜歡。

所以那一天，燕一醒來就有點頭疼。

「太可怕了……」

燕從被窩中探出頭，不禁蹙起眉。由於拉下百葉窗，看不到外面的景色，不過飄蕩在房間中的淡青色的寒涼空氣，予人清晨的印象。此外，屋內異常安靜，一點聲音也沒有，只有甜膩的香氣瀰漫。

「這味道未免太可怕了。」

燕喃喃自語，抱著腦袋起床。循著氣味尋找元凶的途中，燕甚至感到輕微的暈眩。氣味來自房間外面。燕走出房間，踏上樓梯，發現氣味來自位於樓梯盡頭的廚房。

燕感覺像是有一條通往廚房的甜膩道路。一步步爬上樓梯，氣味變得愈來愈強烈。一打開門，甜膩的香氣如洪水般襲向燕。

「好甜……」

燕摀住嘴，不由自主地後退一步。他屏住呼吸，出聲呼喚廚房深處的身影。

「律子小姐！」

「啊，燕，吵醒你了嗎？我明明盡量不發出聲音了……」

「不是聲音的問題，是氣味。」

「哎呀，味道很刺鼻嗎？」

律子跳舞似地從廚房登場。

她依舊一早就精神奕奕。與其說起得早，恐怕是根本沒睡。

律子身穿圍裙，面前是平常碰都不碰的鍋子。

氣味的來源，就是她手上的小單手鍋。

話說回來，有段時間沒看過律子拿著畫筆和筷子以外的東西了。

「那麼甜嗎？我一直待在這裡，所以沒注意到。」

「妳的嗅覺真是令人難以置信。」

「哎，這麼慘？」

律子將單手鍋轉向燕。只見鍋內濃稠的黑色液體像岩漿一樣沸騰，濃縮後的甜膩香氣變成溫熱蒸氣後，黏在燕的臉上，他無言地別開臉。

「請住手，甜到這種程度，都快變成一種暴力了。」

「其實我是想做一下巧克力點心。」

「律子小姐，要做料理的時候，請先從旁邊找出食譜，或者直接問我。」

哎呀，律子低呼一聲，伸手掩住嘴巴。丟在桌上的食譜，看起來沒有翻過的跡象。

趁律子的視線離開瓦斯爐，燕覷準時機加上鍋蓋，不過早已滲透空氣的氣味，自然沒那麼容易消退。

「順帶一問，律子小姐是怎麼煮的？」

「我切碎巧克力，放入鍋中。由於巧克力遲遲不融化，我稍微加了一點水……我好歹也知道巧克力甜點的作法，不就是把巧克力融了之後加入模型，等待巧克力凝固嗎？」

相對於食譜，桌面上散落著高級巧克力的包裝紙。全是進入二月以後，來自日本全國各地的學生們的贈禮。

連燕都知曉的義大利、瑞士高級板狀巧克力，這些華麗包裝紙的內容物，不幸地在鍋內備受煎熬。

燕默然盯著鍋子，然後稍微打開蓋子查看，依舊散發出慘烈的氣味。

「我最後還在猶豫，是不是該倒點洋酒。」

律子若無其事地補充。問題不在那裡，燕在內心吐槽。

燕謹慎地拿鍋鏟攪拌，遭遇沉重的阻力和討厭的觸感。

「底下燒焦了……一般來說，要隔水加熱才對吧？」

「是這樣嗎？」

「我從來沒做過，但這應該算是常識。」

使用隔水加熱，巧克力會緩緩融化，變成帶有光澤的黑色，氣味應該也會更香甜。

律子的成品毫無光澤可言，只是一塊黑色物體。

燕輕輕用手指沾了一點，試著舔一口。不料，甜膩的香氣太刺鼻，在喉嚨殘留苦味。

他連忙蓋起來，遠離鍋子。

「好甜、好苦。」

「因爲不是甜度很高的巧克力，我追加了一些砂糖。」

律子跟著舔了舔自己的成品，不禁蹙起眉頭。儘管聞起來很甜，卻會留下令舌頭麻痺的苦澀。

「好苦喔，燕……虧我還想外觀做得挺成功。」

律子發出嘆息，不死心地盯著鍋子。

「這算失敗嗎？」

「是的，至少我覺得是不能給人吃的東西。」

在鍋中搖晃的巧克力黑漆漆的，感覺似曾相識。

——這是在天文館仰望星象時，圓頂天空的黑色。

和夜晚的黑暗不同，是人造天空的顏色。

「話說回來，爲什麼要做巧克力？」

「燕明明這麼年輕，卻很遲鈍。」

律子迸出笑聲，她偶爾會露出這樣的表情。如少女般明亮的笑聲，驅散了屋內的寒冷。

「情人節不是快到了嗎？」

「啊……」

「我在練習做手工巧克力。」

燕頓時說不出話。

自從進入二月，幾乎每天都會有一大堆巧克力送到律子家。燕望著寄來的貨物，總是感到疑惑，律子喜歡吃甜食嗎？想到這裡，燕就沒再繼續深究。只要看看牆上的月曆就會恍然大悟，再過一週便是情人節。

「對不起，因爲我不太愛吃甜食。」

「燕應該每年都會收到很多巧克力吧？」

律子一邊笑，一邊幸福地凝視散亂的巧克力包裝紙。外國巧克力的包裝紙上，印著美麗的圖畫。

「確實……是不少。」

「聽說收到愈多巧克力的人，愈容易忘掉情人節，看來是眞的。」

仔細一想，在二月的刺骨嚴寒中，確實有這麼一個節日。

然而，燕對情人節不感興趣。

直到去年爲止，燕活著就是爲了畫畫。擾亂燕的生活規律，還特地送來他討厭的巧克力的女性們，他根本不曾記住她們的長相。

「我收到也是扔掉，不然就是隨便送給別人……」

「眞過分，裡面一定有手工巧克力。」

律子爽朗地笑了起來，絲毫沒注意到燕冷淡的聲音。

燕看著鍋中煮到乾掉的巧克力殘骸，嘆了一口氣。到了這個地步，不管怎麼改造，都難以變成可食用的狀態。

如果律子微笑遞出這樣的巧克力，燕恐怕別無選擇，只能乖乖吃下去吧。他半放棄地想著。

燕攪拌了幾次，努力想找出能食用的部分。然而，在這個鍋裡，毫無安全地帶可言。

「妳今年想要努力也不是不行，但至少……請做到能吃的程度。」

「我會加油的。如果成功，我會送給燕一份，好好期待吧。」

「也會……送給我？」

律子的話中總是留有空白。她不經意丟出的一句話，害燕停止了動作。

她絲毫不曾留意，只是專心揀選櫃子裡的板狀巧克力。

「每年情人節，我都會去給丈夫掃墓。大概是這個緣故，這個時期送來的巧克力特別多，大概是讓我供在墳前的意思。不過認識燕之後，我開始覺得自己下廚也不錯……才會拿收到的巧克力，試著動手做做看。」

用金箔紙包裝的巧克力，以及用高級的白色紙張包裹的巧克力，不論是哪一種，看起來都有一定的分量。

燕心不在焉地拿起高級巧克力，確認手上的重量。

「呃……前些天來過的……那個人……也會寄巧克力來嗎？」

「不，只有他不曾送巧克力給我……哦，那邊的包裝紙比較漂亮嗎？我覺得這邊的金色也挺好看……」

原來如此，燕喃喃低語，喉中掠過一陣苦澀。此時感受到的滋味，遠比剛才舔的巧克力還苦。

「……到底誰比較遲鈍？」

「什麼？」

「沒事……不過這巧克力眞黑，律子小姐喜歡這種顏色嗎？」

「哦，燕也認爲黑色是能掩蓋一切的顏色嗎？」

燕端詳鍋內的巧克力，拋出問題，只見律子歪了歪頭。

「黑色是很棒的顏色，有分巧克力的黑色、深海的黑色、頭髮的黑色等等。連夜晚的黑色，都不只一種。」

律子伸出手指，撫上結露的窗戶。隨著她手指的動作，窗戶上浮現弦月的圖案，緊接著是半月，再來是滿月。

「根據月亮的大小和形狀，月亮周圍的夜空黑色會有所不同，比如淡黑、漆黑，和帶有光澤的黑色。當然，不單是夜空的黑色，不論哪種黑色，在不同的受光情形下，顏色都會有所變化。就像燕的黑髮，也會隨著光線改變顏色。」

窗戶上的畫，沒多久就化成水滴，沿著玻璃滑落。她用來充當畫筆的指尖，也因結露而濡濕冰冷。

燕拿起毛巾，律子便一臉理所當然地伸出手指。

律子那比外表更結實的手指，不論何時觸碰，都能感受到顏料的溫度。她體內流淌的彷彿不是血液，而是顏料，濃稠、厚重，溫暖且鮮明。

「其中，巧克力的黑色帶有光澤，別有韻味，我很喜歡……可是……」

她的視線投向沉澱在鍋內的巧克力。

「手工巧克力果然還是有困難吧？剩下一週，我做得出來嗎？」

大概是突然失去信心，律子發出消沉的話聲。

燕從律子手中拿走沉甸甸的巧克力。這是承載著學生們心意的沉重壓力。燕毫不猶豫地把巧克力扔回櫃子裡。

「比起這個，律子小姐，妳昨晚沒睡吧。」

這位自由奔放的女性，一如往常地容易廢寢忘食。約莫是燕的話勾起睡意，只見律子忍下一個大呵欠。

「這麼一提，我好睏。」

「我會收拾乾淨，請去睡吧。」

「眞不好意思，燕明明也沒怎麼睡。」

「反正這氣味太甜膩，我沒辦法入睡。」

空氣依舊甜膩混濁，不把窗戶完全打開，通風換氣，屋內就無法擺脫這股可怕的甜味。

（令人不快的甜味……）

燕把律子趕出廚房，打開所有窗戶。冷風立刻鑽進屋內，奪走燕的臉頰、耳朵和手指的溫度。

燕在清理巧克力殘骸時，不安分的熱度也一口氣冷靜了下來。

「好了……」

目的地是熟悉的廚房。

燕在桌上擺著青椒、洋蔥、絞肉、番茄、水煮大豆，以及大蒜。此外，還準備幾瓶沒用完的香料。

燕打開其中一瓶香料，冒出強烈的辛辣氣味，足以驅散殘餘的巧克力氣味。

燕就這麼打開蓋子，望向窗外。此時朝陽尚未升起，律子應該會睡上幾小時。

「這應該是……午餐了。」

透過窗戶看到的拂曉天空，確實與午夜時分不同，覆滿隱約泛綠的神祕黑色。

律子搖搖晃晃地出現在廚房，已是中午過後。

「早安，燕。」

不知律子是想睡，還是沒完全清醒，只見她一邊揉眼睛，一邊拖著披肩走進廚房。

廚房裡的甜膩氣味已盡數排淨，燕愉快地迎向律子。

「律子小姐，午餐打算怎麼辦？」

「哎呀，該吃午餐了嗎？我肚子餓了。」

一聽到午餐，她反射性地揚起笑容。燕難得地回以一笑，將鍋子端到她的面前。

「紅通通的！」

律子探頭一看，抽動鼻子嗅聞，輕輕嗆咳了起來。

「好辣……」

大鍋裡燉煮著紅色岩漿。大豆、番茄、青椒、洋蔥、絞肉、大蒜，將這些以小火燉煮，最後毫不猶豫地加入大量辣椒香料。順帶再加入幾根青辣椒，伴隨丁香、孜然、香菜等香料一起熬煮。

最終的成果，是濃濁的紅色岩漿中，沉浮著大豆與蔬菜的超辣辣豆醬。蔬菜沉浸在濃稠厚重的紅色湯汁中，蒸騰湧動的暗紅色氣泡氣味強烈，散發出辛辣甘甜的味道。

「廚房先前充滿甜膩得讓人受不了的味道，乾脆做個辣得夠嗆的。」

燕無視被氣味嗆到的律子，淡淡解釋。

「請搭配麵包享用。」

燕附上連邊緣都烤得酥脆的薄片吐司。吐司烤得恰到好處，光是拿在手上，彷彿就能嘗到香酥的小麥滋味。

律子拿吐司充當湯匙，盛一抹辣豆醬，小心翼翼地送入口中。她先是感受到吐司的酥脆，同時柔軟溫熱的辣豆醬流入。豆子煮到軟爛的柔軟口感、入口即化的洋蔥、仍不失硬度的青椒，以及番茄偶爾展現出的柔和。

辣豆醬一如紅通通的外觀，在喉嚨深處帶來熱辣的刺激。吃下一口，冰冷的身體就會逐漸發熱。

律子以挑戰者的氣勢，將辣豆醬送進嘴裡。她忍著辣一會，低聲說：

「好好吃……」

吐司從接觸辣豆醬的部分開始軟化，最後不論是吐司還是指尖，都沾染上閃耀的紅色油脂。

「比起黑色，我果然還是更喜歡紅色。」

擺在兩人之間的鍋子裡，辣豆醬正蒸騰作響。

燕舀起鍋中的紅色濃稠液體，赤紅的熱氣頓時在廚房中漫開。

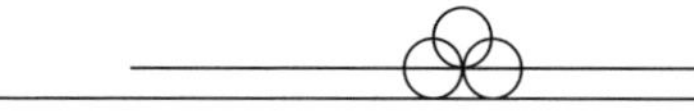

法式巧克力蛋糕與魔女的過去

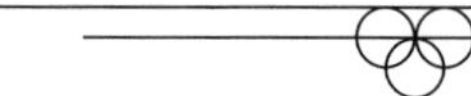

應當沉浸在甘甜香氣中的早晨，卻在敲打窗戶的冰冷雨聲中揭開序幕。

被雨聲吵起來的燕，虛弱地睜開眼睛。出現在眼前的是一如往常的天花板，一如往常的窗戶，以及一如往常的床鋪。

不過，這些都是僅僅數月前才開始的「往常」。這片風景映在燕眼中的時間只有半年……或者該說已半年了嗎？

儘管如此，今天的早晨與平常不同。燕搔著昏沉的腦袋，從床鋪起身。

除了雨聲之外，屋內什麼也聽不到，只有一片沉默。

不論是呼喚燕的明亮嗓音，或是筆尖摩擦紙面的聲響，都從屋內消失了。

取而代之的，是新的顏色。

（圖畫增加了……）

燕下了床，湊近牆壁。

畫在燕的房間牆壁上的巨大柏樹，秋天便已完成。從前幾天開始，律子就在柏樹上加筆。

——她顯然已畫完。柏樹的粗枝上，有著類似鳥巢的褐色團塊。

幾天前都還像塗鴉的草稿，此刻搖身一變，成爲纖細枝枒複雜交疊的鳥巢，恐怕是律子趁燕睡覺之際完成的。

微黑的褐色，配上摻著綠色調的褐色，多種褐色一遍又一遍地交雜堆疊，彷彿眼前眞的有個鳥巢。

但實際伸手一碰，只有粗糙壁面的觸感。

（她明明說要畫我……）

律子是在夏天的尾聲，說要在這面牆壁上畫燕。

描繪燕的身影的畫確實逐漸增加，不過只存在於律子的素描簿中。類似素描的燕的畫像已超過一百張，然而燕卻永遠沒有顏色。

正在做菜的燕，沉浸於夢鄉的燕，閱讀中的燕，站著的燕，以及坐著的燕，這些黑白鉛筆稿上的燕活靈活現，彷彿隨時都會動起來。只不過，永遠維持著黑白兩色，被困在素描簿裡。

燕收拾散落在地板上的顏料和畫筆，走向廚房。

廚房安靜又冰冷，而且沒有人的氣息。

「律子小姐……」

燕習慣性地呼喚後，伸手摀住嘴。

習慣眞是令人恐懼。只要出聲呼喚，感覺律子就會從廚房角落，或是她的房間探出頭。

燕甚至覺得律子可能在地板一隅酣睡，忍不住掃視每個角落，但當然沒找到半個人影。

取而代之的是，散落在地板和桌子上的書籍、畫筆和繪圖紙。場面凌亂到彷彿遭暴風雨侵襲過一樣。

「又弄得這麼亂……」

燕撿起書本，收拾繪圖紙，整理畫筆。

「哎呀……」

從燕手中滑落的書，非常諷刺地，剛好是那一本藝術雜誌。

發出響亮聲響落地的雜誌，內頁翻動，恰恰攤開在評論的部分。

「……」

燕原本無意去看。如果是不久前的燕，恐怕會連忙闔上雜誌。不過，現在的燕毫不躊躇地看起那一頁的內容。

燕坐在冰冷的椅子上，翻開冰涼的內頁。雜誌的內文比以前更加鮮明，徑直躍入燕的視野內。

上面刊載的是針對年輕現代藝術家作品的評論。幾個大人對差點獲獎的新銳畫家，洋洋灑灑地寫出自以爲是的評論。

文字只不過是類似墨水污漬般的東西，然而僅僅幾百字的污漬，不知會對年輕畫家的心靈造成多大的傷口。過去燕也有過相同的經歷。

（這麼一想，當時的評論……我沒讀到最後就丟了。）

說來無情，如果是對別人作品的評論，燕就能抱持比較輕鬆的心情去讀。於是，他自然地閱讀一篇篇冰冷的評論。

（嗯……）

燕的手停在某一頁上。

吸引燕的目光的是一篇特別長的評論。評論的末尾寫著「可是」，然後接續下去。

（令人感受到作者性格的柔和上色筆觸，無人能夠模仿……）

評論的文章帶著溫暖的色彩。如果其他評論都是黑色，只有這一頁是色調溫柔的有色墨水染成。

「『只屬於那個人的顏色』嗎？眞是溫柔的文章啊。」

竹林律子，這個名字就印在評論旁。

燕深吸一口氣，闔上雜誌，放回食譜之間。接著，他彷彿一切都沒發生過的樣子，收拾散落在桌面的巧克力包裝紙。律子實在是留下一團混亂，有些巧克力只吃到一半，有些光是打開包裝，她似乎就心滿意足了。

桌上沾滿巧克力碎屑的食譜，不知是出自於偶然還是必然，剛好翻到巧克力蛋糕的頁面。

外形扎實的古典巧克力蛋糕，烤好的黑色蛋糕體上連光澤也沒有。撒在上面的白色砂糖，與蛋糕通體的深黑色，看起來十分誘惑人心。

「……」

燕的視線不知不覺地移向掛在牆上的月曆。

今天是二月十四日，星期六。

距離困在燒焦巧克力香氣中的那一天，恰巧過了一週。

「律子小姐，這種程度我應該也做得出來。」

燕注視著食譜，喃喃低語。一縷微弱的天光落在書頁上。雨想必也會在中午之前停歇。

燕雖然沒有做蛋糕的經驗，不過實際做起來，倒是比做菜容易。蛋糕比做菜更簡單易懂，只需按照食譜準備材料，再混合攪拌在一起。切碎巧克力時飄出的香氣，燕有點受不了，但到了攪拌混合的階段，他已習慣。

燕在大大的碗裡放入切碎的巧克力和奶油，倒入鮮奶油後，隔水加熱進行攪拌。攪拌的手感從沉重變成滑順，出乎意料地並未花太多時間。

攪拌得愈久，碗裡的麵糊愈充滿光澤。律子說過黑色也有顏色，確實如同她所說，巧克力的黑和奶油的白混合在一起，就會變成一種神祕的顏色。

抵抗只有短短的一瞬間。如果是顏料，黑白混合，只會出現汙濁的顏色，然而此刻呈現在燕面前的，是內部彷彿包裹著光，散發光芒的黑色。

燕將充分攪拌過的蛋黃添加到巧克力麵糊中，再次攪拌。他每次一點一點地添加低筋麵粉和蛋白霜等必要的成分後，就會再次進行攪拌。

麵糊染上色彩都只有短短一瞬，馬上又會變成深邃的黑色。

燕舔了一口沾在手指上的麵糊，便感受到甜味纏繞在喉嚨深處。奶油的鹹味和巧克力的甜味，化成濃厚的濁流，灼燒著喉嚨。

（送去烤好可惜。）

燕忽然這麼想。如果讓律子看看這個顏色，不知她會說什麼？燕搖頭甩掉淡淡的妄想。

彷彿要揮去剛才的執念，燕把麵糊倒進模具，迅速送進烤箱。

當巧克力被包裹在紅色的熱度中，一股香甜的氣味飄散到整個空間。這股氣味和律子先前製造出來的凶暴的甜膩香氣不同，是一種令人懷念的溫柔甜香。

不只是巧克力的味道，在巧克力的深處，隱藏著奶油的芳醇氣味。奶油加熱之後，就會散發出如此柔和的氣味。

（還少了點什麼……）

儘管如此，燕的內心仍無法滿足。他叫嚷著還少了點什麼。

答案是「顏色」。窗外天空是灰色，蛋糕是黑色，沒有其他顏色。

如果律子在這裡，就會創造出一些顏色。即使什麼都不做，她身邊也總是環繞著色彩。

「顏色嗎……」

被扔在桌子角落的顏料和畫筆，突然映入燕的眼中。他戰戰兢兢地拿起畫筆，用筆尖沾取水和紅色顏料。

經過一番猶豫，燕在地板上的畫紙輕輕落筆。

——僅僅如此。

顏色滲進紙張，留下紅色污點。那顏色比燕當初滴落在畫紙上的紅色污漬更紅。

燕強迫顫抖的畫筆移動，於是出現一條顫抖的線條。

「……」

白色的紙上，出現好幾條紅線。或許是反映出燕的心情，線條都晃動不定。

燕完全沒意識到，以前自己甚至拒絕握住畫筆，此刻卻輕易地提起畫筆。

（說不定她不會回來……）

第一次是顫抖的線條，第二次還是不行，不過第三次、第四次、第五次，隨著數量的增加，線條變得愈來愈有力。

燕心中所想的，既不是畫的事情，也不是顏色的事情。

——而是律子的事情。

（她說不定不回來了。）

律子今天什麼都沒對燕說，就離開家門。

燕一週前就聽她提過，要在情人節那天，帶著巧克力去掃墓。

恐怕她一大早就出門了。

這棟空蕩蕩的房子，只有燕一人實在太大。去年聖誕節，燕奪門離開的時候，律子不知是否也有相同的感覺。

（我在想什麼啊……）

燕將增加的紅線揉成團，塞進垃圾桶深處。紅色的顏料沾染上他的手指。

（我不過是個寄居的人。）

只是寄住在這裡，幫忙做飯，偶爾當模特兒，僅止於此。

不過幾個月前，從律子口中得知她丈夫的事，一直沉澱在燕的心底。

他起初並未注意到，反而還對律子有丈夫一事感到驚訝。

從律子口中聽到丈夫逝世來龍去脈之後，燕胸口淤塞的感覺益發強烈。

這個已不存在於世上，而且素未謀面的男人，仍在這個家裡留有痕跡。

「嗯？」

柔和的音色迴盪在廚房中，是烤箱發出的電子音。

一打開烤箱的門，香甜的熱氣撲面而來。

燕取出烤好的蛋糕時，感受得到手上沉甸甸的重量。完成的蛋糕和放入烤箱之前的樣子完全不同，變成煞風景的褐黑色團塊。

不知是古典巧克力蛋糕的特性，還是蛋糕反映出燕的想法，只見蛋糕的表面出現一條條不安定的裂痕，就像迷惘的線條。

只差一點就要進入中午，門鈴悠哉響起。

「律子小姐？」

迴盪在潮濕屋內的門鈴聲顯得特別沉重，燕匆匆奔向玄關開門，露出連自己也感覺得到的不悅神情。

「眞難得，我以爲你應該知道律子小姐不在家。」

「是的，我很清楚老師今天不在。」

站在門外的是柏木。

他一如往常露出溫和的笑容，眼底卻毫無笑意。

他朝屋內投以銳利的視線，隨即優雅地向燕招手。

「反正你挺閒的，何不出來走走？雨停了，天氣也漸漸變暖。」

他帶著燕來到附近的公園。

雨已完全停歇，從白雲的縫隙之間，看得見蔚藍的天空。地面潮濕，但屋簷下的長椅奇蹟般地沒被打濕。

「剛才屋內飄著香甜的氣味，沒想到你連甜點都會做，眞是驚人。」

「我也不是想做才做的。」

「把老師的營養管理交給你，看來不會有什麼問題。」

柏木輕笑了起來。不知爲何，他的神情比平常開朗。看他沒帶禮物出現，想必事先就知道律子不在。平常送食物送到令人瞠目的程度，卻獨獨不送巧克力，燕感受到他莫名的堅持。

——律子到底是從幾年前開始挑情人節去掃墓呢？燕苦澀地想著。

「你找我出來，就是要談這個嗎？」

在柏木的示意下，燕在長椅上落坐，但拉開一段距離。男人見狀，露出看著小孩子般的眼神。

「我今天不是來找老師，而是來見你。自去年以來我們見過幾次，但都不曾好好交談……不對。」

柏木穿著毫無皺褶的褲子，交疊雙腿，伸手抵著額頭，陷入沉思。

「是我想好好和你說話。不是吵架，而是和你好好談上一會。」

柏木再次揚起臉，筆直仰望天空。燕猜不出他的意圖，只能靜靜坐著。在公園散步的人，誰也沒看向他們。公園內僅有孩子們的笑聲迴盪。

「瞧，梅花開了。」

長椅旁是一棵梅花樹。與可愛的花朵相反，梅花的樹枝顯得頗爲凶惡。覆著薄綠色的粗壯枝幹，貪婪地伸向天空，彷彿在尋求陽光。宛如巨大尖刺的枝枒上，暈染著紅梅的嫣紅花影。

柏木湊向梅花，陶醉地細品花香。

「對我來說，今天是會讓我痛苦兩次的日子。」

「兩次？」

「讓我痛苦的事情，一件是老師至今仍在這一天去掃墓，另一件是——」

柏木挑釁似地看著燕。

「意識到我父親已逝世這件事。」

柏木的手臂碰到樹枝，幾片花瓣散落。

「老師去世的丈夫，柏木螢一……是我的父親。」

紅色花瓣飄落在他的黑色西裝上。

「我的母親，也就是柏木的……家父的第一任妻子，在我就讀高中的時候去世了。之後，家父遇到老師。我當時剛上大學，老師則是二十五……不，二十四歲嗎……她才剛從美術大學畢業，總之是很久以前的事情。」

柏木像是終於抓到開口的契機，娓娓道來。

他直視著燕，話語沒有任何停頓。

燕只是茫然地盯著他的嘴巴開開闔闔。

「一開始，老師是以家父門徒的身分進入畫室。」

柏木繼續講述當年的情況。

年紀尚輕的律子在繪畫方面的才能，以花來比喻，還處於花苞的階段。不過，接觸柏木的畫，並向他習畫之後，律子的才華迅速開花。

當時的畫室就是律子現在住的老舊建築，那裡是一切的起點。

早早失去第一任妻子的柏木，發現培育英才的樂趣。

陷入低潮的他，以讓周圍的人感到吃驚的程度，恢復了精神。

「但兩人遲遲沒結婚……」

兩人之間的關係，早已獲得大家的認可。柏木低聲說著，瞥了燕一眼。

那一眼實在令人火大，燕忍不住別開視線。

「老師四十歲的時候，家父早已過了六十歲。他全神貫注在自己的創作上，畫室的講師一職早就轉由老師負責……然後，在我永遠也忘不了的早春時節，他們舉行了一場小小的婚禮。」

柏木臉上浮現憧憬與懊悔的神色，但他巧妙地加以掩飾。

「同年夏天，家父在一次意外中傷到手，並在秋天擅自死去。從春天到秋天，他們的婚姻生活只有短短半年。」

燕想起律子曾說，她與丈夫的兩人時光，只有春天到秋天。果眞如此，兩人的蜜月實在太短。

「這些大約是二十年前的事情。」

二十年前，聽到這句話，燕的腦內發出一陣聲響。

他的眼底浮現橙色的夕陽。那是唯一讓律子在媒體前曝光的電影。

那是一部黃昏的電影。

燕不清楚律子爲那部電影配音的時候，柏木螢一是否還活著。如果他才去世沒多久，律子又是以何種心情，扮演那位身染夕陽色彩的女經理？

燕爲了隱藏內心的不安，向柏木提出問題。

「不過，聽說他們沒有正式入籍，爲什麼？」

「只是因爲家父太膽小，他在意年齡差距……明明當初相遇就喜歡上老師，卻讓她等那麼久。這就是男人的醜陋，而且是一個過於執著，甚至不准像我之類的其他男人接近她的男人。」

柏木諷刺一笑，其中想必也包含自嘲。最後，他神情認眞地看向燕。

「你喜歡老師嗎？」

燕從以前就很擅長擺出撲克臉。只要面無表情地行動，就能把自己關進繪畫的世界裡。

但此刻自己想必露出十分丟臉的表情，燕暗暗想著。

他只是一臉苦澀地咬住嘴唇，如此低語：

「我不知道……」

眞要說喜歡或討厭，燕絕不討厭律子。可是，要明確定義爲喜歡，燕又缺少這種情感。

這份心情究竟是愛情，還是仰慕？說是愛情，有段距離；說是仰慕，卻有太多執著。換句話說，這更接近小孩尋求母親的感覺。

約莫是對燕的表情感到滿意，柏木嘲諷似地揚起嘴角。

「雖然你總是一副有所保留的樣子，內心仍有執著，和我一樣。不論歲數，男人都有這樣醜陋的一面。」

「律子小姐……喜歡令尊嗎？」

「誰知道呢……這是我擅自抱持期望作出的假設：老師愛的是家父創作出的顏色和畫，而家父恐怕也注意到這一點……總之，不管程度如何，老師確實愛著家父。才會在家父過世之後，變得無法畫人物素描。」

「畫……人？」

燕頓時一僵。這半年當中，燕不知看過多少次律子畫的人物素描。她以燕為模特兒，持續不斷地素描。要是狀況好，一天就能畫完一本素描簿，甚至還曾畫到忘了睡覺。

「對了，那個房間還在嗎？」

柏木毫不在意地繼續說下去。

「位於三樓，畫著一些……季節主題的畫。」

「……」

「看來還在。那是老師為了悼念家父而畫的……不，不對，是老師為了整理心情而畫的兩人的圖。」

目前為止，燕曾看過「春天的房間」，也看過「秋天的房間」。不論哪個房間，都小小地畫著一對男女的身影。以律子的風格來說，算是相當罕見的小型人物畫，人物完全埋沒在風景中。

「以那幅畫為界線，之後老師就不再畫人物。她說不管怎麼畫，都會畫成家父的臉。」

柏木彷彿憶起過去，閉起眼睛，抵著額頭。

「看到那幅畫，看到關在房間裡，好幾天都不出來的老師，我放棄了對老師的戀慕之心。那個人果然是魔女。」

柏木充滿自嘲意味地吐出一口氣。

不光是他，許多學生想必也都因此離去。他們並不是放棄律子，而是對束手無策的自己感到太難爲情，所以至今仍會送東西給律子作爲贖罪。

萬聖節的南瓜，薄酒萊新酒和聖誕節的葡萄酒，多到吃不完的年節料理，還有情人節巧克力。

每年季節更迭，就會出現裝著水果、蔬菜、肉品的大紙箱。

律子被埋在那個箱子中，生活了二十年。

頻繁來訪的只有亡夫的兒子。

傷口被持續挖開的律子，究竟是懷著怎樣的心情度日？

「律子小姐就是因此……才無法再使用黃色？」

聽到燕的問題，柏木的眉毛一挑。

「那是——」

他試圖說些什麼，最終還是緊抿嘴唇。

「不，關於這一點，應該要由老師親口告訴你。只是，她不會再使用黃色。律子的黃色已死。」

柏木斬釘截鐵地斷言。

隨後他拍拍手，站了起來。

「很高興終於有機會和你談一談。」

雖然感覺十分漫長，但時間並未經過多久。柏木瞥了一眼手表。

「你該回去了，老師差不多要到家了。」

他彷彿對交談失去興趣，冷漠地看著燕。

「最後你還有什麼問題嗎？」

「爲什麼要告訴我這些事？」

「我向老師洩漏了你的過去，這樣不公平……不，也不是。」

柏木講到一半，拄著下巴思索。

「你和至今爲止的任何一個學生都不一樣。無法畫人物的老師，卻開始畫你的素描，或許因此讓我感到嫉妒……以及一絲希望。」

燕看見柏木的手微微顫抖。即使雨雪交加，他的手也未曾發抖，此刻卻彷彿受到衝擊似地顫動。

「至今我送過不計其數的禮物，但沒有任何一樣能治好老師的病。不僅僅是老師的病，還有各種事情，我花了二十年都未能治好。」

柏木雖然表現得很冷靜，話聲中卻透出無法完全隱藏的嫉妒之色。

「你確實改變了老師，還是在短短半年內。爲什麼不是我……而是你呢？」

那漆黑的瞳眸盯著燕，眼底和半年前的燕一樣，染著相同的色彩——絕望和嫉妒。

柏木最後輕輕地笑了。

「我不管幾歲都還是個孩子，然後我到了這個年紀，才終於明白家父也一樣。再過二十年，你也會明白這個道理。」

梅花上的雨滴順著弧狀表面滑下，落在燕的指頭。

雨滴散發出淡淡的甜香。

兩人是在早春結婚，差不多就是現在這個季節嗎？

燕差點脫口問柏木，兩人是一對怎樣的夫妻，連忙又閉上嘴巴。

他抬頭望向梅花。梅花的殷紅色彩，讓雨滴幾乎都要染上花瓣的顏色。

看到燕別開臉，柏木惡劣地笑了出來。

「不曉得你有沒有注意到……平常如古井無波的你，一提到這個話題，就會突然方寸大亂，看著就好笑。」

「這番話我原封不動奉還。」

燕忿忿回敬，柏木這次開懷地笑了。

「身上都沾染梅花的花香了。」

梅樹只有花苞，但只要照到溫暖的陽光，想必很快就會盛開。

到時春天也就不遠了。

「快要春天了。」

柏木莫名平靜地喃喃自語，彷彿在惋惜即將逝去的冬天。

「我回來了……」

燕回到家時，屋內依然沒有人的氣息，只有巧克力飄散在空氣中的甜香。

儘管如此，燕還是習慣性地說出「我回來了」。

總覺得其他女人的家拒絕著燕。

這是半年前的他沒有的習慣。以前在其他女人的家，屋子彷彿拒絕著他，讓他說不出「我回來了」這句話，而同居的女人也不曾要求燕說出這句話。

然而，律子的家從不拒絕燕。燕終於察覺，並不是屋子或同居的女人拒絕他。是燕自己拒絕了一切。

「我就在這裡……」

燕一走進屋內，四處亂扔的素描簿映入眼中。他拿起其中一本素描簿，發現裡面有自己還穿著短袖的身影。

那是他剛遇見律子沒多久的時候。拿著平底鍋的燕，表情仍有些不自在，律子的線條也顯得有些彆扭。

「迷惘的線條。」

燕已看慣律子的作品，分辨得出臉和身體都有顫抖的線條。

這個時候的律子，線條還充滿不確定。

燕遇見律子的時候，律子正在畫燕。那確實是令人眼前一亮的優秀作品，但與最近的作品相比，有著不小的落差。

要是燕記得沒錯，半年前律子仍對人物素描感到恐懼。

燕將素描簿放回原位，慢慢走上樓梯。這是他第一次獨自前往三樓。

三樓是律子的聖域。

隔著細窄走廊相對的幾扇門中，燕已打開過其中兩扇，分別是色彩鮮麗的春天與秋天。

燕不曾踏進一步的兩個房間，大概是夏天和冬天。

燕的手伸向未知的門把，冰冷的金屬觸感害燕的手一抖。

「燕，我回來了……這是什麼，好厲害！巧克力聞起來好香！」

聽到律子的聲音，燕頓時停下手。

奇蹟似地，樓下傳來開朗的話聲。

那道嗓音彷彿爲這棟被灰色包覆的建築帶來色彩。

燕像是鬆了一口氣，放開門把。

夏日殘香，火焰古典巧克力蛋糕

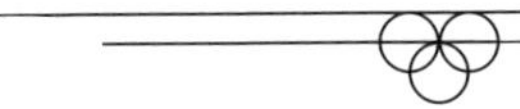

「燕，我回來了！」

律子輕快的話聲帶著一如往常的明朗，照亮了整棟房子。在燕看來，簡直就像奇蹟。

「燕，我以為你不在家，原來是在樓上。」

燕回過頭，只見律子微笑著張開雙臂。

「外面好冷，感覺又要下雨了。」

正如律子所說，她的外套縫隙滲出一絲絲冬日的寒氣。體溫本來就比較低的律子暴露在二月的冷風中，看起來彷彿體溫和血色都從身上褪去。

「誰教妳出門還穿得這麼少……」

「哎，不過配色很有春天的氣息吧？」

律子興高采烈地說，當場轉了一圈。

「我選了綠色當主色。」

「唔，這方面我不太清楚。」

律子對衣服並不講究，有什麼就穿什麼，只要能保暖就好。這算是律子現實的一面。不過，今天她穿著明亮的綠色毛衣，配上同色系的裙子。大衣是柔和的奶白色，她戴著和大衣同色的帽子。

律子正了正帽子，笑了起來。

「這是我最喜歡的衣服，感覺像把春天穿在身上。」

今天對她來說是特別的一天，燕的耳朵深處響起柏木嘲諷的聲音。

不過，律子並未注意到燕細微的表情變化。

「燕竟然在樓上，真少見。」

「我在想是不是該打掃一下……」

燕尷尬地收回放在門上的手，掙扎地囁嚅。

燕完全沒帶打掃用具，這樣的藉口大概一眼就會被拆穿。

律子卻毫不在意地拍了拍手。

「那也沒什麼不好，不過今天這麼冷，我想喝個茶。嗯，就這麼辦。我們來喝下午茶吧，吃甜甜的點心，配上熱呼呼的茶。」

律子一副提出絕佳主意的模樣，踩著歡快的腳步，朝廚房一路奔下樓梯。

「啊，剛好有古典巧克力蛋糕可以配茶。」

「剛才的香氣是古典巧克力蛋糕嗎？」

「妳把食譜放在那麼明顯的地方，任何人都看得出妳的意思。」

燕回到廚房查看烤箱，蛋糕冷卻得差不多了。他把蛋糕放到盤子上，扎實的重量沉沉落在手上。那沉甸甸的重量，代表學生們對律子的敬畏、尊重和贖罪的重量。

「好厲害，跟食譜上一模一樣！快點、快點！」

儘管如此，律子仍像孩子般興高采烈。她連脫外套都顧不上，只是一個勁地催促著燕。

她已拿好茶壺和兩個茶杯。在透明茶壺內蕩漾的茶包，周圍呈現濃厚的深紅色。輕搖之下，如血般的色彩，瞬間就將壺內染成美麗的琥珀色。

「要在哪裡喝茶呢？嗯……選溫暖的房間……應該說，熱呼呼的房間。」

「熱呼呼？」

「來這邊，我們去新的房間。」

在律子的邀請下，燕再次踏上三樓。

柏木敘述時的沉重語氣，在燕的腦中一再重播。

三樓有著會讓律子痛苦的房間。

「燕，你應該是第一次來這個房間吧？」

律子筆直穿過走廊，伸手搭上右側深處的房門。在「秋天的房間」正對面，是一扇尚未打開過的門。

律子看起來像吐出蓄積的空氣，再吸進當下的空氣。

「裡面很悶熱，留意一下……請進吧。」

門慢慢打開。

那一瞬間，飽含熱量和水氣的夏季熱風，拂過燕的臉頰。

出現在燕面前的是一整片藍色——不，不是單純的藍色。水藍色、深藍色、夕陽邊緣摻著橙色的藍色，還有火焰的藍色。各式各樣的藍色，組成眼前的藍色。

牆壁漆上各種藍色，但整體看來，卻是一種令人悲傷的藍色。

那是夏天結束的顏色。

畫在牆上的樹木非常寫實，帶著預告夏季尾聲的色調。

遙遠的天空已轉變成宵闇時分的天空。更遠一點，還有小小的煙火升起，下方的潺潺河川，水面映出煙火的絢麗色彩。

燕感受到的風蘊含濕氣，帶著夏天的溫度。遠處隱約有蟬鳴響起。

先前感受到的春日氣息，被席捲一空。燕此刻感受到的全然是夏天的熱氣。

燕和律子也是在這樣的季節相遇。

「是夏天啊。」

燕啞聲低語。

律子高興地揚聲笑了。

「我就是喜歡燕總是這麼直率地顯露吃驚的模樣。沒錯，這就是『夏天的房間』。」

律子笑著取出桌子。儘管如此，燕仍無法從畫上移開目光。

房間的一角，小小地畫著一對男女。圖本身的筆觸太過稚拙。只畫出背影，分別是看似年老的男子和年輕的女子。牆上還畫著畫筆和素描簿，男子可能是在教女子繪畫。

燕試圖伸手觸摸的那一刻，律子拉住他的胳臂。

「燕，我們快點來吃吧。」

沾染在她身上的氣味掠過燕的鼻尖，他的動作一僵。

她身上帶著香菸的味道。

我丈夫以前會抽菸……律子曾這麼告訴燕。那麼，燕聞到的恐怕是律子追悼丈夫留下的殘香。

律子站在冰冷的墓碑前，點燃香菸。在世間浮躁的氣氛中，獨自望著一縷白煙裊裊飄向寒冷乾燥的冬季天空，不曉得有多空虛寂寞。

燕揮去腦中的想像，把巧克力蛋糕和紅茶擺在小小的桌子上。

黑色和琥珀色襯上藍色的風景，出奇地好看。

律子像孩童般探頭看著蛋糕。她湊上鼻子，閉上雙眼。

儘管燕什麼都沒聽到，還是湊近耳朵聆聽。

「看起來真的好好吃。我在食譜上瞧見，無論如何都想吃……」

「我猜也是。」

「但顏色有點寂寞……」

兩人之間的桌上，只放著一個黑色團塊。

燕正打算切開蛋糕，律子突然站起。

「啊，等一下，我想到一個好主意。」

伴隨著砰砰腳步聲，律子消失在某處。幾分鐘後，她拿著各式各樣的東西回來。

草莓、奇異果和香蕉等水果乾，堅果和棉花糖，以及白色和紅色等各種顏色的巧克力筆。

「每年布置聖誕節，幼稚園不是會掛出畫嗎？當天辦了甜點派對，沒吃完的甜點就由我收下了。加上這些如何？」

「律子小姐……」

「喏，這樣看起來多熱鬧，也很適合『夏天的房間』。」

她把裝著水果乾、杏仁和棉花糖的袋子完全打開，毫不猶豫地倒在白色盤子上。轉眼之間，盤子就變成她的畫布。

白色配上黃色、綠色和藍色，綴有各種顏色的古典巧克力蛋糕，頓時變成令人雀躍的夢幻模樣。

燕窩在位子上的時候，一切都準備好了。

「再加上這個。」

律子露出調皮的表情，拿出顏色暗沉的褐色瓶子。那是收在櫃子深處，裝在高級瓶子中，儼然成爲裝飾的蘭姆酒。原本無處可用，一直靜靜沉睡的蘭姆酒，就這麼被律子打開。

甜美的香氣和強烈的酒精臭味竄進鼻子。

「把這個……這樣……」

律子迅速將蘭姆酒灑在巧克力蛋糕上，然後取出打火機，得意洋洋地表演給燕看。

「我以前看過，灑上洋酒再點火，就會竄起藍色火焰……」

「給我吧，妳會把房子燒掉。」

明白律子的意圖後，燕從她的手中拿走打火機，將紅色火焰湊向蛋糕。

「哦哦！」

——一片漆黑的古典巧克力蛋糕的表面，瞬間燃起藍色火焰。火焰像大海一樣泛起浪花，旋即消失。

只留下甜甜的香氣。

「雖然只有一瞬間，但藍色火焰真美。」

律子陶醉地呢喃。剛才看起來冷清無比的蛋糕，此刻卻在燕的面前，呈現出歡樂的模樣。

律子從切好的蛋糕叉起一口，露出幸福的表情，雙手捧著臉頰。

「扎實卻又濕潤的口感，眞的好好吃。燕做的甜點也很美味。我得想想白色情人節的回禮了。」

「那樣的話……」

面對放在眼前的蛋糕，燕一動也無法動。柏木的話語、律子身上的菸味，以及「夏天的房間」裡，畫在牆上的那對男女身影。

各種事物混合交織在一起，導致燕發出的聲音嘶啞。

「請妳現在就給我吧。」

「現在？但我什麼都沒準備。」

律子詫異地歪著頭，燕毫不在意地執起她的手。燕突如其來的舉動，嚇得律子手中的叉子滑落。叉子掉在繪有泥土的地板上，發出清脆的聲響。

眼前的是畫，燕的視線追著叉子滾落的軌跡，確認了這一點。在這裡看到的都不是眞的，全部是畫。一切都不是現實，而是律子創造出來的世界。

「燕？」

「請回答我的問題。」

律子的手和嬌小的身材不太合襯，顯得相當結實。她的手指上清楚留有握筆留下的痕跡，彷彿她的手指就是爲了握住畫筆而生。

此外，律子的手指關節和手指皆非常僵硬。儘管如此，只要她握起畫筆，手就會靈活地動起來。

燕把她的手指按在自己的臉頰上。明明看起來很冷的手，實際上卻很溫暖。

「律子小姐，聽說妳有很長一段期間，沒辦法畫人物，是眞的嗎？」

律子雙眼圓睜，過了一會，睫毛才在她的臉上投下陰影。

「你是聽那孩子說的吧？」

律子的聲音蒙上一層陰影，沉重的語氣中浮現過去的影子。先前的天眞爛漫從她臉上銷聲匿跡。最後，她彷彿立下決心似地站起。

「燕，往這邊走。」

在律子堅毅的聲音指引下，燕來到走廊。律子往前走幾步，便停了下來。她站在位於「夏天的房間」斜對面的門前。

「這裡是——」

燕往前踏出一步，頓時無法動彈。

他感到一陣冷風突然吹來。

眼前是一片白色，純然的白色。

就連往前踏的腳，也會因舉目所見盡是純白而瑟縮卻步。

這應該是房間當中最小的一間。然而，由於牆壁整面漆成白色，看起來竟比其他房間都要寬闊。

「冬天的房間。」

律子低語，並打開電燈。在燈光的照射下，白色益發炫目。

「我原本沒打算讓你看這個房間，因爲什麼都沒有。這是我沒能和丈夫共度的季節，所以我什麼都畫不出來。」

上下左右的牆壁全塗成白色。這個房間沒有窗戶，日光燈的白光讓房間的白色更加突出。

「丈夫會離世……都是……我的錯。」

律子從喉嚨擠出聲音。她纖細的肩膀上下顫抖，一道春天顏色的身影，清晰地浮現在純白的房間中。

「我從小就一直喜歡繪畫……從沒遇過畫不出來的情形。因此，當他受傷、陷入煩惱的時候，我完全不知道該怎麼辦。」

律子摸索似地撫上白色牆壁，最後指著一處。

「黃色……」

牆壁一角有淡淡的黃色痕跡，以及試圖蓋過黃色的白色顏料痕跡。

燕走上前，伸手撫摸那處痕跡後，渾身一顫。那的確就是記憶中的「律子的黃色」。這抹黃色原本究竟畫的是什麼，如今已不得而知。

一切都被白色顏料抹去。

「二十年前……我正在畫這面牆……當時我在畫小蒼蘭。我打算畫上滿滿的小蒼蘭，因爲他最喜歡我的黃色了，等他看到一定會很開心。我畫的時候是這麼想的，不料——」

律子閉上嘴，片刻後，鼓起勇氣再次開口：

「就在那時，我接到警察的通知。」

在燕的腦海中，彷彿也聽到警車與救護車的警笛聲。他想像起未曾謀面的男人的臉——拋下律子，擅自死去的男人。

「律子小姐……」

「他走了之後，我才第一次明白畫不出來的感受。起初我變得無法使用黃色，緊接著我開始沒辦法畫人物素描，因爲不管我怎麼畫，都會畫成那個人的臉。如果硬是要畫，感覺就會忘掉那個人的長相，所以我才不再畫人物，只畫空無一人的風景。爲什麼會畫不出來？不是只要握起畫筆就好了嗎——這就是我對丈夫說出的話。」

「律子小姐！」

律子的小手緊緊握拳，悔恨地捶上牆壁。看到她的手掌泛紅，燕連忙抓住她的手。只見律子的側臉慘白。

「我這才明白，是我沒能救他。要幫助他一定有很多辦法，只有我才能拯救他，然而我卻說了多餘的話，把他逼上絕路。那個人絕對不是討厭畫畫，他的內心一定還熱愛著繪畫，是我殺了他。其實我根本不應該再畫了，但唯有繪畫，我無論如何都無法捨棄。」

「不是的……」

燕一直抓著律子的手，拚命希望律子能聽進自己的話。此時，如果是柏木那種男人，想必能流利地吐出話語，燕的話語只能滑過半空。

「就是這麼回事。明明只有我能救他，最後我卻殺了他……」

「我認爲……不是那樣的。」

燕看著律子沾染顏料的手指。這些顫抖的指尖下，不知曾誕生多少顏色和畫作。

死去的男人從律子身上奪走黃色，永遠消失了。

在燕的眼中，這是不可原諒的。

「我……」

大約一年前，燕也放棄繪畫，心如槁木。

直到接觸律子的畫之後，他才重獲新生。

從那時起，燕的面前出現一條極彩色的道路。

「……就是被妳拯救的。」

細微的低語似乎未能傳進律子的耳中。她環顧四周，很冷似地摩挲手臂。

燕沒漏看她不經意擦拭眼角的動作。

「律子小姐……」

「好了，我們回去吧。冬天實在太冷了。」

律子露出彷彿沒什麼要緊的表情，在燕的手上溫柔地輕拍兩下。

兩人走出「冬天的房間」沒幾步，就回到「夏天的房間」。然而，肌膚感受到的空氣，卻比先前更為寒冷。

「抱歉講了這麼灰暗的故事。我沒辦法再畫人物，就只有這個原因。」

「可是，妳畫了我的素描。請告訴我，為什麼妳又能畫了呢？」

腦海浮現律子的素描簿，以及這棟房子中超過幾百張的燕的素描。律子是怎麼打破二十年來的硬殼？他想知道答案。

燕拋棄了一切，在過去的一年中不斷逃避，至今仍把自己關在殼中。儘管四季荏苒，春天又將到來，燕仍無法破殼而出。

至今為止的人生中，令燕焦急不安、帶給他絕望的全是繪畫。

二十年來不斷體會到這種絕望，簡直就是地獄。

「那是因為兩次的巧合。」

律子抬頭看向燕，笑了一下。

「第一次是在工作上，我為繪畫比賽寫講評。雖然只是偶爾……不過我現在也做著同樣的工作。寫文章比畫圖難太多，實在傷腦筋。」

律子從包包中，取出一張折疊整齊的紙張。

那似乎是從某本書上裁剪下來的一頁。

「我在那份工作中，發現一幅與我丈夫……最後畫的圖非常類似的作品。」

「那是……」

她拿出的是燕封印在遙遠記憶中的作品。

圖中描繪的是人類化成黑影的模樣。大批人群漫無目的地走著。他們在地上投下陰影，在夕陽中行走。

每個人都面目模糊，是因爲燕從未畫過活著的人。一直以來，他畫的都是別人筆下的人物。衣服的皺褶和表情都塗抹上夕陽的色彩，是因爲當時夕陽的顏色灑滿教室。

「請……讓我看看。」

接過來的紙上，確實印著燕的作品。當時他在百般苦惱之後投稿。在痛苦中畫出的作品，宛如在掙扎般扭動。

刊載比賽結果的小冊子上，只有燕的那一頁被挖空。

大島燕作　無題

寫著這行字的圖片旁，講評欄中羅列著許多冷酷的評語。

一年前燕看到這本雜誌，沒讀完評語就拋下一切逃了。

——當燕的視線落在位於講評欄下方，僅僅數行的最後一篇評語時，他不禁停下手。

「即使是專業人士，也很難聽任情感作畫，但這幅作品就是聽從情感驅使畫出來的，實在是出色的才能。我沒見過比這幅作品更悲傷的畫。」

黑色文字的污漬，化爲色彩浮現在燕的眼前。

（可以的話……）

僅僅數行的文字，占據燕的視界。

（我想看這位學生以喜悅的情感作畫……）

「第二次的巧合就是我在夏季尾聲，在公園發現燕。」

律子繼續說著，毫不在意愣在一旁的燕。

「我一看到燕，就突然想畫人物了。說起來眞是不可思議，我在公園看到燕的時候，顏色簡直像從你的身上滿溢出來。一回過神，我已在畫燕的素描。距離上一次畫人物，已是二十年前。起初我不知道燕會畫畫，不過來到這棟房子的時候，你看到畫或畫筆，就會嫌惡地別開視線。過一陣子，我從那孩子口中聽到燕的經歷，一切就連起來了。」

律子手指交疊又放開，沉穩地低語。

「啊，他就是畫出那幅夕陽的孩子。」

律子注視著燕，笑了起來。

「我丈夫去世之前畫的圖，也是這麼寂寞的畫，所以我心想，這孩子快要鬆手放開繪畫掉下去了，但他尚未掉下去，現在還來得及，伸出我當時沒能向丈夫伸出的手。只是在我伸出援手之前，你就靠自己爬上來了。」

「但……我仍然……」

「你不是畫了很多畫了嗎？」

「我嗎？」

「料理也是畫啊，從什麼都沒有的地方開始，用各式各樣的材料製作作品，和畫圖一樣。燕，你覺得這半年以來，你畫過多少作品？」

律子指向古典巧克力蛋糕。

法式吐司、蛋包飯、奶油燉菜，以及蛋糕。燕來到這個家已半年，做過不計其數的料理。

律子把蛋糕上的水果乾和堅果掃到盤子裡。如此一來，便露出蛋糕帶有裂痕的表面。她凝視著蛋糕的表面。

「我之前也問過，你討厭畫畫嗎？」

新年期間，律子曾詢問燕關於繪畫的事。當時燕無法說出討厭繪畫，但也無法斷言喜歡。如今自己究竟會怎麼回答？燕捫心自問。

「當時聽到你說不討厭繪畫，我就安心了。我想著一定還能救這孩子……燕，把手借給我。」

律子起身繞到燕的背後，讓他的右手握住某個冰冷的東西。

那是淺粉紅色的巧克力筆。手中的巧克力筆像玩具一樣迷你，同時柔軟、冰冷。律子伸手包覆燕握住巧克力筆的手。

她彷彿在教幼稚園孩童握筆，動作十分溫柔。

「律子小姐？」

「握好……但不要握太緊。」

律子輕撫燕的後背，光是這樣就能讓他放鬆身體。

「肩膀放鬆，吐氣。」

燕的手隨著律子的引導移動。她毫不猶豫地牽著燕的手，來到古典巧克力蛋糕前方。

「要畫什麼呢？對了，就在這裡畫喜歡的東西吧。」

「這是……？」

「聽好，這是繪圖紙，燕拿著鉛筆。」

古典巧克力蛋糕的黑色表面，現在形同黑色繪圖紙。在律子的扶持下，燕小心翼翼地擠壓巧克力筆。從巧克力筆溢出的顏色，是比外包裝更淡的淺粉色。看到顏色之後，燕的手自然而然地動了起來。

線條只在一開始抖了一下，接下來燕的手便流暢移動，行筆毫無滯礙。當燕回過神，蛋糕表面上已出現一朵小巧的梅花。

律子越過燕的肩膀注視梅花，瞇起雙眼。

「真是可愛的梅花。甜甜的氣味想必就是梅花的香氣吧。那麼，接下來要選哪個顏色？」

下一個顏色是綠色巧克力筆，誕生在蛋糕表面上的是綠色的銀杏葉。

接下來是白巧克力筆畫出的雪花結晶。

褐色是吐司……黑色的畫布上，顏色和圖案逐漸增加。

這些都是半年之間，燕所跨越的各種事物。注意到時，巧克力蛋糕上已妝點著鮮明的色彩。

「瞧，畫畫很有趣吧。」

「我……能畫……出來，多虧有律子小姐。」

巧克力筆從燕的手中落下。差不多完成的時候，所有顏色的巧克力筆都是空的，燕的手滿是甜美的氣味。明明不熱，汗珠卻從燕的額頭靜靜滑落。

畫在巧克力蛋糕上的圖都太拙劣，充滿孩子氣……連塗鴉也稱不上。

如果是半年前的燕，可能會一笑置之，或是撇頭否認。若是父母看到，不知道會怎麼斥責燕。

不過，這樣的色彩便足以打破燕彆扭的外殼。

「哎，我只是扶著燕的手而已。」

律子愉快地輕撫燕的手。她確實只是從旁扶著燕。

「我從途中就沒在動了。」

「但還是多虧有律子小姐。」

「因爲我是魔女嗎？」

律子莞爾一笑，準備放開燕。

「我從一開始就不認爲律子小姐是魔女。」

燕拉住她的手。

「這是努力的人的手。」

這雙手已掙扎了二十年。

燕把自己的手和律子的手並排在一起。跟律子相比，燕的手顯得更白皙纖細。

「跟毫不努力的我的手，看起來完全不一樣。」

「我丈夫——」

律子吐出長長一口氣，悄聲低語。

「第一個說我是魔女的人，是我丈夫。」

「那個人太抬舉律子小姐了。」

「話講得太久了，趁蛋糕被夏天的熱氣融化之前，我們來吃甜點吧。」

律子笑了笑，輕輕拍手，熱氣陡然回到房間。四周再次充滿夏天的空氣。

「包含各種巧克力的味道，眞好吃……嘗起來就像一幅活潑的畫。」

扎實鬆脆、香味四溢的古典巧克力蛋糕表面，搭配上巧克力筆的甜味。

繼續吃下去，蛋糕便轉變成濕潤綿柔的口感，奶油的香氣撲鼻而來。堅果的口感、水果乾的甜蜜滋味，爲蛋糕增添一分清爽的甜味。

大啖香甜蛋糕之後，喝一杯濃郁的溫熱紅茶，口中便只餘清爽芬芳。

「感覺好似裝滿禮物的寶盒。」

律子滿嘴巧克力蛋糕，露出幸福的笑容。

或許是說出所有祕密的緣故，她的臉色不錯。

然而，燕的指尖仍在顫抖。先前手上的巧克力筆明明輕如羽毛，手掌卻餘熱未消，顫抖不已。

「啊，說到禮物，燕不是有還沒打開的禮物嗎？」

「禮物？」

「聖誕節禮物，打開盒子看看。」

燕頓時想起，律子指的是畫在他房間牆壁上的一個小盒子。

從聖誕夜起，他就一直把盒子忘在常青的柏樹下。

當燕走出「夏天的房間」時，窗外已完全染上夜色。

方才沐浴在日光下只是錯覺，這棟房子還籠罩在冬天的黑暗中，世界也仍是一片冬日景色。

一回到自己的房間，冷空氣便裹住燕的身體。夏天的空氣在踏出房門的瞬間，便倏然消失。

在冰冷的牆壁前，燕盤起雙臂。

牆上是一整面柏樹，以及一個小盒子。燕伸手撫摸，傳來粗糙的觸感。

「就算要我打開來看看……該怎麼……哦！」

燕不禁睜大眼睛。柏樹和鳥巢都已完成上色，只有盒子維持鉛筆草稿的狀態，放置到今天。

「原來如此……」

很像律子喜歡的邀請方式。

燕坐了下來，拿出橡皮擦，謹慎地擦掉仍蓋著的盒蓋，補上打開的盒蓋。煩惱一會，在盒外畫上一本素描簿，是律子平常使用的款式。

燕一畫完，身後隱約傳來笑聲。回過頭，只見律子背靠門站著。

「我明白了，下次就送上我最喜歡的素描簿當禮物。」

律子吐出白霧，低聲說道。

「燕有一年沒畫圖。只有一年，不要緊。畢竟我可是花了二十年才又能畫。」

「律子小姐……」

律子身上披著長得拖地的披肩，看起來一如以往。

燕的房間昏暗，律子所在的車庫則點著微弱的燈光。彷彿想更接近那道光，燕站起身。

「什麼事？」

「我打算復學……」

燕的話聲顫抖著。

接下來說了什麼，燕記不太清楚。

他好像說了小時候的事情。

從小學、國中、高中，講到大學。他的敘述時而前後顛倒，時而摻入一絲感傷。他提到自己的夢想，也吐露對父母的怨恨。整段話支離破碎，令人茫無頭緒。

不過，律子從未移開視線。她直視著燕，有時還會敦促找不到話語的他。

比起自己的事情，燕大多在談論繪畫，眞正想要畫的畫、沒能畫的畫，以及周圍眾人的期待和曲意討好的自己。感受到喉嚨的乾渴，燕垂下頭。

回過神時，兩人都坐在冰冷的地板上。

燕彷彿在祈禱，將額頭押在律子的膝蓋上。

「律子小姐……」

燕的話聲模糊，不過律子似乎毫不在意，只是緩緩摩挲著燕的背部。

「什麼事？」

「我喜歡畫畫……」

「嗯，我也喜歡。」

律子用披肩包住燕的手。那份溫暖讓燕意識到自己的身體有多冰冷。

「眞是不可思議，燕的手沒忘記怎麼畫圖，我的手也不曾忘記怎麼畫圖。」

律子的嗓音比平常低，與那部電影的配音十分相似。

她爲那部電影配音的時候，柏木螢一果然已不在人世，燕暗暗想著。

律子沒停下撫摸背部的手，歌唱似地低語：

「長久以來我都無法畫人物，見到燕之後卻畫得出來了，我一直在想爲什麼。我之所以能畫燕，大概是因爲……」

律子並未說下去，但燕明白她的意思。

夏天尾聲的黃昏時分，兩人的相遇的確只是巧合。但那個時候，燕和律子之間產生了共鳴。

兩人懷抱的孤獨，互相產生了共鳴。

「我們應該早點說出自己的祕密才對。」

律子像在安撫孩童般，撫摸著燕的後背。隨後，她的視線移向牆壁。

「我也差不多——」

她的視線前方是巨大的柏樹，以及樹上的巨大鳥巢。

「該塗上顏色了。」

律子彷彿立下決心的話聲，和雨聲重疊。

一度止歇的雨又開始落下，宛若瀑布般傾瀉，將窗戶上的灰塵與污漬都滌淨。

從窗外滲入的雨水氣味，已是是冬天的殘香。

「冬天也要結束了。」

律子的話聲中隱約帶著覺悟，在燕的耳中迴盪。

這是在冬天的尾聲，春天即將來臨前發生的事情。

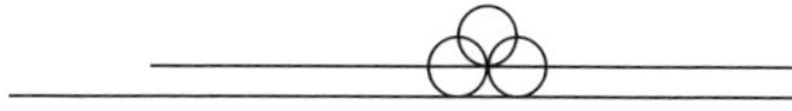

回憶的吐司，極彩色的餐桌

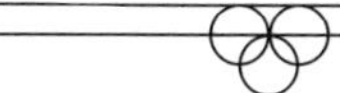

二月即將結束前，晴朗的藍天終於露面。

由於不久前還一直下著雨，地面一片泥濘。不過，泥土邊緣看得到竄出的小小綠芽。

儘管吹在身上的風依然很冷，但春天快到了，眼前的景象讓燕如此確信。

面對因寒冷而僵住的手機，燕按下開機鍵，朝空中呼出一口氣。不過即使呼氣，也不再形成白霧。

——春天果然就要到來。

「爸爸……」

鈴聲恰好響到第三聲。電話一接通，燕主動開口。

「我辦好復學的手續了。」

關於復學以及辦手續的事情，燕將在腦中反覆演練多次的台詞，化成聲音。

聽到燕的話，父親的聲音依舊低沉。

事務性地通知完畢，燕正打算掛斷電話，卻遭父親的低沉聲音制止。

「昨天打掃的時候，找到你以前的畫。我和你媽媽一起看著那張畫。」

他的語氣彷彿在觀察兒子會怎麼出牌。

「畫得很好，和以前教你的一樣，完全是爸爸喜歡的畫家的筆觸。你的能力不錯，現在應該只是有點累了。回到大學繼續努力，一定又能畫出這樣的畫，加油。」

如果是半年前的燕，這番話恐怕就像生鏽的鈍刀，剜開心上的傷口。不過，現在燕已能夠坦然面對這些話。

燕終於想起，母親和父親的夢想是成爲畫家。他不清楚兩人爲何折筆放棄，但他能理解兩人的痛苦。事到如今，燕終於能體會父母背負的痛苦。

只是，燕無法與父母同化，因爲他終於找到自己的顏色。這一點意味著他與父母的訣別，他感到莫名難受。

「嗯，我會繼續畫。」

燕的聲音比想像中清亮。

從低沉電子音作響的另一端，傳來低微的呼吸聲。

燕踢飛一塊小石子。石頭撞上牆壁，反彈後被吸進草叢中。

「可是爸媽喜歡的那種畫，我畫不出來了，也不想再畫。」

不只父親，母親恐怕也在電話的另一頭聆聽。儘管存在感不強，但燕能聽見兩人規律的呼吸。

「我沒辦法再畫出以前那樣的畫……」

燕聽到彼端的呼吸聲變亂。

「不過我會繼續畫。」

啊！一道宛如嘆息，又彷彿放棄的聲音響起。

那是對兒子的失望，抑或安心的嘆息，燕不得而知。

他只是將一手插進口袋裡，另一手將手機壓在耳朵上，抬頭仰望天空。

意。

「爸爸……」

一隻鳥飛向藍天。像棉花糖一樣柔軟的白色春雲，烏鴉的沉穩背影，柔和的成蔭綠

眞想畫畫！望著這一切，燕久違地想著。

「謝謝你教我繪畫。」

燕輕聲說完，掛斷電話。他馬上把手機收進口袋，抓起擱在腳邊的行李。

早春的風還很冷。

「燕！」

燕把手插入口袋，剛要邁開步伐，有人叫住他。

燕轉過頭，聲音來自一個笑容耀眼的男子。

「田中？」

田中大概是從別處跑來的。只見他的鼻頭通紅，匆匆走近。仔細一想，他在燕心中的形象，幾乎都是跑步的樣子。

「太好了！我追上啦！」

他的肩膀上掛著大畫板，看上去就像搖晃著翅膀跑過來。最後他大口喘氣，趕到燕的面前。

他的背後是聳立在春日天空下的巨大建築，那是燕剛拜訪的地方——大學。

「聽說你復學了！大家都在傳！女生們全吱吱喳喳地討論，眞有你的。得知你在系

辦，但我去的時候，你已不見蹤影，害我到處跑來跑去找你。」

田中爽朗地笑著，燕看到那張臉，不禁露出苦笑。

燕手上的提袋中，只有幾張文件。復學遠比想像中簡單。既沒有責備也沒有期待，沒有稱讚也沒有貶損，什麼事都沒發生。

大學不是什麼可怕的地方。燕要做的只是事務性地提交文件，時間也只需要短短幾十分鐘。

裝飾在校內的畫，以及顏料的氣味，不再令人畏懼。穿著工作服的學生和教師，也不是令人恐懼的存在。

之前究竟在害怕什麼？燕看著文件自問——這不是很簡單嗎？

「你事先告訴我，我就能空出時間。」

「不用啦，你未免太誇張。」

看到燕笑了出來，田中高興地跳起來。

「你住在哪裡？在我們上次遇到的那一帶嗎？」

「為何這麼問？」

「下次我想約你出來玩。」

燕突然想起律子的房子。老舊的牆壁上攀滿爬藤的建築，從外面甚至看不出是否有人居住。恐怕沒人會想到，屋內竟住著一位知名畫家。

踏進電燈不亮的入口，昏暗的水泥階梯盡頭是一扇沉重的大門。

不過誰想像得到，一打開門，裡面竟是一個極彩色的世界。

燕在那裡住了半年。

「目前是住在那附近沒錯……不過我也許會搬家。」

「也許？」

「我寄居在別人的房子裡。」

燕試著說得雲淡風輕，但語尾還是顫抖了一下。田中似乎沒注意到，他看著手表，摀住嘴巴。

「哦？啊，糟糕，沒時間了。」

「時間？」

「我待會要去打工，當美術雜誌的編輯助理！」

他以與剛才跑來時相同的氣勢轉身，向燕大力揮手。

「再見，春天再一起玩吧。」

他的後方是一條林蔭步道。

燕記得兩旁的行道樹應該是櫻花樹。前年，燕就是走在遍染櫻粉的步道上。僅僅是兩年前的事情，現在想起來卻覺得無比遙遠。

「等櫻花開的時候！說好嘍，燕！」

春天還很遙遠，不過細瘦枝枒上的小小花苞，已逐漸染成淡粉色和綠色。

「嗯，等到春天。」

一到春天，這條路就會化爲一片櫻粉色。

——屆時我究竟會在哪裡？燕瞇眼凝望田中離去的背影。

「律子小姐，我回來了。」

燕回到律子家的時候，已過中午。

打開吱嘎作響的玄關大門，迎接他的是滿室寂靜。

「律子小姐？」

燕出聲呼喚，但沒有回應，也感覺不到律子的氣息。

最近律子一直窩在三樓作畫。

完成之前不要看，律子笑著如此叮囑。因此，這幾週燕都乖乖往來於廚房與自己的房間。

燕無所事事地拉開廚房的椅子坐下。

他住進這個家，只是個小小的偶然。如果沒在夏天被女人拋棄，或是沒去那座公園，此刻他就不會在這裡。

燕有自己的計畫，但律子想必也有自己的計畫。

律子是爲了克服無法畫人物的心理障礙，才帶燕回家，而燕只是在尋找棲身之所。

不過，既然律子已重拾人物畫，燕就失去住在這裡的理由。

（好吧，我該怎麼提出要離開的事情……）

燕移動沉重的身體，回到昏暗的房間。行李就放在房間一角，僅裝了兩個袋子。

燕的行李很少。如果能搬進大學宿舍，萬事就都解決了。他也從大學辦公室拿了宿舍的簡介，還不算太晚。

只要和來的時候相同，自然地走出去就好。燕愈是思考，心中愈苦澀。

（待在這裡也沒意義……）

首先要找到律子，燕這麼想著，站起身。就在此時——

「咦？」

燕不自主地停下動作。眼前的牆壁上，出現陌生的東西。

直到今早出門爲止，燕的房間牆壁上應該只有柏樹森林、樹上的鳥巢及禮物盒。

現在卻不太一樣，鳥巢下方畫著破碎的蛋殼，抬頭一看，一條黑色曲線彷彿準備離巢。

「曲線……不，是鳥？」

那是在寬廣牆壁上悠然振翅的飛鳥，數量共有……一隻、兩隻、三隻。

三隻鳥都像是用顏料仔細畫上牆壁。

深藍色的身體，只有喉嚨和前額點綴紅色。細長的尾羽歡快地搖擺，無視強風筆直飛行。

燕湊近牆壁，還聞得到新鮮的顏料氣味，約莫是先前才畫上去。

「啊，原來是燕子嗎？」

牆上畫的是燕子的雛鳥。

雛鳥們不只出現在燕的房間牆壁上，階梯的牆壁上也有牠們小小的身影。直到今早爲止，燕都不曾看過牠們。換句話說，這是律子趁燕不在家，耗費幾小時畫上去的。

「不光是房間嗎……」

燕子的身影星星點點地遍布各處。燕追著畫在牆上的鳥，走上樓梯，接著是廚房，最後又走上樓梯，來到三樓。

目前牆上已有幾十隻鳥，愈往上走，鳥的體型似乎就變得愈大。

剛回到家的時候毫無所覺，因爲燕一直低著頭。

「終點到底在……」

燕追著從畫筆下誕生的鳥，沿著牆壁前進。

燕子不僅出現在樓梯間的牆壁上，三樓的牆壁上也有燕子的身影。牠們彷彿在邀請燕似地注視著他。

走上樓梯，眼前就是一扇門。燕握住門把，房門靜靜打開。

燕悄悄探頭，裡面沒有律子的身影，只有繽紛的櫻花狂舞。

（春天……）

對了，半年前，燕就是在這裡第一次看見屬於律子的顏色。

甜美的香氣在鼻腔內復甦，那是當時享用的法式吐司的味道。

櫻花的色彩主宰整個房間。在和煦東風與料峭春風的吹拂下，櫻花林間各處皆添上燕子雛鳥的身影。

（夏天……）

離開「春天的房間」後，燕沿著走廊筆直前進。右側深處的門通往「夏天的房間」，房門後是燕上週見到的藍色世界。當時他們吃的是古典巧克力蛋糕。青藍的火焰在兩人之間一竄而逝。

空氣緊緊貼在皮膚上，帶著濕氣的夏日夕陽風景中，也繪有燕子的雛鳥。燕子數量變得更多，牠們在樹蔭中、在地板上，彷彿眺望著遠處的煙火。

「秋天……」

接下來是「秋天的房間」。

燕初次踏進這個房間，大約是在去年秋天。

在「秋天的房間」裡，大片的銀杏葉和楓葉，彷彿隨時會伴隨著落葉聲掉到頭頂上。當時享用的蛋包飯在口中蕩漾融化。

這個房間中描繪的燕子，已完全是成鳥的體型。

燕子停在紅葉上、樹梢上，抬頭望向天空，像是看著遠方。

「……」

燕踏上走廊，握緊拳頭。只剩下一個房間——「冬天的房間」。

離開「秋天的房間」後，燕凝視著最後一扇門。即使每扇門都長得一樣，燕卻覺得唯獨眼前這扇門，流洩出寒冷的空氣。

門旁畫著一隻小小的燕子，彷彿想一探究竟。

然而，再往前走，就是「冬天的房間」。

（燕子沒辦法在日本過冬……）

燕顫抖著朝門把伸出手。爲了前往溫暖的地方，燕子在冬天會渡海遠去。

燕子不適合出現在「冬天的房間」。

「……」

燕抱著覺悟，轉開門把。門輕易地開了。

「律子……小姐？」

裡面依舊是白色的世界。兩個律子佇立在白到炫目的風景中。

「律子小姐？」

燕急忙揉揉眼睛，屏住呼吸。

看似有兩個律子，但其中一人是畫。牆壁中間畫著律子。畫裡的她佇立在純白的風景中，露出溫柔的表情。她彷彿抱著什麼東西，雙手掬捧在胸前。掌中是幾顆小小的蛋。

她在雪地中，保護著小小的蛋。

——律子正在繪製這樣的畫。

其中一個律子轉身回頭。

「歡迎回來。你看到啦？我原本打算晚一點再給你看。」

起初燕聽到話聲的時候，還分不清究竟來自哪一個律子。

眼前的畫就是如此寫實。

律子將新的顏料擠到調色盤上，靈巧地調和顏色。只見藍色、紺色與黑色混合，充滿光澤的顏色就此誕生。

「我好久沒畫自畫像了。」

畫在牆上的律子簡直猶如鏡中倒影，和律子本人一模一樣。

嘴角浮現的微笑、眼尾的皺紋、漂亮的灰髮，連手上的凸起都完全相同。

輕輕撫摸畫像，彷彿就能感受到底下的血液流動。

「眞是嚇一跳，沒想到不知不覺間，我變成這麼一個老奶奶了。」

律子拿著調色盤，注視著牆上的自畫像。畫中的律子穿著優雅的連身洋裝，裙襬隱約可見淡淡黃色。那是律子沒能完全塗抹掉的、二十年前的黃色的一部分。

「我得快點完成這幅畫才行。」

律子在調色盤上擠出顏色。

那是曾被燕藏起來的外國顏料。律子從其中一管顏料，擠出發光般的黃色。

她接著滴上淺綠色，輕輕混合，在調色盤上誕生的是帶有深度的黃色。然後，筆尖沾上幾種顏色，她讓顏料融合在一起。

律子拿起大支畫筆，沾取方才在調色盤上誕生的顏色。

——那正是曾吸引燕的目光，屬於律子的黃色。

她在牆壁殘留的黃色之上，覆蓋剛剛誕生的黃色。明明沒打草稿，洋裝的圖案卻轉眼成形。

整件白色連身洋裝上，開滿黃色的小蒼蘭。

小巧的花瓣像水滴一樣凝著光澤。

輪廓帶著圓潤感，惹人憐愛的小花。

比照片更鮮豔的色彩，宛如花朵綻放般舒展開來。

律子吐出長長一口氣，抬起頭，轉過來的臉龐顯得十分明朗。

「今天燕出門之後，我就在家裡畫燕子。」

律子露出惡作劇被人抓到般的淘氣笑容。

「之前不是說過，我會畫燕嗎？」

「那不是我……而是鳥吧？」

「想著機會難得，我就畫了很多……我還要繼續畫。這邊已完工，跟我來。」

她拿好沾染藍色的調色盤和畫筆，毫不猶豫地將畫筆按上牆壁。然後，她又在另一支筆尖沾上紅色，慢慢將紅色滴落到深藍色上。

她的手沒有無謂的動作。毫無遲疑的筆尖下，燕子一隻隻誕生。

藍色的畫筆，紅色的畫筆，兩支畫筆不斷往返於調色盤與牆壁之間。

燕只是愣愣望著這一切。

「我們一起走吧。」

她畫的是破殼而出的燕子。

不畏寒冷，在蛋殼上舒展身體的燕子。

筆直遠飛的燕子。

轉眼之間，又有三隻燕子誕生。

即使如此，律子的手也沒停頓。她的畫筆一再沾染顏料，隨著移動的腳步迅速畫出燕子。

牆壁、樓梯、廚房都毫無遺漏地一一添上燕子的身影。

兩人終於抵達燕的房間。

律子在牆壁上的雛鳥底下，又補上幾隻雛鳥。最後她在舒展枝幹的柏樹上，也畫上燕子。

在柏樹上的大鳥巢中，兩隻燕子的成鳥幸福地互相依偎。

律子心滿意足地發出鼻音，轉身回頭。她的臉和雙手都沾滿顏料。

「歡迎回來，燕。還有，恭喜你復學。」

「律子小姐……」

直盯著他的成對燕子，看起來實在太過幸福。

從柏樹飛向天空，歷經四季的燕子，再次回到這裡。

如果是這樣……燕的胸口燃起希望，像祈禱般當場蹲下。

「我……能繼續待在這裡嗎？」

「哎呀……」雙手染成藍色和黃色的律子笑了起來，「難道你還打算要去哪裡嗎？」

律子一臉理所當然地扶起燕。轉移到燕手上的藍色意外地淺，是春季天空的顏色。

「這麼久以來收的第一個學生，我可是很期待。畢竟燕的素質很好。」

「……學生？」

「不對嗎？」

「算了，也沒什麼不行。」

律子自然沒注意到燕降溫的聲音。看著她天真爛漫的神情，燕輕嘆了口氣。

「暫時……」

「比起這個，燕，你之前買的吐司實在太好吃，我努力把店家找出來了。」

律子依舊一副興高彩烈的模樣，牽起燕的手。她伸手所指的是燕曾帶回來的吐司。

她挺起胸膛，非常自豪記得吐司包裝上的圖案。因爲包裝上具有特徵的圖，也出現在招牌上，她才成功找到賣吐司的店家。律子開心地解說。

明明不會記店名，卻能像文字一樣記住圖案，實在非常符合律子的作風。

這件事想必讓律子相當開心。看到她買的大量吐司，燕不禁苦笑。

「又買這麼多……」

塑膠包裝內附著薄薄一層水蒸氣。大概是剛出爐的吐司，綿白緻密的表面似乎擁有能吸飽水分的柔軟度。

看著吐司，燕的腦海浮現一道菜。

「律子小姐，晚餐能再忍忍嗎？」

「為了美味的食物就能忍。」

燕一進廚房就先洗手，洗去指尖的顏料。

接著，他望向窗外。時間還早，天空是一片淡藍色，和燕剛才手上沾染的顏色一樣。

「開飯之前，律子小姐先去畫畫吧，會需要不少時間。」

把律子送離廚房，燕的面前只剩下巨大的吐司。

他從冰箱中取出牛奶、砂糖和雞蛋，並將吐司切成大塊。

「好了……」

打進大碗裡的雞蛋呈美麗的黃色，加入白色的牛奶和褐色調的砂糖，充分混合之後，變成難以言喻的溫柔黃色。

燕將切好的吐司沉進蛋液，一如想像，吐司軟綿綿地沉下去。

（現在可以慢慢來了。）

這是半年前，燕在這裡做的第一道料理。

燕瞥了一眼微波爐，背過身去。

以前沒辦法花太多時間，不過——

（來彌補上次不夠充足的時間吧。）

因為燕現在有時間了。

「好了，再等幾小時。」

緩緩下沉的吐司吸收黃色液體，逐漸變得柔軟蓬鬆。燕盤算著靜置三小時，可能的話，五小時。

（這個家果然還是需要時鐘。）

透過小小的手機畫面確認時間，燕露出苦笑。

（畢竟時間應該能繼續流動了。）

一切準備妥當，燕翻開放在桌上的素描簿。

那是今早剛送到的巨大素描簿，手感粗糙，是不論使用顏料或鉛筆都很合適的紙質。

不過，目前每一頁都是空白，沒半點顏色。

（要畫什麼呢？）

燕久違地握住鉛筆，卻很快熟悉鉛筆的硬度。他在雪白的紙張上，僅猶豫了短短一瞬間。

起初線條顫抖不穩，不久後變成柔和的線條，逐漸勾勒出一名女性的側臉。

幾分鐘後，律子宛如盛開的春天花朵般的笑容，便誕生在紙上。

燕轉開瓦斯爐的火，周圍頓時染上柔和明亮的色彩，他這才意識到屋內有多昏暗。

窗外的廣闊天空，已帶上淡淡的暮色。

烏鴉的叫聲、汽車的喇叭聲，以及孩子們充滿活力的笑鬧聲。

燕急忙把奶油加進平底鍋裡，等奶油滋滋作響，竄升起誘人香氣，便輕輕取出浸泡好的吐司。

吐司變得柔軟無比，彷彿一施力就會崩解。

燕慎重地在平底鍋放下吐司，以免破壞吐司的形狀。吐司一接觸到鍋底，奶油的香氣便充滿整個空間。

「燕，剛才有草莓送來……哦，好香！」

宛如受到香氣的吸引，律子從玄關探出頭。她抱著一個紙箱，露出燦爛的笑容。

水果是來自一名遠方的學生。打開紙箱一看，箱內裝著新鮮草莓以及其他各種水果，十分豪華。

爲了只要無人照看，就容易忘記吃飯的律子，送禮的學生不知是希望律子至少品嘗一下當季的食物，還是認爲看到顏色漂亮的食物，律子也會樂意進食。

即使在昏暗的光線下，也絲毫無損草莓豔麗的紅色。

仔細一想，律子的學生淨是些愛操心的人。

「太好了，我剛好想找東西搭配。趁水果壞掉前，今天就來吃一吃吧……哦，奇異果和香蕉，還有……居然連哈密瓜都有。」

「等一下，用白色的盤子來擺盤吧。」

燕從視線範圍內的水果開始下刀，逐一堆在白盤的角落。每放上一種水果，律子的眼睛就會閃閃發亮。

「紅色、橙色和各種綠色……」

燕將水果散布在周圍，刻意在盤子中央留下一大塊空白。要擺在那裡的東西，燕早已決定。

等吐司兩面都煎得差不多，平底鍋裡的食物正是上桌的時刻。

律子像孩童一樣笑著問。於是，燕在她的面前，將柔軟的法式吐司擺上盤子。

「這中間是什麼？」

吐司的邊角帶著焦脆的褐色，中心則是柔軟到極致的奶黃色。儘管吐司體積不小，不過味道已完美滲透。

伴隨著酥脆聲響，律子從中間切開吐司，忍不住發出歡喜的讚嘆。

「連裡面都是黃色的法式吐司！」

眼前可說是一道非常適合春天的極彩色料理。

律子坐上椅子，突然抬起頭。她終於注意到放在桌子角落的素描簿。

「哦，燕，你開始用素描簿了嗎？」

「是啊。」

「給我看看。」

「不行。」

爲什麼？律子鼓起臉頰，發出不滿的聲音。燕安靜地遞出刀叉。

「先吃飯。」

不過，律子沒接過刀叉。她噘嘴陷入沉思，最後用力拍手。

「我們做成便當，去外面寫生，如何？」

律子一副想出絕佳主意的樣子，從椅子上站起來。她替盤子封上保鮮膜，放進大籃子底部，並在一旁擺上刀叉。水壺裡則裝著熱水，並加入紅茶的茶包。

律子以前所未見的速度準備完畢，出聲催促燕。

「我們走吧。」

窗外的天色漸暗，夕陽餘暉的茜紅色益發深沉，西方的地平線彼端已泛起紺色，天頂隱約滲染著月色。

燕傻眼地抬頭看向律子。

「現在出門，回來差不多是晚上了。而且，晚上外面會冷吧？」

依然溫熱的法式吐司、熱呼呼的紅茶、兩人份的素描簿和鉛筆，律子拿著這些，愉快地穿上大衣。

「沒什麼不好，我不在意。」

律子領著燕，打開大門，步下昏暗的階梯來到外面。染紅雙腳的夕照，也映入燕的眼中。

「何況，在夕陽下畫的圖肯定很美，在眞正的風景中吃的料理一定更美味。」

那是從前在電影中聽過的嗓音。律子抬頭看著燕，露出微笑。她的髮絲在風中飄揚，輕柔地搖動。晚風雖冷，卻蘊含著溫度。

燕在律子伸出的手上，輕輕疊上自己的手，溫暖的空氣彷彿從交疊處湧起。

夕陽的茜紅色籠罩著兩人的身影。風聲、清亮高亢的鳥鳴、腳踏車的鈴聲，以及在赤紅的餘暉中長長延伸的柔和黑影。

「走吧，我們去畫春天。」

律子緩緩牽起燕的手。

（這樣啊，原來已是春天了嗎？）

燕在律子周圍的柔和空氣中，看到春天的色彩。

毫無疑問地，那是一切起始的顏色。

代替後記

《極彩色的餐桌》食譜筆記

—*Mio*—

微波爐的蒸銀杏

出自〈新綠的夏日銀杏〉

不會做料理的律子唯一的拿手菜（？）。原本是律子的亡夫——柏木螢一的拿手菜。秋天在畫室吃蒸銀杏是兩人的慣例。即使孤單一人，律子仍持續做蒸銀杏。暌違二十年才又和別人一起享用，律子不小心做了太多，最後做成銀杏飯。

將帶殼的銀杏裝進紙製信封（無開窗塑膠膜的款式），用微波爐加熱。以 500W 加熱 30 秒（請視情況斟酌）。微波爐內的碰碰聲響會讓人大吃一驚，但聽到聲響代表大功告成。彈開的外殼會黏在銀杏上，請一邊剝一邊享用。因為很燙，吃的時候請留意。

回憶的普羅旺斯燉菜

出自〈夏日尾聲的普羅旺斯燉菜〉

燕從收留他的女人那裡學到的料理之一。曾與會做普羅旺斯燉菜的男人談戀愛又分手的她，注視的不是燕，而是未能實現的戀情回憶中的身影。燕察覺到這一點，養成低頭默默做料理的習慣。不過，這個習慣在和律子相遇後逐漸改變。

採普羅旺斯燉菜方式料理的夏季蔬菜大雜燴。將洋蔥、番茄、茄子、櫛瓜、甜椒（可視喜好改成西洋芹），以大蒜、橄欖油、胡椒鹽調味翻炒，再煮到軟爛就好。可加入喜歡的香草、白酒等。順帶一提，兩人最後是拿普羅旺斯燉菜配飯，但搭配麵包或義大利麵也很不錯。

兩人的蛋包飯

出自〈雨滴、銀杏、蛋包飯〉、〈聖誕節，魔女與重生焗飯〉

律子看過完整包覆的蛋包飯，努力想重現的結果，就是最後的那副慘狀。燕馬上聯想到焗飯，是因為記得之前律子吃南瓜時，曾說「挖空小南瓜做成焗烤，就能看到裡面的顏色」。雖然看似沒聽進耳裡，其實燕都很認真聆聽律子的話。

把飯和喜歡的食材拌在一起炒，調味是用番茄＋番茄汁。加入美乃滋會變成更溫醇的味道。蛋就做成歐姆蛋蓋在飯上，作法十分簡單，滑嫩半熟的蛋美味可口。萬一失敗，把蛋和飯攪拌在一起，加上白醬和起司，送進烤箱，塞滿各種「美味」的焗飯就完成了。

兩種味道的法式吐司

出自〈櫻花與法式土司〉、〈回憶的吐司，極彩色的餐桌〉

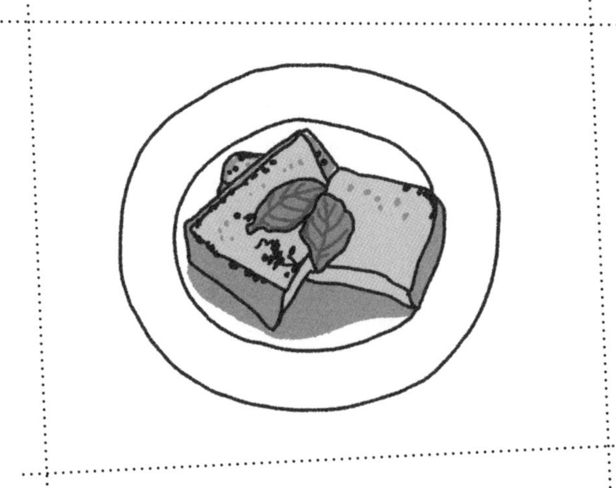

教燕做省時鹹味法式吐司的，是送他吐司的女人。燕的鹹味法式吐司，在和甜食派的律子相遇後，變成花時間慢慢做的甜味法式吐司。兩人今後共度的春夏秋冬中，將會誕生出更多口味的法式吐司。

鹹味法式吐司是雞蛋＋牛奶＋胡椒鹽＆起司粉，甜點風法式吐司則是雞蛋＋牛奶＋砂糖＋香草精（加入鮮奶油滋味會更濃郁）。準備好蛋液，將吐司浸到蛋液中，再把吐司兩面煎得焦脆，就完成了。若是沒時間，以微波爐加熱可減少浸泡所需的時間，不過花時間浸泡比較美味。

NIL 38／極彩色的餐桌

原著書名／極彩色の食卓
原出版者／MICRO MAGAZINE
作　　者／Mio
翻　　譯／鍾雨璇
責任編輯／陳盈竹
編輯總監／劉麗真
總 經 理／陳逸瑛
榮譽社長／詹宏志
發 行 人／涂玉雲
出 版 社／獨步文化
城邦文化事業股份有限公司
104台北市中山區民生東路二段141號5樓
電話：(02) 2500-7696　傳真：(02) 2500-1967
發　　行／英屬蓋曼群島商家庭傳媒股份有限公司
城邦分公司
104 台北市中山區民生東路二段141號2樓
網址／www.cite.com.tw
讀者服務專線／(02) 2500-7718；2500-7719
服務時間／週一至週五：09：30～12：00　13：30～17：00
24小時傳真服務／(02) 2500-1900；2500-1991
讀者服務信箱E-mail／service@readingclub.com.tw
劃撥帳號／19863813
戶名／書虫股份有限公司
香港發行所／城邦（香港）出版集團有限公司
香港灣仔駱克道193號東超商業中心1樓
電話／(852) 2508-6231　傳真／(852) 2578-9337
E-mail／hkcite@biznetvigator.com
馬新發行所／城邦（馬新）出版集團
Cite (M) Sdn Bhd
41, Jalan Radin Anum, Bandar Baru Sri Petaling,
57000 Kuala Lumpur, Malaysia.
Tel: (603) 90578822
Fax:(603) 90576622
email:cite@cite.com.my
封面插圖／VIVI化合物
封面設計／高偉哲
排　　版／游淑萍
印　　刷／中原造像股份有限公司
●2021（民110）10月初版
售價380元

 ISBN 978-986-5580-92-6（平裝）
ISBN 9789865580933 (EPUB)

國家圖書館出版品預行編目資料

極彩色的餐桌 / Mio著；鍾雨璇譯 . –初版. –
台北市：獨步文化，城邦文化出版：家庭
傳媒城邦分公司發行，民110.10
面 ； 公分. --（NIL；38）
譯自：極彩色の食卓
ISBN 978-986-5580-92-6（平裝）
ISBN 9789865580933 (EPUB)
861.57　　110014176

廣　告　回　函
北區郵政管理登記證
台北廣字第000791號
郵資已付，免貼郵票

104台北市民生東路二段 141 號 2 樓

英屬蓋曼群島商家庭傳媒股份有限公司

城邦分公司

請沿虛線對摺，謝謝！

書號: 1UY038	**書名**: 極彩色的餐桌	**編碼**:

請於此處用膠水黏貼

讀者回函卡

謝謝您購買我們出版的書籍！

請費心填寫此回函卡，我們將不定期寄上城邦集團最新的出版訊息。

姓名：________________ 性別：☐男 ☐女

生日：西元________年________月________日

地址：________________

聯絡電話：________________ 傳真：________________

E-mail：________________

學歷：☐1.小學 ☐2.國中 ☐3.高中 ☐4.大專 ☐5.研究所以上

職業：☐1.學生 ☐2.軍公教 ☐3.服務 ☐4.金融 ☐5.製造 ☐6.資訊

☐7.傳播 ☐8.自由業 ☐9.農漁牧 ☐10.家管 ☐11.退休

☐12.其他________________

您從何種方式得知本書消息？

☐1.書店 ☐2.網路 ☐3.報紙 ☐4.雜誌 ☐5.廣播 ☐6.電視

☐7.親友推薦 ☐8.其他________________

您通常以何種方式購書？

☐1.書店 ☐2.網路 ☐3.傳真訂購 ☐4.郵局劃撥 ☐5.其他

您喜歡閱讀哪些類別的書籍？

☐1.財經商業 ☐2.自然科學 ☐3.歷史 ☐4.法律 ☐5.文學

☐6.休閒旅遊 ☐7.小說 ☐8.人物傳記 ☐9.生活、勵志 ☐10.其他

對我們的建議：________________

____

____

為提供訂購、行銷、客戶管理或其他合於營業登記項目或章程所定業務需要之目的，家庭傳媒集團（即英屬蓋曼群島商家庭傳媒股份有限公司城邦分公司、城邦文化事業股份有限公司、書虫股份有限公司、墨刻出版股份有限公司、城邦原創股份有限公司），於本集團之營運期間及地區內，將以mail、傳真、電話、簡訊、郵寄或其他公告方式利用您提供之資料（資料類別：C001、C002、C003、C011等）。利用對象除本集團外，亦可能包括相關服務的協力機構。如您有依個資法第三條或其他需服務之處，得洽詢本公司服務信箱cite_apexpress@cite.com.tw請求協助。相關資料不提供亦不影響您的權益。

☐我已詳讀權利義務之相關條款，並同意遵守。

請於此處用膠水黏貼

U0043807

閱讀經典《智囊》故事
建立自主思辨力

原來古人這麼機智

謝武彰——著
顏銘儀——繪

序

比金銀財寶更重要的東西

為百姓著想的智慧

想抓珠寶大盜，還要會逆向思考

明辨是非的智慧

靠著一隻小蟲也能醫病
解決事情的智慧

怎麼折個箭也有大道理
聰明過生活的智慧

序

讓自己變成智囊

謝武彰

通常在祭孔典禮以後，民眾都會爭拔「智慧毛」。由於爭搶的人很多，造成了莊嚴典禮的亂象。好像晚了一步，就會失去智慧似的。智慧，能用這種方式得到嗎？當然，是很不容易的。

擁有智慧的方式很多，閱讀就是其中的一種。大談智慧的書何其多，明朝著名作家馮夢龍編寫的《智囊》，就是千萬不能錯過的，主要的原因是這本書內容的廣博。

《智囊》中蒐集了一千一百多則短篇故事，一共分為十部。每一部裡，又各有一些細分，共有二十八卷。這本著作，是集先秦到明朝智慧故事的大成。

這些故事，就像一面一面的鏡子，可以當作很好的參考，更可以當作很好的學習。大家可以看到——

- 為百姓著想的知州
- 立即提出適當施政措施的宰相
- 覺得領過多薪水的官員
- 破除迷信的官員
- 提出妙點子的兒童
- 廉潔的官員
- 巧妙壓制糧價的官員
- 擅長建築觀光湖堤的太守
- 巧妙心理建設的將軍
- 明哲保身的大將軍

◆醫治心病的醫生
◆巧妙斷案的縣官

如果，能體會出這些故事裡為人著想、破除迷信、細心觀察、反省自己的含義，就是很好的收穫了。

馮夢龍在原著序文說：

「人擁有智慧，就好像土地有水源；土地沒有水源，就會成為焦土；人沒有智慧，那就好像行屍一樣。人運用智慧，就好像水灌溉土地；地勢低窪，就會聚滿了水；人如果謙虛，就會聚滿了智慧。我觀察從古代到現在的得失、成敗，大都是這些原因引起的。」

一件事情，往東，就成功；往西，就失敗。每個人都想往對的方向，但是，怎麼在很短的時間裡，做出正確的決定呢？那當然就必須要有智慧了。

多閱讀智慧故事，參考以往的好例子，再加以融會貫通，當成自己的養分，幫助自己走向對的方向，成為一個機智的人，既幫忙了自己，也造福了大眾。

馮夢龍長期經營、作品豐富，他在序文中說自己是「東吳之畸人」，又說「吳門馮夢龍題于松陵之舟中」。三百多年前的落魄書生，就在今天蘇州吳江附近的小船上，利用時間忙著寫作。我們才能有機會，閱讀這東吳奇人留傳下來的奇書。

我們從一千多篇作品中，精選出五十九篇，只要細細體會，自己就擁有五十九個智囊了。如果，能像南宋名將岳飛說的「運用之妙，存乎一心」，再加以巧妙運用，發揮四兩撥千斤的奇妙效果。那麼，離智慧就不遠了。真的！

閱讀智囊，讓自己擁有智囊。
體會智囊，讓自己變成智囊。

馮夢龍小檔案

馮夢龍（西元一五七四～一六四六年），明朝蘇州府吳縣長洲（今江蘇蘇州）人，字猶龍、公魚，號墨憨齋主人，出生於一個書香世家。

馮夢龍也和一般讀書人一樣，朝著讀書、科舉的方向努力。雖然，他花了二十年努力讀書，命運卻很坎坷，一直到五十多歲，才有機會成為貢生。後來，他才補為福建壽寧知縣。

由於馮夢龍長期生活在社會底層，接觸的是平民百姓。所以，他也在枯燥的生活中，找到了自己真正的興趣。並且寫出留傳到現在的作品，像：短篇小說集三言的《喻世明言》、《警世通言》和《醒世恆言》，民歌《掛枝兒》和《山歌》，筆記《太平廣記鈔》、《古今譚概》、《智囊》和《情史》，小說《新列國志》和已散失的詩集、戲曲等作品，著作等身，影響深遠。

比金銀財寶更重要的東西——
為百姓著想的智慧
十二位古代官員展現智慧，
為人民謀求最大的利益、
聰明輔佐皇帝治理國家。

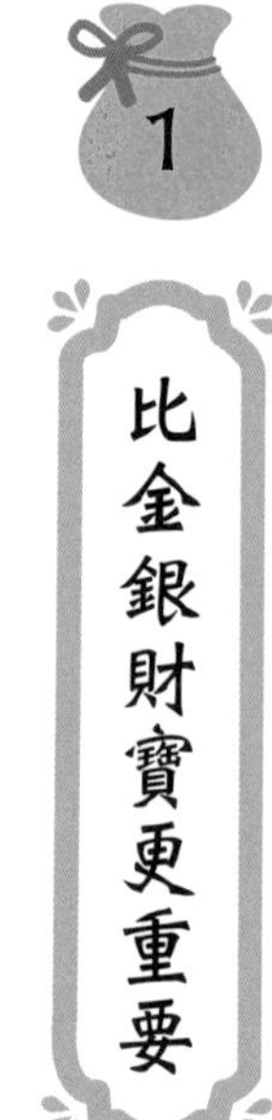

1 比金銀財寶更重要

有一回，劉邦的軍隊辛苦的攻下了咸陽城。

將領們帶著士兵，潮水一般衝進官府裡搶奪金銀財寶。人人都是滿手、滿懷的戰利品，大家都高興得不得了。

這時候，只有蕭何一個人，全心蒐集秦朝的丞相和御史（古代官名：監察官員）留下來的律令、圖書和文件。因為，這些東西根本就沒有人要。

軍士把金銀財寶，看成珍寶；蕭何卻把律令、圖書和文件，

看成珍寶。

哪一種才是真正的珍寶呢？這是要有非凡的眼光，才能辨別的。

後來，漢高祖劉邦能夠快速的了解各地的要塞、勢力的強弱、戶口的總數和百姓的疾苦。這些重要的資訊，全都是從蕭何蒐集的文書中得來的。

只有金銀財寶，才是珍寶嗎？

知識，才是真正的無價珍寶。

資訊，才是真正的無價珍寶。

2 殺頭也不怕

有一次，北魏太武帝在西河地區打獵。他下令掌管馬匹的官員古弼（ㄅㄧˋ），立刻把最好的馬匹，供給打獵的騎士使用。

但是，古弼卻不遵守皇帝的命令，故意把瘦弱的馬匹交給騎士。太武帝知道了以後，非常生氣的說：

「這個尖頭奴，竟然敢把我的命令打折扣。回去以後，一定要先殺了這個奴才！」

古弼的屬下聽了，都非常惶恐。但是，古弼一點也不擔心，

平靜的對屬下說：

「侍奉君主而使他不能盡興遊樂，這個罪過並不大。但是，對危及國家的大事，一點也不防範，這個罪過就大了。現在，南北兩地的蠻夷，隨時都會出兵侵犯我國，這才是我最擔憂的。我保留最強壯的馬匹，以備隨時可以上戰場。如果，能對國家有利，我哪會擔心自己的小命呢？賢明的君主都是明白事理的，如果有罪的話，就由我來承擔，大家哪有什麼過錯呢？大家又何必擔心呢？」

太武帝聽到這些話以後，感嘆的說：

「這樣的臣子，才是國寶啊！」

由於古弼的頭長得尖尖的，所以，太武帝曾經叫他「筆頭」。一生氣起來，還會叫他「尖頭奴」哩！然而，當時的人們，都尊稱古弼為「筆公」。

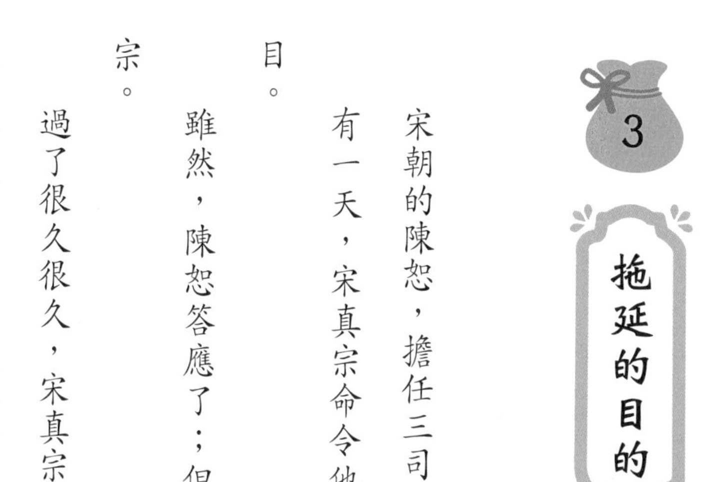

3 拖延的目的

宋朝的陳恕，擔任三司使（古代官名）。

有一天，宋真宗命令他，呈報國庫裡銀兩和糧食的大概數目。

雖然，陳恕答應了；但是，他一直沒有把數目呈報給宋真宗。

過了很久很久，宋真宗不斷催促他。但是，陳恕還是沒有呈報；於是，宋真宗就派宰相（古代官名：最高行政長官）來質問他。

這時候，陳恕回答宰相說：

「當今聖上還很年輕，如果知道現在國庫非常充裕，恐怕會生出奢侈的念頭。所以，我才會儘量拖延啊！」

宰相聽了，暗暗佩服陳恕的用心。於是，他就向宋真宗報告了這件事。皇帝聽了以後說：

「陳恕真是忠臣啊！如果朝中的大小臣子，都能像他一樣，國家一定會興旺啊！」

宰相聽了，也不停的點頭。

4 拒絕獎賞

宋朝名臣鄭國公富弼（ㄅㄧˋ），他擔任樞（ㄕㄨ）密使（古代官名：全國軍政統帥）的時候，正逢宋英宗登上皇位。依照慣例，剛即位的英宗，要賞賜大臣。

大臣們一一接受了賞賜以後，宋英宗破例重重的賞賜了富弼。然而，富弼卻極力推辭，堅決不肯接受。

宋英宗看了，覺得有些意外。於是，太子就派小太監去勸說，小太監告訴富弼說：

「這是皇上給你的額外賞賜，請大人接受、謝恩吧！」

富弼聽了以後，回答說：

「感謝皇上的恩賜！但是，大臣如果接受了額外的賞賜，將來皇上如果做了離譜的事來，我們要用什麼來勸阻他呢？」

富弼仍然沒有接受這額外的賞賜，他得到了皇上的尊重，也得到了同事的尊敬。

這種尊敬，才是額外的賞賜。

5

不亂徵稅

明朝時，黃河向南改變河道，舊河道就變成了田地。住在附近的百姓，紛紛在舊河道上辛苦的耕作，收成居然很不錯。

這時候，有人提議要丈量這些新生的田地，再依照面積徵稅。這個提案，立刻有人贊成。

但是，御史（古代官名：監察官員）高明聽了，卻反對這個想法說：

「黃河改道並沒有規律，這些田地是會隨著河道改變的。但是，法令定了以後卻很少會跟著改變。如果哪一天河道又改了，現在的田地又被河水淹沒了，官府還是按原來的面積徵稅，百姓哪受得了啊！」

於是，這個徵稅的提案就取消了。

高明能為百姓著想，才沒有貿然立下有疑慮的法律，真是用心良苦。

高明，果然高明。

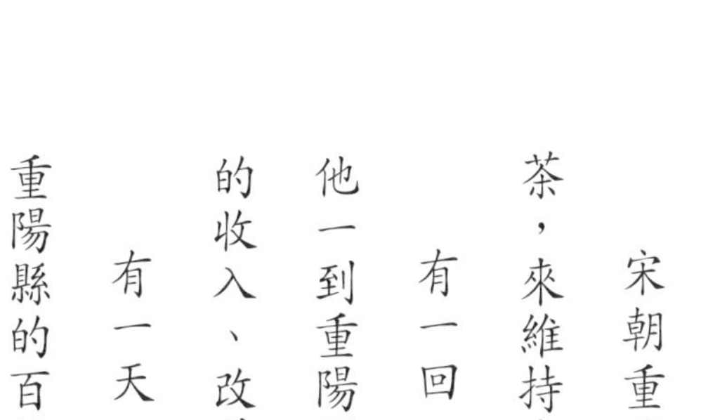

6 突然砍茶樹

宋朝重陽縣（今湖北南漳）的百姓，大都以種茶、製茶、賣茶，來維持生活。

有一回，張詠被派到重陽縣擔任縣令。張詠是有遠見的人，他一到重陽縣，就到處巡視。張詠邊看邊想，怎樣才能增加百姓的收入、改善百姓的生活。

有一天，他得到茶葉就要改為專賣的消息。如果這是真的，重陽縣的百姓可就要遭殃了。

於是，張詠很快的想出了正確的對策。他就對縣民說：「由於種茶的利潤非常好，所以不久以後，朝廷一定會把它改為官營。如果現在我們不趕快改種別的作物，一旦茶葉改為官營，那就會大大的影響我們的生活。」

於是，張詠就立刻下令砍掉茶樹，全縣改種桑樹。這麼大的改變，雖然縣民紛紛叫苦、紛紛反對，但是，也只能遵守命令。

後來，朝廷真的下令實行茶葉專賣制度。別的地區種茶的百姓，這時候全都慌了手腳，不知道該怎麼辦才好？不久以後，他們全都失業了。

這時候，重陽縣的桑樹都已經長大了。縣民忙著養蠶、忙著

織絹，每年的產量高達一百萬匹。

由於縣令張詠的遠見，重陽縣才能提早轉型。不但逃過了這一劫，百姓的收入也比種茶還要多。重陽縣的百姓為了感謝張詠的恩惠，就建廟來紀念他。

擁有權力的人，用心造福百姓。張詠，就是很好的例子。

7 對得起薪水

南宋著名的學者陸象山擔任官職的時候，曾經感慨的說：

「我以前在朝廷，是負責法律的官員。但是，我覺得自己只是領薪俸（ㄈㄥˋ），做的事其實並不多。現在想起來，真的非常慚愧。那時候，各地呈報來的奏章和提出改革的事項，我都會和皇上一起討論、研究。有些貴族平常高高在上慣了，哪會了解百姓的痛苦呢？就隨意的提出想法和意見。萬一，他的意見被採用了，天下的百姓就苦了。只要有這些提議，我就反覆討論，再提

供給皇上決定。幸好，不實際的提議，皇上並不會採納。只是我和同事所做的，哪能領那麼多薪俸呢？所以，我們就更加努力工作，才對得起所領的薪俸啊！」

只可惜，像陸象山這樣的官員，太少見了！

8 超級理財高手

劉晏擔任轉運使（古代官名：運輸官員）的時候，唐朝內戰不斷。這時候，朝廷龐大的費用都由劉晏負責籌措。由於他的責任重大，所以壓力非常大。

幸好，劉晏是一個精力充沛、頭腦靈活的人。他的腦海裡，好像有一個運算快速的算盤，手上有多少物資、多少錢財，他都清清楚楚。然後，劉晏再加以適當、快速的調配運送，所以，各地的物資都很充足。

劉晏，根本就像是現在快遞公司的祖師爺。

唐朝還沒有網路和手機，劉晏是怎麼得到這些消息的呢？原來，他用高薪請了很多走路很快的人來傳遞訊息。這些人到各地打聽物價，才幾天的時間，就是再遠的地方，消息已經從驛站傳回來了。

劉晏，建立了一個資訊網路。

於是，各地物價的高低、存量有多少，劉晏都清清楚楚。然後，他就根據這些資訊，快速而巧妙的分配。他常常在低價的時候買進、高價的時候賣出，準確的掌握了調節物價的節奏。

由於劉晏的靈活和變通，國家因此獲得很大的利益。各地的

物價也都保持平穩，沒有大幅波動，使百姓受苦。

劉晏，真是理財高手。

劉晏，沒有在工作中上下其手、謀取私利，更是令人佩服。

9 為百姓買牛

宋英宗時，黃河以北地區，發生了大饑荒，接著又發生了大地震。饑荒加上地震，百姓的糧食全都吃光了，很多人逼不得已，只得賣掉耕牛來過活。大家的日子，都過得非常艱苦。

這時候，劉渙擔任澶（ㄔㄢˊ）州（今河南濮陽西）知州（古代官名：州行政長官），是澶州的長官。他趕緊撥出公款，把百姓的耕牛，全都買下來。並且派人照顧這些耕牛。

劉渙不但買下耕牛，同時，他也盡力改善百姓的生活，幫助

大家能順利度過難關。

第二年，地震造成的災害，慢慢的恢復、饑荒也漸漸得到改善了。於是，劉渙就派人把逃難的百姓找回來。

漸漸的，風調了；漸漸的，雨也順了。

田地，恢復耕作了；但是，很多人的耕牛早就賣掉了。這時候，耕牛的價錢，一下子飛漲了十倍！

於是，劉渙就把去年買的耕牛，按原來的價錢賣給農民。於是，澶州地區就很快的恢復耕作和生產。

這一次大災難，黃河以北地區，只有澶州的百姓，由於得到知州劉渙的照顧，才沒有成為流民。

一個用心的官員，救活了無數的耕牛。
一個用心的官員，救活了無數的百姓。

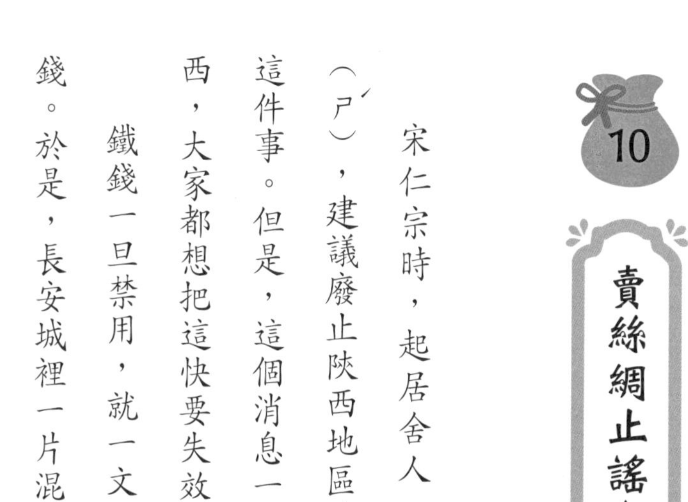

10 賣絲綢止謠言

宋仁宗時，起居舍人（古代官名：記錄皇帝命令的官員）毋湜（ㄕˊ），建議廢止陝西地區使用的鐵錢。雖然，朝廷並沒有批准這件事。但是，這個消息一傳到陝西，大家就爭相用鐵錢來買東西，大家都想把這快要失效的錢用掉。

鐵錢一旦禁用，就一文不值了。市面上，並沒有人願意收鐵錢。於是，長安城裡一片混亂，很多商家和攤販乾脆不做生意，整個商業活動都停止了。

這時候，有官員請求趕快讓市場恢復正常的秩序。宰相（古代官名：最高行政長官）文彥博聽了以後就說：

「這樣做，只會讓百姓更加恐慌。」

那該怎麼辦呢？

經過仔細的思考，宰相文彥博終於想出了好辦法……

文彥博請來了城裡絲綢店的老闆，拿出了大批的絲綢，請老闆無限量以平價出售，並且只收鐵錢。

城裡的百姓看了，就知道廢止鐵錢根本就是謠言。於是，市場的秩序，很快就恢復了。

宰相文彥博，用很小的力氣，巧妙的解決了大難題。如果，

文彥博使出強硬的手段禁止罷市，引起商家更加恐慌，整個長安城恐怕就會大亂了。

幸好，文彥博選擇的方法，發揮了四兩撥千斤的效果。

於是——

長安城裡的商家和攤販，生意愈來愈好了。

長安城裡的百姓，都稱讚文彥博的機智。

11 一句話壓米價

唐朝的大臣令狐楚，被派任到兗（ㄧㄢˇ）州（今山東濟寧）擔任太守（古代官名：州行政長官）。這時候，兗州恰巧發生了旱災。

令狐楚到兗州上任的路上，就知道當地糧食欠收、米價高漲，百姓都非常痛苦。

他一踏進兗州的時候，州府的官員早就在這裡等候了。令狐楚隨著官員，一到州府官署，立刻向官員查問著——

現在米價是多少？

州內有幾座糧倉？

每座糧倉能裝多少米糧？

官員一一回答以後，只聽到令狐楚彎著手指頭，自言自語的說：

「現在米價這麼高，如果，把各糧倉的米提出來，再平價賣給百姓。那麼，百姓就不會餓肚子了。」

其實，這是令狐楚的心理戰，他身旁的官員不知道其中的含義，立刻暗中把話傳了出

去，通知了相關的人。

於是，州裡的富有人家，立刻拋售囤積的白米。

於是，兗州的米價，就很快的降下來了。

兗州的百姓，就不再餓肚子了。

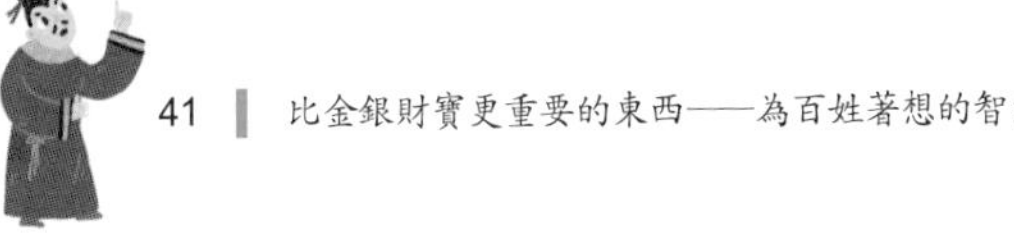

12 不給喝酒的原因

宋太祖趙匡胤（ㄧㄣˋ）還沒有發跡以前，是後周世宗的侍臣。當時，曹彬是世宗的親信，負責準備世宗日常需要的茶和酒。

有一天，趙匡胤向曹彬要酒喝。曹彬聽了，就回答他說：「我管的是公家的酒，連一滴也不能給你。但是，請你等一下，我一定會讓你滿意的。」

趙匡胤聽得一頭霧水，不知道曹彬是什麼意思？

於是，曹彬就到酒店買酒回來，送給趙匡胤喝。曹彬既顧了公事也顧了私誼，讓趙匡胤留下了非常深刻的印象。

後來，趙匡胤得了天下，登上了王位，成為宋太祖。有一天，他對群臣說：

「周世宗的官員中，不欺瞞世宗的，只有曹彬一個人。」

從此以後，宋太祖就把曹彬當成了心腹。

智囊想一想

讀了這些為國家、百姓謀取最大福利官員的故事，你是不是也發現他們不只聰明，也很勇敢呢？筆公古弼與宋朝的陳恕為了國家，竟敢違背皇帝的命令。宋朝的劉渙和唐朝的劉晏，則是很有遠見的官員，劉渙提早買下耕牛，讓百姓不用付高價買耕牛，劉晏則是超級理財高手，保持物價的穩定，百姓才能安穩過生活，還有讓縣民改種桑樹，逃過失業命運的張詠，也是一位很有遠見的官員。

看了這些故事，你也可以想一想：

◆〈比金銀財寶更重要〉中提到知識、資訊是真正的珍寶，對你來說，還有什麼也很珍貴呢？

◆〈一句話壓米價〉裡，為什麼富有的人家，會因為令狐楚的一番話，拋售囤積的白米呢？

◆〈不給喝酒的原因〉中，曹彬是個公歸公、私歸私的人，你也是這樣的人嗎？有什麼經驗可以分享呢？

◆這些古代官員，提早發現可能會發生的問題，做好了準備，讓百姓生活平順。你是不是也曾經為了什麼事，先做好準備呢？

來一點歷史小知識

〈比金銀財寶更重要〉

咸陽是秦朝的政治中心，劉邦在秦朝後建立了漢朝，為漢朝開國皇帝，是中國歷史上第一位平民皇帝，蕭何擔任漢朝的丞相，輔佐劉邦治國。

〈殺頭也不怕〉

北魏是中國南北朝時期中一個國家，南北朝當時大小戰事不斷，北魏只維持了約一百五十年。南北朝結束後，就進入了隋朝。

〈拖延的目的〉

「三司」是宋朝掌管全國財政的單位，長官稱為「三司使」。

〈對得起薪水〉

宋朝分成北宋與南宋，由於金國的侵犯，宋朝首都從汴（ㄅㄧㄢˋ）梁（今河南開封）南遷到臨安（今浙江杭州），因此分成了北宋與南宋。

想抓珠寶大盜，還要會逆向思考——
明辨是非的智慧
十六個案件，如何靠著智慧，
找到真正的小偷、解決紛爭，
並做出最公正的判決，讓大家心服口服呢？

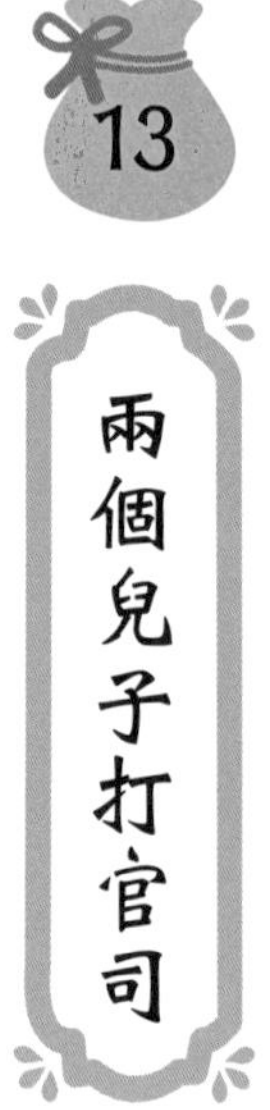

13 兩個兒子打官司

宋朝時，有一天，大臣蔡京到了洛陽。當地的衙門有一件訟案，不知道應該怎樣判決才妥當，地方官因此非常苦惱。於是，他就抓住機會請教蔡京，請他指點指點。

原來，洛陽有一個婦人，先後嫁了兩個男人，而且，各生了一個兒子。後來，這兩個兒子長大以後，都成為顯要而富貴的人，兩個人都爭著要奉養母親。

兩個人誰也不讓誰，於是就告進了官府，請青天大老爺來評

評理。這可苦了這場官司的判官，他也不知道應該怎麼判決才好。於是，就來請教蔡京。

蔡京聽了，微笑著說：

「這哪有什麼困難呢？只要問問那個母親，她想住誰家就住誰家，不就行了嗎？」

判官聽了，非常佩服蔡京，能在很短的時間裡，就提出準確的意見。

於是，這一件案子，終於得到了圓滿的結局。

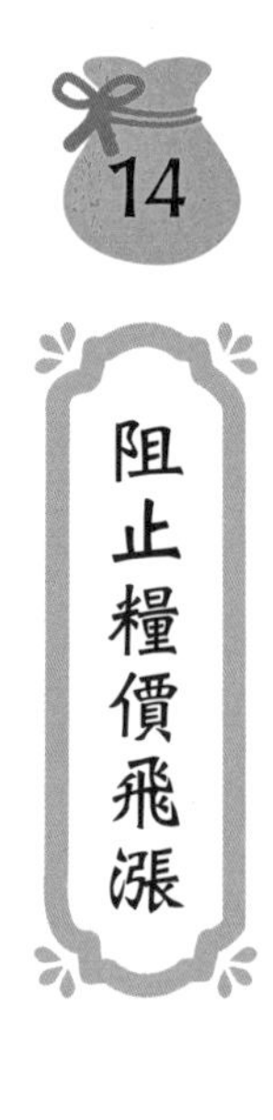

14 阻止糧價飛漲

宋神宗熙寧（西元一〇六八～一〇八五年）年間，趙清獻擔任越州（今浙江紹興）的知州（古代官名：州行政長官）。

這時候，由於浙江遭受到旱災和蝗災。所以，糧食的價錢飛漲，因此餓死了不少人。對當時的百姓來說，是很大的打擊。

官府看情況非常緊急，於是，就在重要的地點張貼布告，禁止哄抬糧食的價錢；並且，重賞告發哄抬糧價的人。

張貼告示的效果好嗎？當然不好，只是製造更緊張的氣氛而已。

糧食，還是不停的漲價。

糧食，還是一天一天的漲價。

趙清獻看了暗暗想，怎樣才能阻止糧價飛漲呢？

於是，趙清獻很快的想出了對策——

趙清獻立刻派人在重要的地點，張貼了布告。他的布告很奇特，說官府要提高糧食的收購價格。

這張布告，真是令人驚訝！

於是，鄰近各州的糧商，都帶著糧食趕到越州。一下子，糧食大量聚集到越州，當地的糧價就快速的下跌，反而比原來更便

宜了。

趙清獻逆向思考，解決了百姓的痛苦。

越州百姓都衷心感謝他。

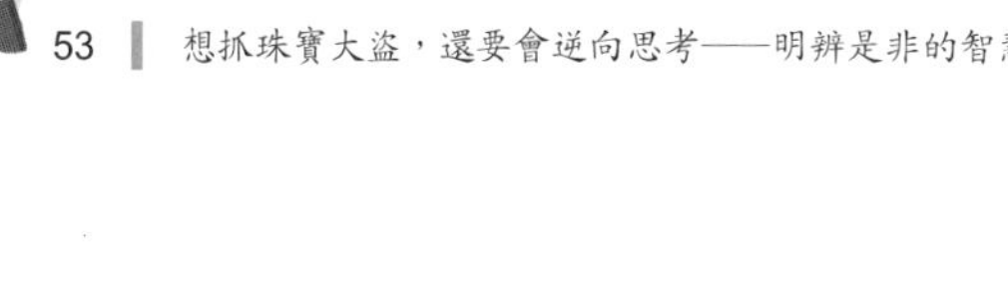

15 錢幣也能破案

宋朝時，程顥（ㄏㄠˋ）在陝西鄠（ㄏㄨˋ）縣擔任主簿（古代官名：主管戶籍、緝捕及文書官員）。

這時候，鄠縣裡有一個百姓，借住在哥哥的房子裡。

有一天，弟弟想在院子裡種菜。於是，他就用鋤頭掘土，掘呀、掘呀，竟然挖出了很多錢幣。

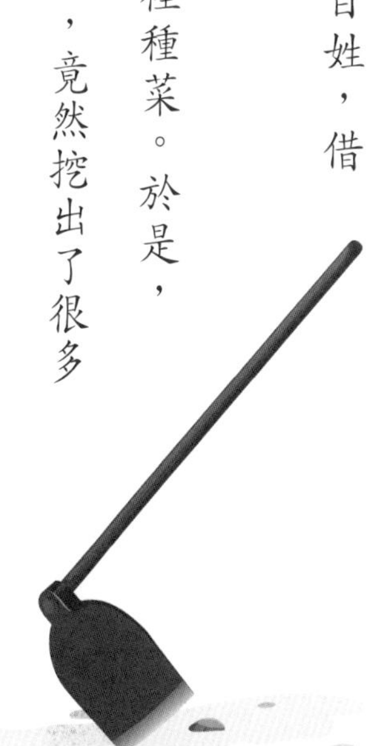

這時候，恰好哥哥的孩子經過，他認為這些錢應該是他父親的。弟弟卻認為，錢是他挖出來的，就應該是他的。

於是，這侄子就到衙門，告自己的叔叔說：

「叔叔挖出來的錢幣，是我父親埋的，應該把它還給我。」

縣令接辦這個案子也有些頭痛，不知道應該怎麼判決。於是，他就請教程顥說：

「這一個案件，並沒有明確的證據，應該怎麼判才好呢？」

程顥聽了以後，對縣令說：

「其實，這件案子並不難辦。」

於是，程顥就宣哥哥的兒子來問話：

「這些錢埋在院子裡多久了？」

哥哥的兒子很快的回答說：

「快四十年了。」

程顥接著問：

「你叔叔借住這房子多久了？」

「大約有二十年了。」

程顥聽了就命人取來一萬個銅錢，這些錢都是正在流通中的錢幣。於是，程顥又問他說：

「朝廷鑄的錢幣，不到幾年就能在全國通行。現在挖出來的錢，都是你說的時間以後鑄造的。還沒有發行的錢幣，怎麼可能

埋在泥土呢？」

於是，縣令就把這些錢，判給了叔叔。

程顥很快的解決了縣令的難題，縣令非常佩服他的機智。

16 圓滿的結局

宋朝時，呂陶被派到銅梁縣（今重慶銅梁）擔任縣令。縣城裡有一戶龐姓家庭，龐氏三姊妹一起侵吞了年幼弟弟的田產。

後來，弟弟長大也懂事了。於是，他就到衙門控告三個姊姊，想把自己的財產要回來。

但是，這一場官司，弟弟卻敗訴了。他的生活更加貧困，甚至淪落到富有的人家去當僕人。

呂陶到任以後，聽說了這個案子。於是，他重新查辦。經過仔細的審問以後，三個姊姊除了認罪，也都願意把田產還給弟弟。

弟弟聽了判決以後，感動得流著眼淚跪在地上說：

「我願意捐出一半的財產，做佛事來感謝神明的保佑。」

呂陶聽了以後，告訴他說：

「你小的時候，如果沒有三個姊姊的照顧，你就會被別人欺負。你想做佛事，我看不如把這些財產分給她們。」

弟弟聽了，流著眼淚、不停的點頭，答應了呂陶。

由於呂陶的熱心，這一件爭財產的糾紛，終於有了一個圓滿的結局。

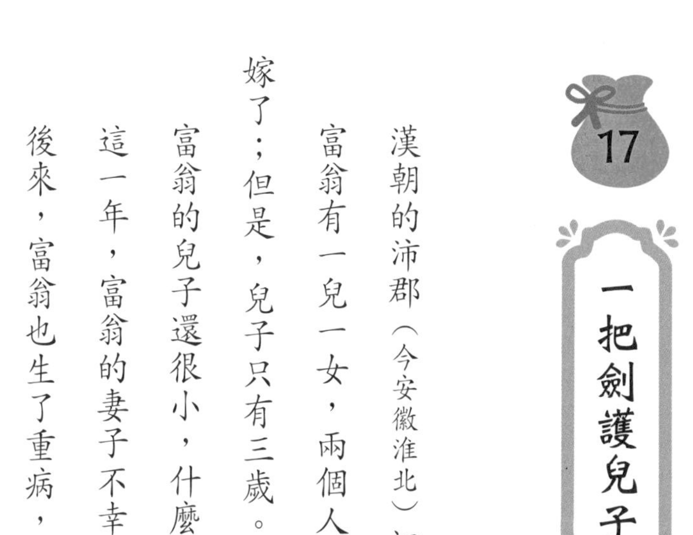

17 一把劍護兒子

漢朝的沛郡（今安徽淮北）裡，住著一位富翁。

富翁有一兒一女，兩個人相差了十幾歲。雖然，女兒已經出嫁了；但是，兒子只有三歲。

富翁的兒子還很小，什麼也不懂。但是，女兒卻很貪心。

這一年，富翁的妻子不幸過世了。

後來，富翁也生了重病，知道自己就快離開人世了。於是，他就寫了遺書，把財產全都歸給了女兒，並且交給她一把劍說：

「妳弟弟十五歲的時候，一定要把劍交給他。」

過了不久，富翁就過世了。

時間過得很快，才一轉眼，富翁的兒子已經十五歲了。有一天，他向姊姊要回父親留下來的劍，但是，這個貪心的姊姊卻不理他；於是，弟弟只好到衙門告狀。

這一天，太守（古代官名：州行政長官）何武就把富翁的兒子、女兒和女婿，全都傳到公堂上來問話，並且驗過了富翁的遺書。然後，他先對手下說：

「這個富翁看準了女兒貪心、女婿蠻橫，擔心自己死了以後，他們會害死小兒子。他又考慮當時兒子還很小，即使得到

了財產，不但保不住，也會帶來危險。於是，表面上他把財產全都交給女兒，實際是要女兒幫忙守住財產而已。至於那一把劍，有『決斷』的含義。他和女兒約定十五歲，是想這時候兒子已經懂事了。富翁又估計貪心的女兒，到時候一定不肯還劍，所以，就寄望官府能為兒子主持公道，這個富翁想得真是長遠啊！」

手下們聽了都點點頭。

接著，太守何武就升堂了。他簡單的問了案情以後，把所有的財產，判給富翁的兒子，然後又說：

「貪心的女兒、蠻橫的女婿，這十二年來，你們享用了父親留下來的財產，已經夠幸運了，還有什麼不滿意的呢？」

何武的判決，沛郡的百姓聽了，都非常佩服。

於是，沛郡裡有類似遭遇的百姓，都紛紛到衙門來，請何武主持公道。

18 真正的母親

漢朝時，潁（ㄧㄥˇ）川郡（今河南中部）有一戶富有的人家。這戶人家有兩個兄弟。他們的妻子同時都懷孕了。所以，一家人都非常高興。

後來，嫂嫂卻不幸流產了；而弟弟的妻子，順利的生了一個小男嬰。

有一天，嫂嫂趁著弟媳婦不注意的時候，悄悄把小男嬰偷走了。弟媳婦找不到小孩，又問過了嫂嫂，全都沒有結果。於是，

她只好到官府控告嫂嫂。因為，她覺得嫂嫂的嫌疑最大。

但是這個案子經過了三年，官府都沒有辦法判決。

後來丞相黃霸親自來審問這個案子——

黃霸經過明查暗訪以後，找到了這個小孩。這一天，黃霸把相關的人都傳到公堂上，他命令衙役抱著小孩站在公堂中央，兩名婦女各離衙役十步遠，然後說：

「妳們都說這孩子是自己的，我也沒有辦法判斷。現在，誰先搶到孩子，孩子就是誰的。」

黃霸才說完話，只看見嫂嫂已經搶先一步，一把就緊緊的抓住了孩子，把孩子嚇得哇哇大哭。而弟弟的妻子，由於怕傷了孩

子只好放棄，但是她傷心得大哭著。

黃霸一看就明白了，於是，他宣判說：「這孩子是弟弟的，因為，母親不忍心傷害自己的孩子啊！」

於是，黃霸命令衙役把孩子交給了弟弟的妻子。然後他繼續審問嫂嫂，嫂嫂這才低著頭，認罪了。

19 暗中辨案的縣令

范邰擔任浚儀縣（今河南開封北）縣令的時候，有兩個人在市場上爭奪一匹絹。

這兩個人都說這匹絹是自己的。兩個人愈吵愈兇、誰也不讓誰。最後，就鬧進了衙門。

公堂上，這兩個人當著縣令的面，還是激烈的爭吵著，都說這匹絹是自己的。

表面上，誰才是這一匹絹的主人，好像很難下判斷。其實，

縣令范邰早已經有腹案了。於是，他就來個快刀斬亂麻。

范邰命令衙役拿來一把銳利的刀子，一刀就把這匹絹平分，裁成了兩段。然後發給他們每人一段，就宣布退堂了。

表面上，這個案子好像結束了。其實，范邰還是繼續在辦案。他暗中派了兩個衙役，悄悄的跟在這兩個人後面……

衙役看到其中一個人非常高興，另一個人卻不停的嘆著氣。

於是，衙役立刻衝上去，把他們押回了衙門。

這時候，縣令范邰又升堂了，他對這兩個人說：

「你們其中的一個，平白得了半匹絹，所以非常高興。另一個人，平白損失了半匹絹，所以就不停的嘆著氣。這一匹絹，是

這個嘆氣的人的。」

的人。

於是，范邰處罰了那個高興的人，還要他賠償一匹絹給嘆氣

浚儀縣的百姓聽了，都稱讚縣令范邰辦案明察秋毫，大家都規規矩矩的，日子過得很平靜。

20 五十還是三百？

西漢時，孫寶擔任京城的長官。有一位賣餅的小販，挑著餅在街上叫賣。有人一不小心把他的餅撞翻了。

小販的餅散落了一地，全都摔碎了。居民知道自己理虧，很爽快的表示，自己願意賠償五十個餅的價錢。但是，小販卻一口咬定，摔碎的餅一共有三百個，還堅持要居民賠這筆錢。

一地的碎餅，一個人說三百個，一個人說五十個，相差真的太多了。而且，餅全都碎了，很難算得清楚到底有幾個，於是，這兩個人就鬧進了衙門。

孫寶聽過了兩個人的說辭以後，立刻派人去街上買類似的餅，再派人把滿地的碎餅收集起來帶回衙門。過了不久，這兩衙役都回來交差了。

孫寶就命令衙役，先秤了完整的餅，就知道一個餅有多重了。然後，再秤那一包碎餅的重量。兩個數字相除，就知道摔碎的餅大約有幾個了。

孫寶算出了餅的數量，然後，他問賣餅的人說：

「這和摔碎的餅，數量是不是差不多呢？」

賣餅的小販點點頭，於是，他就告訴居民，按照市價賠償了小販。

然後，他再告誡小販，不可以利用機會虛報餅的數量，來騙取金錢。

小販和居民聽了，都很佩服孫寶的判決。

京城裡的人聽了，也很佩服孫寶的判決。

21 拍打羊皮就破案

後魏的李惠，在雍州（古九州之一）擔任刺史（古代官名：監察官員）。

有一天，一個挑木柴的人和一個挑鹽的人，兩個人一起趕路。後來，他們走累了。兩個人就在道路旁的大樹下，放下了擔子，靠著樹幹休息。

兩個人休息夠了，就起身挑起擔子，打算繼續趕路。這時候，這兩個人為了一張羊皮，激烈的吵了起來。

挑木柴的人說這張羊皮是自己的。

挑鹽的人也說這張羊皮是自己的。

兩個人誰也不讓誰，愈吵愈激烈。後來，他們就鬧進了衙門。

李惠刺史聽過了兩個人的說辭以後說：

「羊皮到底是誰的？根本就不用爭。因為，這是很容易分辨的。」

於是，李惠就命令衙役，先把羊皮鋪在蓆子上，再用木棍用力拍打。過了一會兒，細小的白鹽，就紛紛掉在蓆子上了。

李惠就判定這張羊皮，是挑鹽的人的。

這時候，挑木柴的人低著頭，認罪了。

有一天，武則天賞賜了兩大盒珍寶給太平公主，約值黃金兩千四百兩。太平公主非常喜愛這些珍寶，就把它藏在庫房裡。一年多以後，有一天，公主突然想起了這些珍寶。她來到庫房一看，發現這兩大盒珍寶，竟然已經被人偷走了。

這，可是京城裡的一樁大竊案啊！

於是，太平公主就匆匆向武則天報告這件事。武則天聽了非常生氣，這賊人真是膽大包天，竟然敢在太歲頭上動土！於是，

她立刻召來洛州（今河南洛陽）長史（古代官名：刺史的佐官），命令他說：

「三天內，如果不能抓到偷寶物的盜賊，就判你死罪！」

長史聽了，嚇出一身冷汗。武則天的命令，一點都不能打折扣。於是，他立刻找來負責捉拿盜賊的總捕頭說：

「限你們兩天內，要把盜賊抓來。不然的話，你們就活不成了！」

總捕頭聽了，也嚇出一身冷汗。長史的命令，一點都不能打折扣。他一時想不出什麼好方法，只好派捕頭到大街上巡邏，也許會有意外的收穫。

捕頭毫無目的在街上邊走邊看，想找出可疑的人。走著、走著，捕頭恰巧遇到了湖州（今浙江湖州）別駕（古代官名：刺史的佐官）蘇無名。

捕頭早就知道，蘇無名是一個非常能幹的人。於是，他就邀蘇無名回衙門。總捕頭一看，竟然是蘇無名，他趕快下臺階來迎接，並且向他請教捕捉盜賊的方法。這時候，蘇無名對總捕頭說：

「我們一起面見武則天，我再當面說明捉拿盜賊的方法。」

於是，總捕頭帶著蘇無名，進宮晉見武則天。武則天接見他們，然後就問蘇無名說：

「你有什麼好計策捉拿盜賊呢？」

蘇無名聽了，趕快回答說：

「皇上如果要小臣捉拿盜賊，請答應小臣不要限定時間，也不再催衙門捉拿盜賊，而且把這些人手全部交給小臣來指揮。我想，只要幾天的功夫，就能完成任務了。」

武則天一聽說珍寶有機會找回來，就立刻答應蘇無名的要求。

蘇無名和總捕頭回到了衙門，立刻召集人手，宣布捉拿盜賊的日子延期一個多月。然後，就好像沒什麼事了。大家都不知道他的葫蘆裡，有些什麼妙藥？

寒食節這一天，蘇無名突然把衙役集合起來，說：

「今天是抓賊的好日子，現在，大家以五人、十人為一組，悄悄的守在東門和北門。如果，看到一個胡人帶著十幾個人，他們都穿著喪服，好像在辦喪事。大家就悄悄的跟蹤到北邙（ㄇㄤˊ）去，再趕回來報告。」

蘇無名說完，衙役們就分好組，悄悄的埋伏在東門和北門。不久以後，果然就看到一個胡人，帶著十幾個穿著喪服的人，往北邙的方向走去。

衙役悄悄的跟在這群胡人後面，觀察他們的行動。然後，立刻派人趕回衙門，向蘇無名報告說：

「有一個胡人帶了一群人到了北邙，正圍著一座新築的墳墓祭拜。他們哭泣的樣子一點都不悲傷。撤祭品、繞墳墓的時候，臉上都帶著笑容。」

蘇無名聽了，高興的說：

「這一群人，就是我們要找的！」

於是，蘇無名就帶著人手趕到北邙，把這一群胡人全都押起來。接著，掘開墳墓一看，棺材裡竟然裝滿了金銀珠寶。更令蘇無名高興的，是太平公主被偷的兩大盒寶物也找出來了。

蘇無名、總捕頭和長史立刻趕到皇宮，向武則天報告破案的經過。武則天聽了以後，就對蘇無名說：

「你的才智，真是超人一等啊！」

蘇無名聽了，回答武則天說：

「小臣並沒有特別的計謀，只是能辨別出盜賊而已。我到京城的那一天，在路上看到這群胡人的出殯隊伍。我一看就知道這個隊伍大有文章，因為，他們的樣子一點也不悲傷。後來，我才把他們和竊案聯想在一起，棺材裡裝的應該就是贓物。於是，就鎖定了這群人。今天是寒食節，大家都要掃墓、祭祖，我猜他們會利用這個日子活動。於是，就先派人守住城門；果然，這一群人真的出現了。他們祭拜時的哭聲沒有悲傷，表示埋的並不是親人。他們繞著墳墓祭祀時，大家都是滿臉笑容，是高興金銀珠寶

還在墳墓。如果，當時皇上限時破案，這一群人早就挖出寶物逃走了。後來，我們故意放出暫緩追捕的風聲，他們一鬆懈，我們才有機會把這群盜賊全都抓起來。」

武則天聽了以後，稱讚他說：

「好！好！好！」

接著，武則天賜給蘇無名黃金和絲綢，並且升了官位。

雖然，蘇無名的名字叫做無名；但是，他立刻變得非常有名了。

23 假新娘抓小偷

吉安州（今江西吉安）裡，有一位富翁。

有一天，富翁家正熱熱鬧鬧的娶親。富翁的親戚、朋友和鄰居，都趕來道賀。

有一個小偷，早就看準了新娘豐厚的嫁妝，他想狠狠的撈一票。於是，小偷就趁著富翁家人多雜亂，悄悄的溜進了新房裡。他躲在床底下，想等到深夜，大家都入睡了再下手。

但是，小偷沒想到這一場喜宴，竟然一連進行了三天三夜，

都還沒有停止。小偷實在餓得受不了了，只好從床底下爬出來，想找些東西來吃。只是，他被富翁的家人，一眼就認出這個人並不是賓客。於是，大家就把他抓住，扭送進衙門。

小偷一開口就喊冤，並且對州長說：

「我是一個醫生，並不是盜賊。由於新娘生了一種很少見的病；所以要我隨著她到夫家，以便不舒服的時候，能立刻治療。」

州長聽了，就反覆訊問小偷。然而，小偷對於新娘的私事，都能說得清清楚楚。原來，都是他躲在床底下偷聽來的。

於是，州長就相信了小偷的話。然後，他想叫新娘到衙門來

問個清楚。但是，富翁家為了面子，請求州長不要讓新娘到衙門和小偷對質。

對這個奇特的案子，州長真是一個頭兩個大，一時竟然找不到破案的關鍵。於是，他請教衙門裡的老衙役。老衙役看盡了社會百態，人生經驗非常豐富。他就對州長說：

「新娘子剛嫁到富翁家，如果到衙門來和小偷對質，不論官司打贏打輸，都是很大的羞辱。小偷溜進新房，一直躲在床底下，根本就沒有見過新娘。現在，只要找個人替代新娘，再到衙門來對質。如果，小偷指認這個替代的人就是新娘；那就可以知道，小偷說的全都是瞎掰的。」

州長聽了，不停的點著頭。於是，他就找人來替代新娘，並且經過了細心的打扮，才讓她上公堂。

當她一走進公堂，小偷就大聲喊著：「妳要我到妳家治病，為什麼反而把我當賊呀？」

州長聽了哈哈大笑，小偷知道自己上當了，這才認罪了。

薑，果然是老的辣啊！

三匹絲綢搶案

楊津，是歧州（今湖北房縣）的刺史（古代官員：監察官員）。這一天，有一個外地人帶著三匹絲綢，在縣城外十里的地方，被強盜搶走了。

強盜騎著馬，一溜煙就不見了。

這時候，正好有一個朝廷的使者騎著馬匆匆經過。於是，遭搶的人就把這件事告訴了使者。後來，使者來到歧州，也把這一件事告訴了楊津。

楊津聽了，很快的想出了捉拿強盜的方法——

過了不久，他就命人貼出了布告。布告上說，城外十里的地方，有一個穿著某顏色衣服、騎著某顏色馬匹的人，被殺害了。如果有人知道這樣的一個人，趕快到衙門來報告。

布告一貼出，一個老婆婆走出了人群，她邊哭邊說，布告上說的人，就是自己的兒子。

楊津聽了，立刻派衙役去追捕。果然，很快就抓到了搶匪，還起出了被搶的三匹絲綢。

由於楊津這麼有智謀，從此以後，岐州境內的小偷和盜賊，就很快的消失了。

25 一摸就會響

北宋時，陳襄擔任浦城（今福建浦城）縣令。

有一天，一戶人家被小偷偷走了很多東西，捕快很快的抓了好幾個有嫌疑的人。

這幾個人，不但不承認自己是小偷，還指著別人才是小偷。北宋還沒有監視器，又沒有誰看見自己偷東西。所以，小偷認為只要死不承認，縣老爺又能拿我們怎麼辦？

雖然小偷打著如意算盤；但是縣令陳襄自然有他的妙計。於是，他對這些嫌疑人說：

「城裡有一座很靈驗的廟，廟裡有一口很靈驗的大鐘。只要是小偷摸了它，這口鐘就會大聲響起來。如果摸它的人不是小偷，這口鐘就不會發出聲音。現在，我就請這口很靈驗的鐘來抓小偷。」

於是，陳襄先帶著人手趕到廟裡，在大鐘上塗滿了墨汁，然後用帳幕把大鐘圍起來。然後，捕快帶著這些嫌疑人，隨後到了廟裡。

接著，陳襄命令這一群人，一個一個走進帳幕裡摸鐘。等所有的人都走出帳幕以後，他再查看他們的手掌。陳襄看到每個人

的手掌上，都沾上了墨汁。而只有一個人的手掌是乾淨的。因為，他害怕自己一摸了大鐘，它真的會發出聲音來。

於是，陳襄就這樣找出了小偷。接著，他派人把小偷先押回衙門；然後，又命人把大鐘清洗乾淨。

這口大鐘，還是靜悄悄的。

26 麥子抓賊法

宋朝時，胡汲仲在寧海（今浙江寧海）地區擔任官員。

當地有一群老婆婆，常常一起在佛堂裡誦經。誦著、誦著，其中一位老婆婆，突然發現她的衣服被偷走了。

這時候，胡汲仲剛好經過這裡。於是，丟掉衣服的老婆婆，就趕快來向他告狀。

胡汲仲聽了以後，就知道應該怎麼辦了。於是，他向佛堂要了一些麥子；並且，發給在場的每一位老婆婆。然後，他在佛像前焚香禱告。接著，胡汲仲對老婆婆們說：

「我已經請求神明顯靈，偷衣服的人手上的麥子，等一下就會發芽。」

然後，胡汲仲要求她們邊握著麥子邊誦經，自己就端坐在旁邊，瞪大眼睛看著這群老婆婆。

過了不久，有一位老婆婆不斷的鬆開手掌，偷偷看著麥子。於是，胡汲仲就命人把她押起來。

經過審問以後，果然，她就是偷衣服的人。

於是，聰明的胡汲仲，就巧妙的破了這一樁竊案。

一眼就能抓賊

李亨，被派到鄞（一ㄣˊ）縣（今浙江鄞縣）擔任縣令。

李亨到任以後，看到縣裡有不少百姓，利用空地來種菜。

有一戶人家種的茄子成熟了，他的鄰居看著這些茄子，就動起了歪腦筋。於是，他就趁種茄子的鄰居不注意的時候，溜進了茄子園，趕快摘下茄子，再帶到市場上去賣。

過了不久，種茄子的人發現茄子被偷了，就趕到市場裡去查看，看到鄰居正在叫賣著偷來的茄子。

於是，種茄子的和偷茄子的兩個人，激烈的爭吵起來，接著還扭打在一起。後來，兩個人就鬧進了衙門。

李亨聽完兩個人的說辭以後，命令衙役把茄子倒在庭院裡。他看了一眼以後，笑著對偷茄子的人說：

「你就是偷茄子的人！如果茄子是你種的，怎麼會把還沒有成熟的茄子摘下來呢？」

偷茄子的人聽了，只好低著頭認罪了。

縣令李亨明察秋毫，小偷聽到了以後，全都悄悄的溜走了。

28 砍掉石榴樹

南宋時，秦檜擔任宰相（古代官名：最高行政長官），都堂院子前面，有一棵石榴樹。

每當石榴樹結果實的時候，秦檜都會悄悄的數著，樹上結了幾個石榴。

有一天，秦檜數石榴的時候，發現樹上的石榴竟然少了兩個。但是，秦檜裝著什麼事也沒有。

其實，秦檜很想知道偷石榴的人。於是，他想出了抓小偷的

方法……

有一天，秦檜在院子裡查看馬匹，他忽然命令一個屬下說：

「你快去拿斧頭來，把這棵石榴樹砍了。」

這時候，秦檜身旁的一名親信聽了，立刻就說：

「這棵樹長出來的石榴很好吃，砍掉真的太可惜了。」

秦檜聽了，就回過頭來對他說：

「原來，就是你偷吃了石榴！」

親信一聽，差一點就嚇暈了，趕快跪在地上，向秦檜認錯。

智囊想一想

這一篇收錄了古人各種神奇的破案妙計，他們透過觀察、理出頭緒，運用智慧辦案，不僅找出了小偷，也讓小偷俯首認罪。其中有利用「作賊心虛」的心態，來揪出盜賊，例如北宋的陳襄用大鐘抓小偷、胡汲仲用麥子找出偷衣服的人。還有以觀察及推論的辦案方式，像是後魏的李惠靠著拍打羊皮找出主人，西漢孫寶計算餅的重量，做出公正的判決，讓大家心服口服。這些運用智慧和經驗的辦案故事，你是不是也覺得神奇又有趣呢？

看了這些故事，可以想一想：

◆如果你是這些官員，你會怎麼辦案呢？或許你也可以想出不一樣的破案方式。

◆這些破案妙招，你對哪一個印象最深刻，為什麼呢？

◆〈五十還是三百？〉故事中，利用重量算出賠償費用，你覺得這樣的算法合理嗎？

◆〈奇妙的捕盜妙計〉中，蘇無名有偵探般的觀察力，注意到不尋常的狀況，你自己也有這樣的觀察力嗎？

來一點歷史小知識

〈奇妙的捕盜妙計〉

武則天是中國歷史上唯一的女皇帝，她本來是唐高宗的皇后，後來自立為帝，建立了武周朝代，維持了十多年，後來被逼讓位給自己的兒子，武周因此滅亡，又再度回復為唐朝。

寒食節的日期是在冬至後的第一百零五天，這一天禁止生火，大家會去掃墓、郊遊等，只是現在仍在過寒食節的地方已經不多了。

〈五十還是三百？〉

中國漢朝分為兩個時期，前半段稱為西漢，後半段則稱為東漢。兩漢中間還有一個很短暫的新朝，只維持了十多年。

靠著一隻小蟲也能醫病——
解決事情的智慧
智慧能看穿迷信事件背後的真相，
思考出難解之題的最佳解方。

在大街上滷豬肉

唐敬宗寶曆（西元八二五～八二六）年間，民間傳說亳（ㄅㄛˋ）州（今安徽亳州）一帶出了「聖水」。只要喝了聖水，病很快就好了。

這件事一傳十、十傳百，於是，從洛陽到江西的百姓，大家爭著掏錢買聖水，怕動作慢一點，聖水就被搶光了。賣聖水的人，在很短的時間裡，就賺了上千萬錢。

聖水的消息，愈傳愈誇張、愈傳愈離奇。於是，百姓更是爭著掏錢、擠成一團搶買聖水。

這時候，李德裕剛好在浙西擔任觀察使（古代官名：地方軍政長官）。他知道這件事裡面一定大有文章，他想打破百姓的迷思。於是，他命令手下，在熱鬧的大街上擺了一個大鐵鍋，裡面裝滿了聖水。

接著，李德裕再命令手下敲鑼打鼓，大鐵鍋附近因此聚集了一大群人。才一會兒，看熱鬧的人愈聚愈多了。

這時候，李德裕的手下，把五斤豬肉放進大鐵鍋裡。然後慢慢的滷起豬肉來了。

官府的人，怎麼會在大街上滷豬肉呢？

這一件事，真是稀奇！大家一定要繼續看下去。於是——

看熱鬧的人，愈看愈好奇；看熱鬧的人，愈聚愈多了。

後來，這一鍋豬肉滷得油亮亮、香噴噴的。

這時候，李德裕才出現了。他指著鐵鍋，大聲的對看熱鬧的人說：

「我用聖水滷豬肉，如果它真的可以治病，那麼豬肉應該就不會有變化，更不會變成滷肉才對啊！」

這時候，看熱鬧的人聽他一說，然後想一想，對啊！

接著，大家都成了李德裕的宣傳員。這一件事一傳十、十傳百，很快的就傳開了。

於是，大家都不再掏錢搶買聖水了。

於是，「聖水」就很快的變成「剩水」了。

30 讓神像不再發光

宋朝時，南山有一座寺廟。

有一天，寺廟裡一座石神像的頭部，忽然放出了光芒。

這一件事，立刻就傳開來了。

寺廟附近的人先得到這個消息就紛紛趕來，想看個明白。大家看了發出光芒的神像以後，都說：

「神明顯靈了！神明顯靈了！」

神像會發出光芒，這可是難得的事啊！於是，人們紛紛焚香

膜拜了起來，大家都不想離開，寺廟附近的人愈聚愈多。

這個消息好像隨著風愈傳愈遠。才不過兩、三天而已，連離寺廟很遠地方的人都知道了。他們也紛紛趕到寺廟，想看個明白。

寺廟附近的人都不想離開。遠地來的人，好不容易才趕到這裡，更不想離開。於是，這麼多人混雜住在寺廟附近，情況有些混亂了。當地的官員由於害怕神明，也不敢出面禁止。

這時候，程顥(ㄏㄠˋ)剛好來南山地區擔任官職。神像發光、民眾聚集的事，他很快就知道了。

程顥很清楚這是怎麼一回事，於是，他就對寺廟裡的僧人

說：

「我聽說，廟裡的神像會發出光芒，有這回事嗎？」

僧人聽了，回答程顥說：

「是的，這是神明顯靈啊！」

程顥聽了，平靜的告訴僧人說：

「只要寺廟裡的神像再發出光芒，你一定要先來告訴我。如果，我公事太忙不能來觀賞，那我就會派人取下神像的頭，好讓我看個仔細。」

從此以後，寺廟裡的神像，就不再發出光芒了。

31 讓山神不再娶妻

漢光武帝時，宋均被派到九江（今江西九州）擔任太守（古代官名：州行政長官）。

九江境內有一個浚遒（ㄑㄧㄡˊ）縣，浚遒縣裡有一座唐後山，唐後山上有一座山神廟，山神廟裡有一個巫師。

這座廟是由當地的百姓出錢出力蓋的，也是百姓的信仰中心。

有一天，巫師作起法來，說山神要娶妻子。百姓聽了，哪敢懷疑神明呢？大家就照著巫師的話去辦。於是，這個例子就一直

沿用下來；形成了慣例以後，就更沒有人敢多說一句話了。

大家還互相提醒，女兒不可以嫁給山神以外的人，免得招來災禍。

宋均到任以後，很快的知道了這一件事。宋均一聽就明白，這根本就是巫師在裝神弄鬼。於是，他下了一道命令——

從今以後，凡是山神娶妻，只能娶巫師的女兒。

不久以後，大家就沒有聽巫師說山神要娶妻了。

山神廟的祭祀，也很快的停止了。

後來，巫師也離開了。

後來，山神廟也塌了。

32 打破迷信

范仲淹是北宋著名的政治家、軍事家和文學家。

有一天，他帶著兒子范純仁，到百姓家訪問。說也奇怪，這平常的百姓家，竟然有一個非常怪異的鼓。

范仲淹這樣的大人物，竟然會來到平凡百姓的家裡，主人是既意外又高興。於是，就端出最好的茶和點心，熱誠的招待范仲淹父子。

范仲淹父子才坐了一會兒，就看到這個怪異的鼓，很快的滾

到院子裡來，還不停的兜著圈子。院子裡的人看到了，全都嚇得發抖。

見過大場面的范仲淹看了，一點也不害怕，他慢慢的對兒子說：

「這個鼓，可能很久沒有敲敲打打了。它看到今天有客人來，就自己跑到院子來找鼓槌了。」

話一說完，范仲淹就叫兒子找來了木棍當鼓槌，一把抓住了這個怪異的鼓，用力的打了起來……

咚咚咚——咚咚咚——

咚咚咚——咚咚咚——

才一會兒，這個會自己滾動、自己旋轉、把人嚇得發抖的怪鼓，就被范純仁打破了。

現在，它靜靜的躺在地上，一動也不動了。

33 一移動就罷免宰相

唐朝，李晟擔任宰相（古代官名：最高行政長官），政事堂裡有一張餐桌。

很久很久以來，官員們都傳說著，只要移動這張桌子，宰相就會很快的被罷免。所以，這張桌子擺在那裡五十年了，都沒有人敢移動。

李晟看了這種奇怪的情形，就對同事說：

「政事堂是大家商量國事的地方，怎麼可以讓這髒兮兮的桌

子擺在這裡呢？怎麼可以讓垃圾堆積在桌子底下，都不清一清呢？那些迷信和禁忌，怎麼能相信呢？大家快把政事堂清理一下吧！」

於是，李晟就下令把這沒有人敢動的餐桌拆了，還清出了十四畚箕的積土。然後，再把整個政事堂好好打掃了一遍。

五十年來，政事堂終於乾乾淨淨了。

整個政事堂都亮起來了。

大家都說，李晟寧可不顧自己的官位，來破除大家的心理障礙，真是了不起！

掃除地上的垃圾，很容易，

掃除心裡的垃圾，真困難。

34 印信不見了

唐朝的裴度，在中書省（中央最高行政機關）任職。

有一天，他正在宴客的時候，屬下匆匆跑來，非常緊張的說：

「不好了！不好了！」

裴度看了，就壓低聲音問他說：

「什麼事這麼慌張？」

屬下喘了幾口氣，接著說：

「大人，不好了，我們的印信不見了！」

但是，裴度聽了以後好像什麼事也沒有，表情還是和平常一樣。他只是對手下說，這一件事千萬不要張揚出去。然後，他就請樂隊奏起樂曲，高高興興的繼續宴客。

雖然，裴度的屬下看了覺得非常奇怪；但是，大人既然這麼說，一定有他的道理。

熱熱鬧鬧的宴會一直進行到半夜。這時候，屬下又匆匆跑來，高興的對裴度說：

「好消息！好消息！印信又出現在原來的地方了。」

裴度好像早就知道事情會這樣發展。所以，他只是點點頭，

什麼話也沒說。他繼續宴請賓客，大家都非常盡興，一場宴會這才散了。

這時候，裴度屬下來問他，遇到了大事，反而不張揚的原因。

裴度笑著說：

「這一定是府中職位比較低的官員，偷偷拿去蓋書券用的。印信使用過以後，他就會把它放回原來的地方。但是，如果我們追查得太急了，他就會把印信沉進水裡，或是一把火把它燒了。那麼，印信就再也找不回來了。」

裴度的屬下聽了，非常佩服他處理事情的智慧。

35 神奇飛瓦術

南安（今福建南安）地方，有一座雄山。雄山上，有一個景色優美的飛瓦岩。

僧人們看飛瓦岩是蓋寺廟的好地方。於是，就依照地勢開始建廟。由於，山很高、路又遠；所以，瓦片都先堆放在雄山山腳下。

想把這麼多瓦片運上山來，的確不是一件容易的事。怎樣才能快速把瓦片運上山呢？後來，有一個聰明的僧人，想出了一個

很妙的方法……

有一天，僧人對大眾宣布——

某月某日要作飛瓦法術來蓋寺廟！

這一件事聽起來非常稀奇，於是，就很快的傳開了。

到了作法的日子，有好幾千人紛紛從各地趕來看熱鬧。

這時候，僧人早已經扮成了工人，挑著瓦片上山。大家為了早一點看僧人作法，都爭著幫忙把瓦片帶上山。

一個人只要帶一、兩片瓦，就像螞蟻搬東西一樣。於是，山腳下的大堆瓦片，就很快的運到山上了。

這時候，僧人才笑著對大家說：

「大家都參加我的飛瓦法術了，也參加蓋廟的工作了，真是功德無量啊！謝謝大家、謝謝大家！」

大家聽了才恍然大悟，心裡也非常高興。蓋這座寺廟，自己也出了一點力量，多有參與感啊！

36

小蟲也能醫病

唐朝的京城長安裡，有一位醫術很高明的醫生。可惜，忘了他的名字。

長安城裡有一個婦人，有一回跟著丈夫到南方。有一次，她吃東西的時候，覺得自己不小心，很可能吞下了一條小蟲。

於是，婦人擔心小蟲會在肚子裡作怪。日子久了，婦人由於太過擔心而生病了。後來，她回到長安，婦人愈來愈擔心肚子裡有小蟲在作怪。

雖然，婦人看了京城裡的好多名醫；但是，她的病就是好不了。

有一天，婦人的丈夫請了這位高明醫生到家裡來幫她看病。醫生詳細的問過了婦人以後，就知道這是心病。於是他請來家裡的奶媽。

奶媽做事很謹慎，又能守住祕密。

於是，醫生悄悄的告訴奶媽說：

「夫人喝了藥以後就會嘔吐，請妳趕快用盆子接著。然後，妳就說看到夫人吐出了一隻小蟲。但是，千萬不能讓她知道是我們騙她的。」

奶媽聽了點點頭，為了主人她一定照辦。

接著，醫生開了藥方。奶媽熬好了藥，婦人喝下以後，果然就如醫生說的，不停的嘔吐。這時候，奶媽趕快用盆子接著。然後，她就說看到夫人吐出了一隻小蟲。

從此以後，婦人的病就好了。

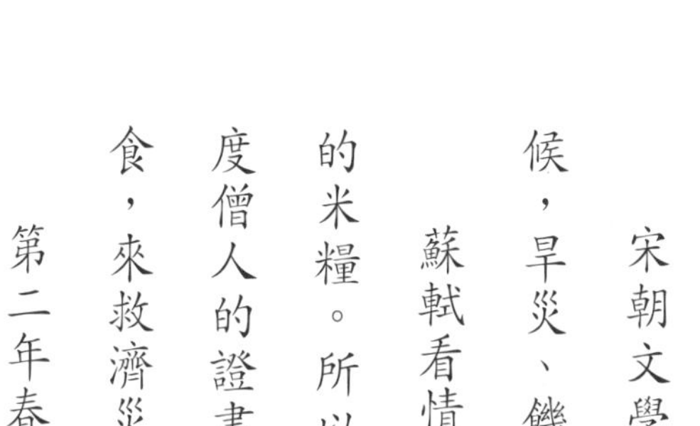

37 西湖有蘇堤

宋朝文學家蘇軾擔任杭州太守（古代官名：州行政長官）的時候，旱災、饑荒和瘟疫，接二連三的襲擊著杭州地區。

蘇軾看情況很危急，立刻呈報朝廷，請求免去三分之一上繳的米糧。所以，當地的米價沒有飛漲。這時候，皇上又賜了剃度僧人的證書「*度牒（ㄉㄧㄝˊ）」一百張。蘇軾就把度牒換成糧食，來救濟災民。

第二年春天，蘇軾更把官倉中的白米，平價賣給百姓，杭州

地區的百姓，才能度過這一次饑荒。

杭州附近有江有海，水質帶著鹹味。所以居民並不多。早在唐朝，刺史（古代官名：監察官員）李泌想改善當地的飲水，於是就鑿了六口水井，引來西湖的湖水。百姓的日常用水就充沛了，大家的生活漸漸富足，地方也漸漸繁榮起來。後來，白居易又疏濬西湖，引湖水進入運河，可灌溉的農田高達一千多頃。

到了宋朝，西湖疏於治理，湖中雜草叢生、淤積，被開墾成農田達十五萬多丈，西湖的面積就變小了。運河也失去灌溉的功能，只好引錢塘江水來灌溉農田。但是，江水帶來了汙泥，阻塞了河道，每三年就要疏濬一次，成為非常頭痛的問題。後來，連李泌挖的六口水井，也全都淤塞、廢棄了。

蘇東坡（號東坡居士，又稱為蘇東坡）到任以後，立刻動員民眾，大家動手疏通河道、設水閘門和修復六口水井。於是，百姓的生活，立刻得到很大的改善。

後來，蘇東坡又乘著小船到西湖上，仔細觀察了很久以後，說：

「我一定要疏濬西湖，但是，挖出來的汙泥和水草，放哪裡才好呢？西湖南北距離三十里，繞著它走一圈，一天都走不完。如

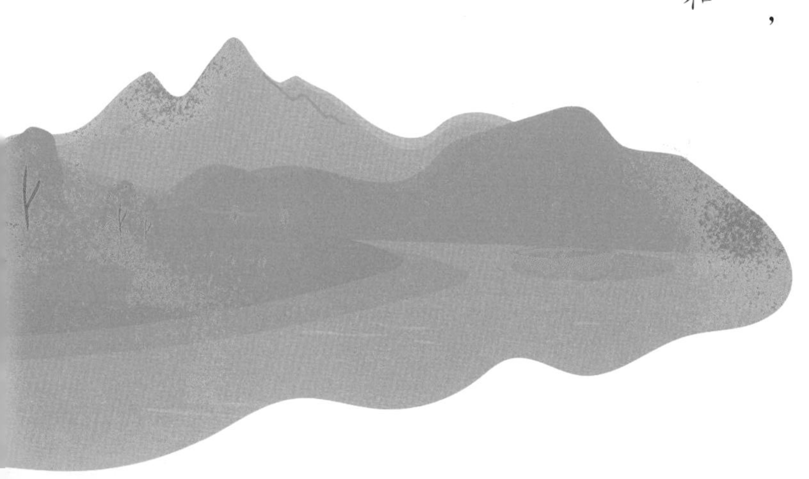

果，用挖出來的汙泥和水草，修建一道接通南北的長堤，利用廢棄物來建設，這個方法真不錯。然後，再招募農人來耕作，用所得的利益來維護西湖，西湖就不會再淤塞了。」

於是，蘇東坡就把救災存下的一萬多石錢糧，再請朝廷賜了剃度僧人的證明書一百張，他就用這些錢招募工人修築長堤。

長堤建成以後，蘇東坡又在堤上種植芙蓉和柳樹，風景就像圖畫一樣美麗。於是，杭州百姓就把這道長堤，稱為「蘇公堤」。

現在，蘇堤上柳樹隨風搖曳，景色如畫，吸引著無數的遊人。

蘇東坡的妙點子，讓西湖美麗了一千年。蘇東坡的妙點子，讓西湖繼續美麗著。

注：當時僧人必須持有官府頒發的「度牒」，才是合法的，度牒也有一定的比率。後來，官府會發出多餘的度牒，給合於身分的人，所得會用來賑濟及救災。

38 三天就能疏通

明朝有一位叫張需的官員，他治理百姓很有一套。

張需擔任鄖（ㄩㄣˊ）州（今湖北安陸）佐史（古代官名）的時候，當地的河道和水渠全都淤塞了。農田由於沒有灌溉水源，竟然全都廢耕了。

雖然，太守（古代官名：州行政長官）已經換了好幾任了；但是，問題卻都沒有解決。

張需到任不久，太守就跟他提起這個問題。但是，又擔心疏

濬工作會勞民傷財。

張需聽了就對太守說：

「請大人別急，讓我先了解問題到底出在哪裡。然後，再研究該怎麼處理。」

接著，張需就去查看河道和水渠。他繞了一圈以後，就知道應該怎麼辦了。張需回到衙門，報告太守說：

「只要有足夠的人力，三天就能疏通河道和水渠。」

太守聽了，覺得非常驚訝，認為張需在吹牛。

於是，張需說做就做，他召集了人手，每個人都帶了工具。然後按河道、水渠的長度分配工作。張需一聲令下，大家就努力

工作，誰也不敢偷懶。

果然，就像張需說的，幾任太守都沒有辦法處理的事，他真的三天就完成了！

鄖州太守看了，不敢相信自己的眼睛。他認為張需是得了神仙的幫助。

後來，張需升任霸州（今河北霸州）太守。他到任以後，很快就發現當地有很多遊手好閒的人。這該怎麼辦才好呢？張需很快的想出治理的方法。

張需在每一個里設立了一本簿子。這本簿子上，列了每一家家長的名字和人口數。然後公布每一家應該種多少粟、麥、桑和

the東，應該紡織多少布，應該養多少豬和雞。他一有空，就到每一戶人家查看工作進度。如果數量短少了，就會加以處罰。

於是，霸州的百姓都變得很勤快，誰也不敢再懶懶散散了。才不過兩年的時間，大家都有了產業，生活也一天比一天富裕了。

霸州的百姓都非常感激張需，大家都說：「太守真是聰明又用心啊！」

同樣是官員，用心的，就是不一樣。

五代十國時期，洛陽經歷了長期的戰亂，百姓死的死、逃的逃，人口剩不到一百戶。

這時候，張全義被派到河南擔任府尹（古代官名：京畿行政長官）。

張全義是個有心人，他到任以後，就立刻著手大力改善，希望能趕快恢復從前的繁榮。

張全義從部下裡，選出十八位有能力又肯做事的人。然後，

發給每個人一張布告和一面旗子，任命他們為「屯將」。

然後，張全義就把這十八位屯將，分派到十八個縣裡。屯將一到地方，立刻插起旗子、張貼布告、招募流民，勸說大家到洛陽來耕作，願意來的一律免除稅金。

百姓聽到了這個好消息以後，全都爭著來了，熱鬧得像在趕集。幾年以後，洛陽就恢復了以前的規模了。

有時候，張全義會下鄉查訪。只要看到田地肥沃、農作物茂盛的地區，他就立刻下馬，和部下一起觀賞，覺得非常安慰。

有時候，張全義聽到了養蠶、種麥子豐收的農家。他會親自到農戶，親切的和一家大小見面，賞給衣服和茶葉。所以，當時

的百姓都說：

「張公不喜歡享樂，只有看到麥子和桑蠶豐收，才會高興的笑了。」

於是，百姓就更加勤勞的耕作和養蠶。

幾年以後——

洛陽，就成為非常富庶的地方。

40 請大家種樹

現在的道路旁邊，大都標明了公里數。讓趕路的人，知道自己已經走了幾公里，前面還有多少路程。

南北朝時，道路旁邊每一里路，就堆起一個小土堆，當作計算里程的標記，方便趕路的人。

但是，只要一下起大雨，常常沖壞小土堆。大雨過後，還得一個一個修好，非常的麻煩。

這時候，名將韋孝寬被派擔任雍州（古九州之一）刺史（古代官

名：監察官員）。他到任以後巡視地方，就發現了這個問題。

應該怎麼解決這個問題才好呢？

還好，韋孝寬能文能武，他既會帶兵打仗，也會思考問題。才幾天的功夫，他就想出了解決的好方法。

韋孝寬想出了什麼好辦法呢？

他下令把全雍州路旁的小土堆剷平，然後再種下槐樹。從此以後，就不必再修復土堆了。而且，只要一下雨，雨水就滋潤了槐樹。本來計算路程的功能還在，路人也可以在樹蔭下休息，又綠化、美化了環境。

後來，大臣宇文泰來雍州，看到當地種滿了槐樹，他讚嘆著說：「太好了！為什麼只有雍州這樣做呢？」

於是，宇文泰就下令，全國各地的道路旁，都必須改種樹木。

於是，路人就更方便，環境也更綠化、更美化了。

41 幫大象量重量

曹操的兒子曹冲，從小就非常聰明。

有一天，孫權送給曹操一頭大象。曹操看著大象，他很想知道，這頭大象到底有多重？

但是，大象這麼大，天下哪有那麼大的秤啊？

曹操問了很多人，竟然沒有一個人，能想出秤大象的方法。

這時候，曹冲就對曹操說：

「想知道大象的重量並不難。」

曹操聽兒子這麼說，嚇了一大跳。大家都想不出秤大象的方法，曹冲怎麼認為很簡單呢？於是，曹操就問曹冲說：

「你說不難？到底是什麼好方法啊？」

這時候，曹冲就對父親說：

「只要把大象牽到船上，然後，在船舷吃水的地方做一個記號，再把大象牽上岸。接著，再把比較小的東西裝上船，等船舷上的水位相同了，然後，再秤這些東西的總重量，那就可以知道

大象有多重了。」

這時候，曹冲才五、六歲而已。

曹操對曹冲的智慧，覺得非常驚訝。

大家對曹冲的智慧，都覺得非常驚訝。

42 最早的船塢

宋朝初年，浙江地區的百姓，獻了一艘龍船給皇帝。這艘龍船長二十多丈，船上有好幾層甲板，還有豪華的廳堂和套房，設備非常講究，供皇帝巡遊的時候使用。

經過了一段日子以後，龍船的船底漸漸腐朽了。負責的官員想維修，但是龍船停在水面上，根本就沒有辦法施工。

龍船一天一天的腐朽，大家看了都覺得可惜。但是，就是沒有人能想出好辦法，來解決這個問題。

日子，一天一天的過了……

有一天，宦官（古代官名：為皇帝和皇族服務的官員）黃懷信，終於想出了一個好辦法——

他在金明池北面，選一個可以讓龍船停泊的淺水灣，先架設木柱當底層，然後，再仔細架上木柱，做成一組龐大而堅固的木架。

這時候，再引進汴（ㄅㄧㄢˋ）河河水，讓大木架浮在水面上，把龍船牽引到大木架上方，再築一道堤防圍住龍船。然後，舀光堤防裡的水，龍船就停在大木架上了。

大家看得嘖嘖稱奇，都稱讚黃懷信的妙主意，連皇上都對他

刮目相看。

於是，工匠就開始忙著維修龍船了。

龍船修好以後，皇上看了非常高興，賞賜了工匠。當然，也重賞了黃懷信。

約一千年前，能有這個構想，真是令人驚訝！這一組木架，很可能是世界上最早的*船塢（ㄨˋ）。

注：船塢是檢修及建造船隻的設施。

智囊想一想

從古至今，流傳著千奇百怪的迷信事件，這篇收錄的故事中，看到了謠傳可以治病的聖水、發光的神像、山神要娶妻等迷信事件。故事中的官員不因恐懼和疑慮而被迷惑，反而靠著思考，看清了真相，才能打破迷信。而古人面對難題時，發揮智慧的好點子，不僅解決了問題，也讓事情有了更好的結局，像是僧人讓眾人搬瓦片上山，解決了搬運瓦片的難題，也讓大家為建寺出一點力。蘇軾的智慧，讓杭州度過饑荒，也造就了西湖美麗的風景。聰明的曹冲，秤出了大象重量。這些破除迷信、化解難題的故事，令人欽佩。

看了這些故事，你也可以想一想：

◆生活中有故事中的迷信觀念嗎？你也可以動腦思考，找出這些迷信背後的真相，做出自己的判斷。

◆智慧解決難題，〈幫大象量重量〉中曹冲其實是利用了「浮力原理」來秤大象。你是不是也用智慧來解決事情呢？

◆在這些故事中，你印象最深刻的是哪一個？為什麼呢？

來一點歷史小知識

〈西湖有蘇堤〉

蘇軾也是著名的文學家，作品傑出、影響深遠。他建造的蘇公堤，直到現在都還是西湖著名的景點之一。

〈十八個人復甦洛陽〉

五代十國是唐朝滅亡以後到宋朝建立之間的歷史。唐朝滅亡以後，各地勢力四起自立為國。五代十國時期常發生奪位之爭，當時還有外族入侵，因此常有戰事發生。

〈幫大象量重量〉

曹冲從小就展現過人的聰明才智，被稱為神童，可惜十二歲就因病去世。

怎麼折個箭也有大道理——聰明過生活的智慧

平常生活、待人處事中，有了智慧來幫忙，免去不必要的災害，也能給他人帶來正面的力量。

43 獨到的處事方式

南宋高宗時，秦檜擔任宰相（古代官名：最高行政長官），權勢非常大。有一天，一個書生竟然膽大包天，偽造了秦檜的信件。

雖然，信件假造好了；但，還是沒有發揮它的用處。書生想應該讓這封信發揮它最大的效力，才是偽造假信件的最大目的啊！

於是，書生就帶著假信件，去拜見揚州太守（古代官名：州行政長官）。太守一聽，很客氣的接見了書生。但是，當書生呈上

信件的時候，太守一看，立刻就發現這是一封假造的信件。太守暗暗想著：

「這個書生膽子可真大啊！竟然敢假造宰相的信件！」

於是，太守就沒收了信件，問清楚書生的姓名和住處。然後就把他趕出了衙門。

書生離開了以後，太守趕緊把這件事通報給秦檜。想不到秦檜卻對太守說：

「趕快安排一個小官位給他。」

揚州太守聽得一頭霧水，他不明白宰相的意思，就問秦檜說：

「大人不但沒有處罰書生，還為他安排工作。請問這是為什麼呢？」

秦檜回答太守說：

「書生有膽量敢假造我的信件，他絕對不是一個普通人。現在如果我們不用一個職位來約束他，有一天，他投靠了北方的胡人或南方的粵人，對我們來說，就變成一個大禍害了。」

秦檜處理事情，真有他獨到的地方。

44

勇敢承認錯誤

明朝的徐存齋學問很好，在翰林院（古代官署名）任職。

有一次，他被派到江蘇和浙江一帶視察學政。這時候，他還不到三十歲。

有一個來參加考試的書生，在試卷上寫了「顏苦孔之卓」的字句。

徐存齋一看，就在試卷上批了——

捏造！評為第四等。

書生看到了，就找機會對徐存齋說：

「感謝大人的指教，但是，這句話並不是學生亂寫的。這一句話，可以在揚雄寫的《法言》裡找到。」

徐存齋聽了，很快的找到了出處，書生的話竟然是真的！

原來，是自己弄錯了。

徐存齋很快的站起來，對書生說：

「我成名得太早了，沒有好好讀書，差一點就弄錯了。今天承蒙指教，我得到很大的益處啊！」

於是，他趕快把書生重新評為一等。

大家聽了，都稱讚徐存齋真是有雅量。因為——

承認錯誤，是需要勇氣的。

承認錯誤，是需要智慧的。

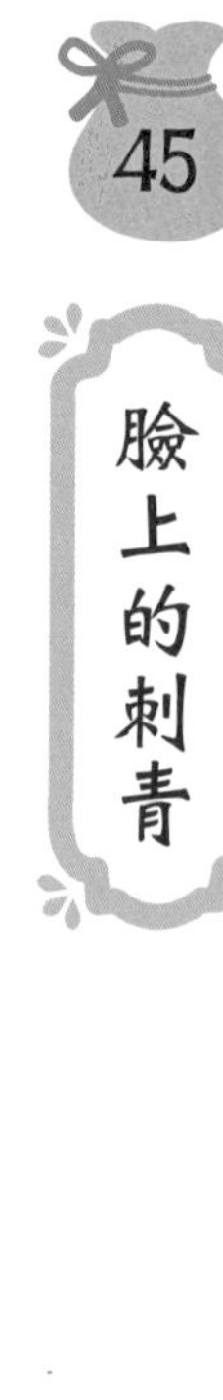

45 臉上的刺青

宋朝的名將狄青，從軍的時候犯了過錯，被處以在臉上刺字的刑罰。

在臉上刺字，是一種侮辱性質的懲罰。但是，狄青並沒有因此而放棄自己，反而更加奮勇打仗。經過了十幾年，終於成為非常有名的大將軍。只是年輕時候，刺在臉上的字，還是非常明顯。

有一回，皇帝看了也覺得不忍。於是，就勸狄青想辦法除掉刺在臉上的字。

想不到，狄青卻回答皇上說：

「感謝聖上的關心，現在，我卻想把它留著。」

皇上聽了覺得很奇怪，問他說：

「一般人都想盡辦法要把臉上的字除掉，為什麼你反而要留著呢？」

這時候，狄青回答皇上說：

「小臣是犯過錯的人，刺在臉上的字，除了提醒自己不要再犯錯以外，它還可以用來鼓勵軍中的士兵奮發向上啊！」

皇帝聽了，就更加敬重狄青了。

大家聽了，都更加敬重狄青了。

46 用禮節開導

蜀漢的先主劉備，第一次見到馬超的時候，就認為他真是一個好人才。於是，劉備立刻任命馬超為平西將軍，加封都亭侯（古代官名）。

劉備給了這麼優厚的待遇，讓馬超有些得意忘形。於是，他忽略了君臣應有的禮節。馬超和劉備說話的時候，竟然常常直接叫劉備——

「玄德！」（玄德是劉備的字）

這種情形不斷的發生，關羽看了非常生氣，請求劉備處死馬超。但是，劉備並沒有答應。

這種對君主不敬的風氣，哪能讓它任意蔓延呢？應該要立刻加以阻止。這時候，張飛說：

「我們最好用禮節來開導他。」

劉備聽了，點點頭。

第二天，劉備會見眾將領。這時候，關羽和張飛手拿著兵器，站在劉備的身旁，模樣非常威武。

馬超進來的時候，也不先行禮，就大剌剌的坐下來。過了一會兒，馬超抬頭一看，關羽和張飛就站在劉備身旁。馬超大吃一

驚，嚇出了一身冷汗。從此以後，馬超就非常尊敬劉備了。

雖然張飛是個武將，但是從這一件事看來，他的心思也是很細膩的。

從此以後，大家對劉備就更加尊敬了。

47 一見面就嫁女兒

唐朝有一個叫裴寬的人，他在潤州（今江蘇鎮江）擔任參軍（古代官名：宰相的軍事參謀）的時候，刺史（古代官名：監察官員）韋詵（ㄕㄣ）正忙著選女婿。

堂堂的刺史大人選女婿，這可是一件大事。但是，韋詵選來選去，竟然沒有一個人讓他滿意。

有一天，韋詵剛好休假，他登上高樓觀賞風景，偶然看到後花園裡，有人在埋東西。

韋詵看了覺得很奇怪，他立刻派手下去查看。過了一會兒，手下很快的回來，對韋詵說：

「這個人是裴參軍，他為人清廉正直，不讓賄賂來玷污自己的名聲。剛才有人送給他鹿肉乾，放下東西就走了。裴參軍不想欺騙自己，於是就挖了一個坑，把鹿肉乾埋進坑裡。」

這樣的人，真是少見啊！

韋詵聽了，非常賞識、非常佩服裴寬。好女婿，不是就在眼前嗎？於是，他當場就決定把女兒嫁給裴寬。

結婚這一天，韋詵的女兒躲在布幕後面，想看看丈夫的模樣。她看到裴寬長得瘦瘦高高的，穿著青綠色的官服，家人都笑

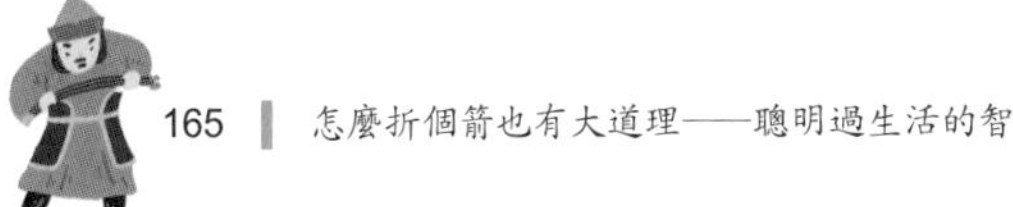

稱他是「碧鸛（ㄍㄨㄢˋ）」。意思是說，他看起來真像一隻青色的鸛啊！

韋詵聽了，就對家人說：「真心愛護女兒，就要把她嫁給賢明的人，哪能只看外表呢？」

後來，裴寬擔任了禮部尚書（古代官名：禮部最高長官），名聲非常好。

韋詵刺史，眼光真是獨到啊！

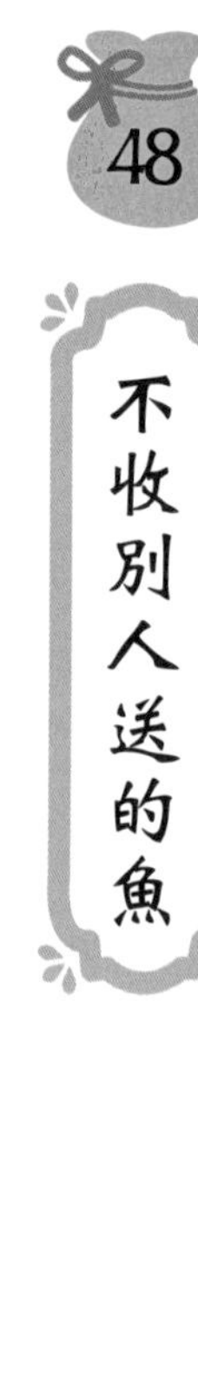

春秋時期，公孫儀擔任魯國宰相（古代官名：最高行政長官）。

由於公孫儀很喜歡吃魚；於是，全國的人都爭著買魚、抓魚來送給他。但是公孫儀說什麼也不肯接受。

這時候，公孫儀的弟弟就問他說：

「你那麼愛吃魚，卻又不接受大家送的魚，這到底是為什麼呢？」

公孫儀聽了，就回答弟弟說：

「道理很簡單，由於我愛吃魚，所以才不能接受大家送的魚。因為如果接受了別人的魚，將來遇到送魚的人，就會矮一截，難免就會接受別人的請託，我可能就會做出違法的事。萬一違反了法令，就會被免除宰相的職位。失去了相位，就是再喜歡吃魚，還有誰會送魚給我呢？不接受別人送的魚，就不會違法而被免職。那麼，我就可以一直買魚來吃了。」

想吃魚，自己買，這是再簡單不過的道理。

但是，有幾個人能做到呢？

49 只想住在鬼地方

春秋時期，孫叔敖擔任楚國宰相（古代官名：最高行政長官）。他輔佐楚莊王發展農業、增強國力，對楚國有很大的貢獻。

後來，孫叔敖生了重病，他知道自己的病是不會好了。有一天，他就對兒子說：

「大王好幾次要封賞土地給我，我都沒有接受。將來，我萬一死了，大王一定會封賞土地給你，你就很難推辭了。但是你千萬不要接受土地肥沃的地方，因為肥沃的地方大家都搶著要。我國和越國中間，有一個叫寢丘的地方。那裡的土地非常貧瘠，地名又不好聽。大家都認為，那就是一個鬼地方，越國人也認為那是不吉利的地方。大家都討厭寢丘，大家都不要寢丘；只有這種人人都不想要的地方，子孫才能住得長久而平靜。」

孫叔敖過世以後，楚王非常悲痛。正如孫叔敖說的，楚王想把最好的地方，封賞給他的兒子。

孫叔敖的兒子牢牢的記住父親的話。他就一再的推辭，只肯接受寢丘的土地。於是，楚王就把這塊貧瘠的土地賜給他。

每個人都討厭寢丘，每個人都不要寢丘，都認為這根本是個鬼地方。

孫叔敖說的一點也沒錯，他的子子孫孫，一直在寢丘生活著，根本就沒有人想來爭這一塊土地。

孫叔敖，真是有遠見啊！

50 特別自己接待

唐朝名將郭子儀，由於地位崇高，常常有重要人士到府裡來拜訪。

郭子儀總是安排幾位侍女，在大廳裡熱誠的接待訪客。

有一次，郭子儀聽說盧杞要來拜訪，他立刻要求侍女全都離開客廳，自己一個人接見盧杞。

這種情形，是從來都沒有見過的。於是，等盧杞離開以後，郭子儀的兒子就問父親原因。

這時候，郭子儀才對兒子說：

「盧杞的容貌非常難看，婦人們看見了，都會掩著嘴巴偷笑。這一件事，盧杞當然非常在意。現在，他到我們家來，侍女們看了，一定會忍不住偷笑。但是，如果將來盧杞掌了大權，那我們就全都活不成了。所以，我才會這麼安排啊！」

一笑，可以泯恩仇。

一笑，也會結深仇。

大將軍郭子儀為人處世，真是細膩啊！

51 折箭的道理

古時候，有一個吐谷渾部族，歷史上甚至稱為「河南國」。

阿豺是吐谷渾的首領，他有二十個兒子。

有一天，阿豺生病了，而且病得很重，他知道自己的病是不可能好了。

於是，阿豺就把兒子全都叫到面前。然後對弟弟慕利延說：

「你去找一支箭來，把它折斷。」

慕利延聽了，就趕快找來一支箭。他握著箭的兩端，再使力

一彎——

咱！這支箭，立刻就斷了。

慕利延不知道哥哥的意思，正想問他的時候，阿豺又對他說：

「你把十九支箭綁成一束，再把它折斷。」

於是，慕利延又趕快找來十九支箭，用繩子把箭紮成一束。他握住這束箭的兩端，再使力想把它折斷。

慕利延用了很大的力氣，這束箭還是好好的。

慕利延用了更大的力氣，這束箭還是好好的。

慕利延用了全身的力氣，這束箭還是好好的。

這時候，阿豺就對慕利延說：

「你們都看到了吧？一支箭很容易折斷，但是一束箭就很難折斷。從今以後，大家一定要像這束箭，同心團結在一起，才能鞏固我們的國家，即使別人想來摧毀就很難了。」

阿豺的兒子們看了，都點點頭。

阿豺用了簡單的例子，告訴兒子們團結的重要。他的兒子得到了益處，吐谷渾的族人也得到了益處。

52

和諧的一句話

宋太宗在位時，孔守正擔任殿前都虞侯（古代官名：統兵官之一，掌軍紀），負責保衛皇上的安全。

有一天，宋太宗在北園舉行酒宴。這時候，孔守正已經喝醉了。他爭論著邊疆的戰功，和王榮不停的爭吵著。兩個人愈吵愈大聲、愈吵愈生氣，誰也不讓誰。

孔守正和王榮，都失態了。

在場的大臣看了，請求皇上治他們的罪。但是，宋太宗並沒

有答應。

第二天，孔守正和王榮酒醒了。這時候，兩個人都嚇出了一身冷汗。他們趕快上殿來，請宋太宗治罪。

這時候，宋太宗卻說：「昨天我也喝得大醉，酒宴上發生了什麼事，現在已經全都忘光了。」

宋太宗處理這件事的方法，真是令人佩服。他說早就不記得這一件事了，留一個空間，讓孔守正和王榮好好反省。既維持了兩個人的顏面，也維持了君臣的和諧，效果反而更好。

宋太宗，真是高明。

53 敞開大門

著名的文學家韓愈，曾經擔任吏部侍郎（古代官名：唐三省長官之副官）。

吏部裡，有一位權勢很大的令使（古代官名）。只要他來到吏部，總是把門窗全都關得緊緊的。看起來非常威嚴、非常神祕，使得候選的官員都不敢敲門，大家都覺得非常苦惱。

這個情形，韓愈早就聽說了。

後來，韓愈調到吏部。他到任以後，立刻敞開大門，讓等候

派任的官員可以自由進出，大家都非常稱讚韓愈。

這時候，韓愈就說：

「人所以會怕鬼，就是因為鬼是看不見的。如果能夠看得見鬼，大家就不會害怕了。」

韓愈的話，非常有道理。

大門大開，自由去、自由來，大家都非常稱讚韓愈。

54 我家就是你家

唐朝的大將軍郭子儀，由於立了天大的功勞，被封為「汾（ㄈㄣˊ）陽王」，王府位在京城長安的親仁里。

一般人以為，汾陽王府一定是戒備森嚴，誰也不能輕易靠近。但是，真實的狀況是什麼呢？

汾陽王府，完全不像個王府。汾陽王府，竟然就像一個公眾場所。

有一天，郭子儀屬下的一位將軍，趁著出兵以前到王府裡，

向郭子儀辭行。這時候，郭子儀的夫人和女兒正在梳妝。於是，夫人就讓將軍又是端水、又是拿毛巾的，好像是一家人。

王府的大門全都敞開，完全不設防，任何人都可以隨意來參觀，王府裡的人根本就不會過問。這種情形愈來愈誇張，連郭子儀的子弟都看不下去了。他們覺得應該向郭子儀說一說了。

幾天以後，子弟們勸郭子儀，認為王府應該要有王府的樣子，不能讓外人自由出入。但是，郭子儀並沒有接受這些意見。於是，子弟們就哭著說：

「雖然大人功績顯赫；但是如果不自我保護，連寢室都讓不認識的人進進出出，大人真的不該這麼做啊！」

但是，郭子儀聽了以後，笑著對子弟說：

「有些事是大家想不到的。我們府裡吃官糧的人有一千人、吃官糧的馬有五百匹，全都在這個地方活動。如果我築起高牆、緊閉門戶，外面的人不知道我們府裡在做些什麼，那就危險了。萬一我們得罪了人，他去誣告我們，加上一些好事的人無中生有、添油加醋。那麼，一件冤案就會很快的形成了。萬一被滿門抄斬，後悔就來不及了。現在，王府每一扇門都洞開，誰都可以自由進出。如果有人想陷害、誣告我們，他也找不出什麼理由了。」

子弟們聽了，才明白其中的道理，就更加佩服郭子儀了。

55 明天再來打官司

明朝的趙豫擔任松江（今上海松江）太守（古代官名：州行政長官），每當遇到不急的訴訟案件，他總是對打官司的人說：

「你們明天再來吧！」

因為，這種情形不斷發生；所以，民眾就開始看他笑話。有些多事的人，竟然還編了〈松江太守明日來〉的歌謠，廣泛的在民間流傳著。

趙豫會這麼做，就是一般到衙門來訴訟的人，常常都是忍不

住一時的氣憤、嚥不下一口氣而已。只要經過一個晚上，氣大部分都消了。這時候，如果有人加以勸說，誰還想打官司呢？

於是，很多人就由於「你們明天再來吧！」這句話，而停止打官司了。

漸漸的，大家才明白了趙豫太守的深意。

趙豫太守，真是聰明而厚道啊！

56 免去家庭糾紛

牛弘是隋朝的奇章郡公，他有一個弟弟，名叫牛弼（ㄅㄧˋ）。牛弼平時很喜歡喝酒，也常常喝酒。而且，他每一次都喝醉。

牛弼喝醉了以後，就會開始大發酒瘋，家人看了都非常頭痛。

有一天，牛弼又喝醉了。這一次，他鬧得更離譜，竟然把牛弘拉車的牛殺死了。

過了不久，牛弘回來了。他的妻子立刻告訴他說：

「小叔喝酒以後，把我們的牛殺死了。」

牛弘聽了妻子的話以後，只淡淡的說：

「那就把牠做成牛肉乾好了。」

牛弘沒有受到妻子的影響，去責罵酒醉的弟弟。

他淡淡的一句話，就輕易的化解了一場家庭糾紛，真是一個情緒穩定、充滿智慧的人啊！

57 用銅錢提振士氣

北宋仁宗慶曆年間，盤據在南方的儂智高自立為王。國中有國，宋仁宗哪能忍受這種事。於是，他就派大將狄青，率領大軍爭討南蠻叛軍儂智高。

狄青知道，南方人一向很迷信。當大軍出了桂林城，一路來到城南的時候，狄青精心安排了一場心理建設戲碼。

狄青的屬下備好了香案，然後，他當著大軍的面，拿出了一百個銅錢，祈求神明說：

「兵家的勝負是很難預料的。如果，這一次我軍能得到勝利；那麼，請神明保佑，我拋出去的銅錢，正面都是朝上的。」

狄青的副將聽了，簡直就嚇壞了，立刻勸他說：

「請將軍三思，如果銅錢的正面不是全部向上，一定會影響士氣啊！」

狄青根本就不聽勸，他用力把銅錢一拋，一百個銅錢紛紛掉在地上……

大家仔細一看——

啊！一百個銅錢的正面，竟然全都朝上！

大軍看了，真是神明保佑啊！於是，全都舉著武器高聲歡呼，聲音響徹了田野。

這時候，狄青命人拿來一百支鐵釘，照著銅錢落地的位置，一一把銅錢釘在地上。然後再蓋上一層青色的紗布，狄青親手貼上了封條，說：

「大軍凱旋回來以後，我們再拿回銅錢、酬謝神明。」

後來，狄青率領的大軍，果然平定了邕（ㄩㄥ）州（今廣西南寧）。軍隊凱旋回來以後，狄青按照諾言，掀開紗帳、拔去鐵釘、收回銅錢。這時候，他的親信才看到——

原來，這一百個銅錢的正、反兩面的花紋，竟然都是一樣的！

狄青在大軍出征以前，安排了這一齣提振士氣的好戲，使軍隊充滿信心和勇氣，正是打勝仗的妙方啊！

58 故意戳破衣服

從前，曹操有一副精緻的馬鞍，平時就一直放在馬廄裡。

有一天，管理馬廄的小吏發現——

馬鞍竟然被老鼠咬了一個小洞！

小吏看了以後，非常擔心曹操會怪罪他。於是，小吏就想在曹操發現以前，趕快向曹操領罪。

這時候，曹操的兒子曹冲知道了這件事，就趕快對小吏說：

「你先別急，等三天以後再說吧！」

話一說完，曹冲就用刀子，在自己的衣服上戳了一個小洞。這個小洞，看起來就好像是被老鼠咬的。

然後，曹冲就穿上這件衣服，苦著臉去見曹操。曹操一看，就問曹冲原因。

這時候，曹冲回答曹操說：

「我聽說，衣服被老鼠咬壞了，就會帶來不吉利。現在我身上的衣服，被老鼠咬了一個小洞，所以才會擔心。」

曹操聽了以後，安慰曹冲說：

「那是大家胡說的，你放心，沒事的、沒事的。」

曹冲聽了以後，就離開了。

過了一會兒，小吏來向曹操報告，馬鞍被老鼠咬了一個洞。

曹操聽了以後，笑著說：

「曹冲的衣服都被老鼠咬了。放在馬廄裡的馬鞍被老鼠咬壞了，這種事很平常啊！」

管理馬廄的小吏聽曹操這麼說，才放下心來。他除了感謝曹冲的幫忙，也暗暗說：

「曹冲真是聰明啊！」

59 連皇帝也點讚

明朝有一個叫洪鍾的小孩子，他四歲那一年，父親洪朝京想到京城求發展。於是，洪鍾就跟著父親搭船前往京城。

有幾位旅客一起搭著這艘船，一路上，有的人觀賞風景，有的人發呆，有的人談天，有的人下棋。

洪鍾的父親正和同船的旅客下棋，這時候，

洪鍾就站在旁邊靜靜的看著。他仔細看了很久，竟然悟出了下棋進退的道理和攻防的巧妙。接著，他告訴父親怎麼下棋，沒想到，竟然常常贏了對手。

船來到臨清地方的時候，洪鍾看到牌坊的匾額上，題著大大的字。洪鍾看了就磨了墨，再提筆模仿寫著，他竟然很快就學會了。同船的人看了，都非常驚訝。

到了京城以後，洪鍾就在街上擺攤寫字、賣字。京城的人看了，都非常驚奇。於是，大家就稱他為神童。洪鍾的名氣愈來愈響亮，後來，竟然連明憲宗都知道了。

有一天，明憲宗召見了洪鍾，命令他寫字，想看看他的真本

領。

洪鍾聽了，就趕快把紙攤在地上，一連寫了好幾個字。明憲宗看了，不停的點頭。

接著，明憲宗又命洪鍾寫「聖壽無疆」四個字。但是，只看到洪鍾握著筆，並沒有動筆寫字。

明憲宗看了，就問他說：

「你年紀還小，也許不認得這幾個字吧？」

洪鍾聽了，就趕快邊磕頭邊說：

「我並不是不認識字，是因為不敢在地上寫這幾個字。」

明憲宗聽了，稱讚洪鍾非常懂事。於是，他就命人搬來一張

桌子，讓洪鍾好好寫字。於是，洪鍾就把紙鋪在桌子上；然後，在紙上寫了「聖壽無疆」。

明憲宗看了非常高興，就讓洪鍾進入翰林院讀書。他的父親洪朝京，也升任國子監助教（古代官名），讓他方便教導洪鍾讀書。

這個小小神童，長大以後到底怎麼樣了？

洪鍾，明憲宗成化十一年（西元一四七五年）進士，同榜考中的還有寫〈中山狼傳〉的馬中錫。後來，洪鍾擔任過刑部尚書、工部尚書（古代官名：刑部和工部最高長官）和左都御史（古代官名：監察官員）等重要的職位。

神童，果然是神童啊！

智囊想一想

生活中，處處都需要智慧，公孫儀不收別人送的魚、郭子儀的家誰都可以自由出入，這些都是他們明哲保身的智慧。生活中可能會出現的爭執或不愉快，趙豫、牛弘、曹冲都以智慧，避免了紛爭。勇於認錯的徐存齋、傳遞團結力量大觀念的阿豺，選廉明的人作女婿的韋詵，都展現出過人的智慧。秦檜面對偽造信、牛弘面對弟弟的行為，以大家覺得訝異、不一樣的方式處理，是因為他們希望能減少禍害及維持家庭和諧。不過，偽造信件、酒醉殺牛，並不是正確的作法。

看了這些故事，你也可以想一想：

◆生活中，你也有發揮過智慧嗎？

◆這些故事中，你最喜歡哪一個？哪一位古人處理事情的方式，你最欣賞呢？

◆狄青用一百個銅錢演了一齣好戲，提振了士氣。曹冲安排了一場老鼠咬衣服的戲，讓小吏免去了責罰。你覺得這樣的方式好嗎？還是有更好的方法呢？

來一點歷史小知識

〈用禮節開導〉

蜀漢是指三國時期的蜀國，三國時期在漢朝以後，有三個國家鼎立，分別是曹魏、蜀漢、孫吳。蜀漢由劉備建立，劉備、關羽、張飛最為大家所熟悉的就是《三國演義》小說中，桃園三結義的情節。

古人除了名外，還會取「字」，劉備的字為玄德，故事中，馬超就是直呼劉備的字。關羽的字為雲長，張飛的字為益德，平常稱呼時，也會使用字。

〈不收別人送的魚〉

周朝的前半段為西周，後半段時期為東周。東周又分為前半段的春秋時期，與後半段的戰國時期。春秋與戰國時期有許多的諸侯國，故事中的魯國就是其中的一個。

小麥田

小麥田故事館
原來古人這麼機智
閱讀經典《智囊》故事，建立自主思辨力

作　　者　謝武彰
繪　　者　顏銘儀
封面設計　黃鳳君
美術編排　黃鳳君
責任編輯　蔡依帆

國際版權　吳玲緯
行　　銷　闕志勳 吳宇軒 余一霞
業　　務　李再星 李振東 陳美燕
總 編 輯　巫維珍
編輯總監　劉麗真
事業群總經理　謝至平
發 行 人　何飛鵬
出　　版　小麥田出版
115台北市南港區昆陽街16號4樓
電話：(02)2500-0888　傳真：(02)2500-1951
發　　行　英屬蓋曼群島商家庭傳媒股份有限公司
城邦分公司
115台北市南港區昆陽街16號8樓
網址：http://www.cite.com.tw
客服專線：(02)2500-7718 ｜ 2500-7719
24 小時傳真專線：(02)2500-1990 ｜ 2500-1991
服務時間：週一至週五 09:30-12:00 ｜ 13:30-17:00
劃撥帳號：19863813　戶名：書虫股份有限公司
讀者服務信箱：service@readingclub.com.tw
香港發行所　城邦（香港）出版集團有限公司
香港九龍土瓜灣土瓜灣道86號順聯工業大廈6樓A室
電話：852-2508-6231
傳真：852-2578-9337
馬新發行所　城邦（馬新）出版集團 Cite(M) Sdn. Bhd
41, Jalan Radin Anum, Bandar Baru Sri Petaling,
57000 Kuala Lumpur, Malaysia.
電話：(603) 9056 3833
傳真：(603) 9057 6622
讀者服務信箱 :services@cite.my
麥田部落格　http:// ryefield.pixnet.net
印　　刷　前進彩藝有限公司
初　　版　2022 年 12 月
初版三刷　2024 年 8 月
售　　價　350 元

ISBN 978-626-7000-83-0
EISBN 9786267000861(EPUB)

國家圖書館出版品預行編目資料

原來古人這麼機智：閱讀經典《智囊》故事，建立自主思辨力 / 謝武彰著；顏銘儀繪 . -- 初版 . -- 臺北市：小麥田出版：英屬蓋曼群島商家庭傳媒股份有限公司城邦分公司發行，2022.12
面；公分 . -- (小麥田故事館)
ISBN 978-626-7000-83-0(平裝)

863.596　111015904